Das Buch
An den Berghängen der malerischen Côte Vermeille, am südwestlichsten Zipfel Frankreichs, reifen die Weintrauben unter der glühend heißen Augustsonne heran. Es sind Sommerferien, die schlimmste Zeit des Jahres, wenn es nach Delikatessenschmuggler und Lebemann Perez geht. Die Touristen haben sich in Banyuls-sur-Mer breitgemacht, er hängt mit seinen Lieferungen hinterher, und dann will seine heiß geliebte Tochter auch noch einen Mann heiraten, den man gemeinhin nur »die Bohnenstange« nennt. Als ein Toter in den Weinbergen seines Vaters gefunden wird, ist es endgültig vorbei mit der Ruhe. Die Ermittler schnüffeln auf dem Weingut und in Perez' Angelegenheiten herum. Ausgerechnet der sagenumwobene *Creus*, ein Wein, der das Rückgrat seines bescheidenen Wohlstands bildet, soll etwas mit dem Tod des Mannes zu tun haben. Hobbyermittler Perez sieht sich gezwungen, die Sache selbst in die Hand zu nehmen, und muss bald erkennen, dass das beschauliche Küstenörtchen die Kulisse finsterer Machenschaften und familiärer Tragödien ist, die weit in die große Politik hineinreichen.

Der Autor
Yann Sola lebt und arbeitet in Deutschland und an der Côte Vermeille in Frankreich. »Gefährliche Ernte« ist sein zweiter Roman um den Privatermittler Perez.

Yann Sola

GEFÄHRLICHE ERNTE

Ein Südfrankreich-Krimi

Kiepenheuer & Witsch

Verlag Kiepenheuer & Witsch, FSC® N001512

1. Auflage 2017

© 2017, Verlag Kiepenheuer & Witsch, Köln
Alle Rechte vorbehalten. Kein Teil des Werkes darf in irgendeiner Form (durch Fotografie, Mikrofilm oder ein anderes Verfahren) ohne schriftliche Genehmigung des Verlages reproduziert oder unter Verwendung elektronischer Systeme verarbeitet, vervielfältigt oder verbreitet werden.
Umschlaggestaltung: Sabine Kwauka
Umschlagmotiv: © privat
Karte: Oliver Wetterauer
Gesetzt aus der Scala Serif
Satz: Buch-Werkstatt GmbH, Bad Aibling
Druck und Bindung: CPI books GmbH, Leck
ISBN 978-3-462-04869-8

KAPITEL 1

August an der Côte Vermeille. Wo die Pyrenäen steil ins Meer abfielen, als wollte Frankreich noch ein letztes Mal verschwenderisch mit seinen Reizen prahlen, bevor hinter der Grenze, in Spanien, die Ödnis langer Sandstrände vor endlosen Reihen schäbiger Betonskelette die Oberhand gewann. In der Höhe schlängelte sich die Panoramastraße wie eine Natter um die Klippen. Auf ihr Fahrzeug an Fahrzeug, von Sonnenaufgang bis Sonnenuntergang.

Perez saß hinter dem Steuer seines Wagens und fluchte leise vor sich hin. Auf dem Rückweg aus Spanien hatte er einen Weg gewählt, auf dem normalerweise kaum Verkehr herrschte. Doch spätestens auf dem Col de Banyuls hatte er einsehen müssen, dass es zu dieser Jahreszeit keine Schleichwege mehr gab. Auf dem Pass hatten sich Ausflügler mit Picknickkörben um die wenigen Parkmöglichkeiten an der Schutzhütte gestritten, hatten Kinder mitten auf der Straße gespielt und Hunde die eintreffenden Fahrzeuge angekläfft, als stünden sie im Begriff, Hausfriedensbruch zu begehen.

Die Serpentinen vom Pass hinunter ins Tal des Baillaury waren eine Zumutung gewesen. Die Touristen machten aus jeder der ungesicherten Spitzkehren ein Ereignis.

Vermutlich wegen des Ausblicks über die Weinberge bis zum in der Ferne flimmernden Mittelmeer. Immer wieder hatte die Wagenkolonne gestoppt, waren Mobiltelefone zum Fotografieren aus den Fenstern gestreckt worden.

Auf den verbleibenden Kilometern am ausgetrockneten Flussbett entlang hinein nach Banyuls-sur-Mer, besonders an den Engstellen, an denen keine zwei Wagen aneinander vorbeipassten, war es nochmals zum Stillstand gekommen. Wüste Beschimpfungen waren ausgetauscht worden. Und das alles bei Temperaturen von über dreißig Grad im Schatten.

Der übergewichtige Perez, der Klimaanlagen nicht mochte, hockte in seinem Kangoo wie in einer finnischen Sauna. In der Regel genügten ihm fünfzehn Minuten, um von der Passhöhe bis zum *Conill amb Cargols* zu gelangen, seinem kleinen Restaurant in der Avenue du Puig del Mas. An diesem Morgen hatten ihn die Touristen bereits über eine Stunde Lebenszeit gekostet.

Endlich in der Avenue du Général de Gaulle angekommen, sah er sich dem größten Problem des Sommerverkehrs ausgeliefert: dem Kreisverkehr auf der Uferstraße unmittelbar vor dem Rathaus, wo vor drei Wochen der neue Bürgermeister sein Amt aufgenommen hatte. Diesen neuralgischen Punkt musste jedes Fahrzeug passieren, egal von wo aus es nach Banyuls hineinfuhr, ob über die Panoramastraße aus Richtung Spanien kommend, aus Perpignan, der Gegenrichtung, oder, wie Perez, aus dem Inland. Die Départementale 914 war für die Côte Vermeille Segen und Fluch gleichermaßen.

Es existierte überhaupt nur eine Möglichkeit, an diesem

August-Dilemma nicht zu verzweifeln, man musste über einen buddhistischen Hang zur Kontemplation verfügen. Zu Perez' hervorstechenden Eigenschaften gehörten fernöstliche Entspannungsformen nicht.

Seine Finger trommelten einen Blues gegen das Blech des Renault. Auf was er sich derzeit am meisten freute? Auf den 31. August, das Ferienende. Das war der Tag, an dem sich der Spuk über Nacht verziehen und endlich Normalität zurückkehren würde – in sein geliebtes, im Allgemeinen ruhiges Banyuls.

Auf den Bürgersteigen fanden zwei Prozessionen statt: Zur Linken pilgerten die Pariser, wie die Touristen von den Einheimischen summarisch genannt wurden, bewaffnet mit Handtüchern, Plastikspielzeug und Kühlboxen zum Strand. Zur Rechten stampften die ersten von ihnen schon wieder zurück in die knallbunten, hellhörigen Ferienhäuschen. Sonnenverbrannt, aber glücklich lächelnd.

Musste man sich das Leben im Norden tatsächlich als derart unerträglich vorstellen, dass man sich zum Ausgleich einmal im Jahr in die aggressiven UV-Strahlen der südlichen Sonne werfen wollte?, fragte sich Perez nicht zum ersten Mal. Sollte Urlaub nicht Belohnung statt Strafe sein? Kein Banyulenc würde sich jemals für so einen Unsinn hergeben, vernünftige Menschen suchten den Schatten der Platanen, wohlhabende verbrachten den Sommer in den Bergen.

Als das Telefon in seiner Hosentasche vibrierte, nestelte er das Gerät aus den Shorts.

»Woher hast du meine Nummer?«, fragte er Jean-Martin, *le grand échalas* – die Bohnenstange, wie er hinter vorgehaltener Hand genannt wurde. Der Lange war der Juniorwirt des *Café le Catalan*, Perez' Stammcafé am Place Paul Reig, dem zentralen Platz des Ortes, von dem er in diesem Augenblick nur noch wenige Meter entfernt war. »Und was willst du?«

Er mochte es überhaupt nicht, von jemandem angerufen zu werden, dem er seine Handynummer nicht persönlich gegeben hatte.

»Was heißt, du kannst es mir nur von Angesicht zu Angesicht sagen?«, fragte er dann. »Setzt dir die Hitze zu, mon vieux? Wir müssen ein anderes Mal sprechen, jetzt habe ich keine Zeit.«

Er hörte einen Moment zu.

»Ach ja?«, sagte er dann. »Du meinst, du wüsstest, warum ich keine Zeit habe? Da bin ich aber mal gespannt.«

Während Jean-Martin am anderen Ende der Leitung seine Erklärung abgab, machte Perez ein zunehmend dummes Gesicht.

»Klar«, rief er dann, »du weißt natürlich von der Weinmesse im Hotel Fabre. Und deshalb ... Was sagst du? ... Vorher noch? Hör mal, ich bin froh, wenn ich überhaupt noch dorthin komme, bevor es Nacht wird. Auf unseren Straßen herrscht Krieg. Was? ... Ja, von mir aus bei dir auch. Bloß dass du an diesem Irrsinn verdienst. Ich sag dir was, ich komme später vorbei, einverstanden?«

Hätte er nicht ohnehin gewusst, dass der Dreißigjährige nicht die hellste Kerze am Baum war, hätte er sich ernsthaft Sorgen um dessen Geisteszustand gemacht. Erzählte ihm die Bohnenstange doch tatsächlich gerade, dass er ihn schon gestern Abend hatte anrufen wollen, sich aber nicht getraut habe. Die halbe Nacht sei er um das Telefon geschlichen, habe kein Auge zutun können. Aber jetzt dulde die Sache keinen Aufschub mehr, er müsse ihn sofort sprechen und, wie gesagt, am liebsten noch vor der angesetzten Weinprobe.

»Es geht nicht vorher«, sagte Perez nachdrücklich und beendete das Gespräch, bevor Jean-Martin in Tränen ausbrechen konnte.

Das Hotel Fabre stand an der Plage des Elmes. Marielle Fabre war die Besitzerin des ersten Hauses am Platz und die ehemalige Lebensgefährtin von Perez. Marie-Hélène, ihre gemeinsame Tochter, lebte bei der Mutter.

Die Weinmesse und besonders deren Abschluss war eine dieser Gelegenheiten, bei der sich die bessere Gesellschaft des Ortes mit den Proleten mischte – in diesem Fall mit den Winzern der Gemarkung Collioure. So einträchtig wie zum Zeitpunkt, als Perez den Speisesaal betrat, sah man sie selten. Die anwesenden Damen trugen farbenfrohe Röcke zu Rüschenblusen oder zeigten sich in figurbetonten Sommerkostümen. Die meisten Männer steckten in dunklen Hosen und hellen, frisch gestärkten Hemden. Perez gab in dieser Versammlung den Paradiesvogel. Weil er trug, was er stets trug: weite Shorts und ein gestreiftes, kurzärmeliges Hemd, von der langen Autofahrt verschwitzt und zerknittert. Seine Füße steckten in Espadrilles mit niedergetretener Kappe.

Der neue Bürgermeister stand im Zentrum des Interesses. Eine Traube von Menschen hatte sich um ihn geschart, die Leute hingen an seinen Lippen. Das würde sich ändern, wusste Perez. Hatten die Banyulencs erst einmal herausgefunden, was von dem neuen Amtsinhaber zu erwarten und was zu befürchten stand, würde das Interesse schlagartig nachlassen. Perez hatte schon einige Bürgermeister kommen und gehen sehen. Nachdem Paul Gaillard zur letzten Wahl nicht mehr angetreten war – angeblich aus Altersgründen, in Wahrheit wegen eines Gewaltverbrechens, in das sein Sohn verwickelt gewesen war und das Perez aufgeklärt hatte –, war Mathis Navarro vor wenigen Wochen mit deutlicher Mehrheit im zweiten Wahlgang gewählt worden. Navarro war gelernter Koch und führte zusammen mit seiner Frau und fünf Kindern ein Hotel mit angeschlossenem Restaurant. Daneben machte er sich seit einigen Jahren als Winzer einen Namen. Nicht zu Unrecht, wie Perez fand. Zwei Weißweine aus der Gemarkung Collioure sowie jeweils einen Roten und einen Rosé als einfache, aber nicht uninteressante Côtes du Roussillon vertrieb er unter seinem Namen.

Politisch entstammte Navarro demselben Lager wie schon der vorherige Bürgermeister, er gehörte der rechtskonservativen UMP an, der Partei, die mit Chirac und Sarkozy auch die Präsidenten der Republik gestellt hatte, bevor der Sozialist Hollande übernommen hatte.

Der Süden Frankreichs war, wie der Rest des Landes, politisch in zwei Lager geteilt. In die immer schwächer werdenden Sozialisten und die Rechte. Hatte man Glück, wurde es nur einer von der UMP, kam es schlimmer, wurde man vom FN, dem Front National, unter der Knute von Marine Le Pen regiert. Insoweit war Perez mit der Wahl ganz zufrieden gewesen, zumal er seinen Kollegen Navarro, trotz dessen konservativer Gesinnung, für einen im Großen und Ganzen ordentlichen Kerl hielt.

Noch während er überlegte, zu welcher Gruppe der Gäste er sich gesellen sollte, spürte er eine Hand auf seiner Schulter. Er drehte sich um und blickte in das freundlich lächelnde Gesicht von Jean-Claude Boucher.

»Ah, der Polizeichef persönlich«, sagte Perez und gab freundlich Pfötchen.

Wie Mathis Navarro war auch Boucher ein Neuling im Amt. Allerdings unterschied die beiden Männer ein Umstand, der hier unten eine ganze Welt bedeutete. Während der etwas klein geratene Navarro vor dreiundfünfzig Jahren in Banyuls geboren worden war, hatte man den hoch aufgeschossenen Boucher erst vor wenigen Monaten nach Banyuls strafversetzt.

»Wo die besten Weine der Region präsentiert werden, sollte man nicht fehlen«, antwortete Boucher. »Ihr *Creus* wird doch sicher gewinnen?«

Perez lachte und klopfte dem Polizisten, der seine Ausgehuniform trug, auf die Schulter.

»Bedaure, Monsieur le Commissaire. Heute werden die besten Collioure-Weine prämiert, und mein *Creus* ist kein Collioure. So was ist streng geregelt. Und außerdem«, jetzt flüsterte er verschwörerisch, »ist es mir ohnehin lieber, wenn nicht über ihn gesprochen wird. Wie Sie wissen, ist die zur Verfügung stehende Menge so gering, dass ich über jeden froh bin, der nichts davon abhaben möchte.«

»Wohl dem, der das sagen kann«, erwiderte Boucher und nickte. Sein Gesichtsausdruck legte allerdings einen anderen Schluss nahe. »Wie viel haben Sie denn in einem guten Jahr?«

»Kommt darauf an«, antwortete Perez bedächtig.

»Verstehe«, brummte Boucher. »Und wenn es kein Collioure ist, was ist es dann?«

»Wie der Name schon sagt«, antwortete Perez.

»Ja, sicher. *Creus*. Irgendwie katalanisch.«

»Irgendwie schon.«

»Mein Gott, Perez, bei Ihrem Wein sind Sie ja noch verstockter als bei Ihren unautorisierten Ermittlungen.«

Die beiden Männer waren sich gleich bei Bouchers erstem Fall in die Quere gekommen. Nachdem sie sich zu Beginn überhaupt nicht riechen konnten, hatten sie sich im Laufe der Ermittlungen aneinander gewöhnt. In gewisser Weise hatten sie sogar ein wenig zusammengearbeitet. Verstehen konnte man Boucher. Welcher Kommissar sah es schon gerne, wenn sich normale Bürger als selbst ernannte Detektive in Mordfälle einmischten?

»Verstockt? Ich, Monsieur le Commissaire? ... Kommen Sie, sehen wir uns mal an, welche Weine die Jury nominiert hat. Schön, dass Sie heute schon früher freihaben, dann können Sie sicher ein Gläschen trinken.«

Während der Kommissar noch darüber nachdachte, was Perez ihm mit diesem Satz sagen wollte, mischte dieser sich bereits unter die Leute. Er gesellte sich zu den Winzern, wo über die Qualität der diesjährigen Trauben gefachsimpelt, über die eingereichten Weine diskutiert und darüber spekuliert wurde, ob die Jury endlich einmal auch neue Winzer berücksichtigt hätte oder, comme d'habitude, die immer gleichen Weingüter auszeichnen würde. In seinem eigenen Restaurant schenkte Perez fast ausschließlich Weine aus, die hier keine Chance hatten. Weine von jungen Leuten mit frischen Ideen und reichlich Mut zum Experiment. Biologische Weine, wenn auch ohne eins der teuer zu erwerbenden Siegel. Weine, die nicht der Mode gehorchten, sondern die Eigenart des Terroirs spiegelten. Er liebte Weine mit Charakter.

Perez wandte sich einem Grüppchen von Lokalpolitikern zu. Er selbst war seit über zwanzig Jahren parteiloses Mitglied des Conseil Municipal, des Gemeinderats von Banyuls. Sie diskutierten über ein paar dringend anstehende Entscheidungen, die wegen der Bürgermeisterwahl auf die lange Bank geschoben worden waren. Dabei wurden voreilig erteilte Baugenehmigungen kritisiert und, wie unter den siebenundzwanzig Mitgliedern des Rates üblich, über die große Politik in Paris geschimpft, die den Kantonen und Gemeinden kaum noch Luft zum Atmen ließ.

Nach einigen Gläsern Wein befand sich Perez endlich in gelöster Stimmung. Zumindest so lange, bis Marielle Fabre mit resolutem Schritt auf ihn zugestiefelt kam.

»Perez«, rief sie schon von Weitem.

Marielle war siebenundfünfzig Jahre alt und hatte noch immer eine sportliche Figur. Die raspelkurz geschnittenen, inzwischen grauen Haare verliehen ihrem Gesicht mit der markant hervorstechenden Nase einen strengen Ausdruck. Der perfekt sitzende schwarze Hosenanzug unterstrich diesen Eindruck noch.

Der Liebe zwischen ihnen war ein jahrelanger Rosenkrieg gefolgt. Und auch heute noch ging Perez ihr, wenn irgend möglich, aus dem Weg.

»Hallo Marielle, wie geht's?«

»Ich muss dich nachher unbedingt noch sprechen, es duldet keinen Aufschub.«

»Klar«, sagte er und rang sich ein Lächeln ab. »Was duldet heutzutage schon noch Aufschub?«

Als sie weitereilte, schnappte Perez sich vom nächsten Tablett, das vorbeigetragen wurde, ein volles Glas und trank es in einem Zug aus.

Die Prämierung verlief alles andere als überraschend. Allerdings konnte man sich mit dem Ergebnis durchaus anfreunden. Es gab nun mal in der Gemarkung Collioure deutlich mehr guten Wein als andernorts. Nach der feierlichen Preisverleihung, den wie üblich überflüssigen Ansprachen und unbeholfenen Dankesreden der Winzer, wurden die prämierten Weine großzügig ausgeschenkt. Die Versammelten ließen das Schlusswort von Madame Fabre über sich ergehen wie das unvermeidliche Sommergewitter am Ende eines schwülheißen Tages. Schon bald erhoben sich die Stimmen wieder und die Feier geriet zum ausgelassenen Fest.

Leider musste Perez feststellen, dass es zwar reichlich guten Wein, aber kein angemessenes Essen gab. Junge Damen trugen Silbertabletts herum, auf denen winzige kunstvolle Gebilde thronten. Erreichte einen überhaupt einmal eines der Tabletts, ruhte dort höchstens noch ein einsamer Happen, einer, den all die vorherigen Grapscher verschmäht hatten. Aß man das mickrige Irgendwas, rutschte es quasi ohne Zungenberührung in die Speiseröhre. Satt werden konnte man davon nicht. Nicht einmal Geschmack konnte man auf diese Weise aufnehmen. Eine Unsitte, fand Perez.

Marielles Mahnung kam ihm wieder in den Sinn. Er sah sich im Raum um. Alle waren miteinander im Gespräch, um die Weine ging es längst nicht mehr. Diese Veranstaltung konnte auf seine Anwesenheit sehr gut verzichten, und Marielle könnte ihm auch ein anderes Mal sagen, was sie umtrieb.

Langsam schob er sich rückwärts in Richtung Ausgang. Als er den kühlen Stahl einer Tür im Rücken spürte, drehte er sich unauffällig um und entschwand in die Küche.

»Genug von den vornehmen Herrschaften, Perez?«, rief der Koch.

Perez verzog das Gesicht, schüttelte dem Mann die Hand und gelangte mit wenigen Schritten unter dem Gelächter der übrigen Brigade durch die Hintertür auf den angrenzenden Parkplatz – ein rares Stückchen Erde in Banyuls.

Er holte tief Luft und wollte sich eben eine Zigarette anzünden, als er Bouchers Stimme hörte.

»So ein Mist!.« Der Kommissar hielt in schnellem Schritt auf sein Dienstfahrzeug zu; über die Schulter rief er: »So ein schöner Tag, so eine herrliche Verkostung und dann finden die doch tatsächlich einen Toten in den Weinbergen. Ich stehe hier schon eine geschlagene halbe Stunde und versuche, den Einsatz zu koordinieren.«

»Was?«, rief Perez. Er verfiel in leichten Trab und schloss zu dem Beamten auf.

»Mein Job ist auch nicht der schönste. Sie müssen mir unbedingt eine Nachricht schicken, welcher Wein denn nun gewonnen hat. Für mich ist dieser ... na, vom Weingut Coume del Mas ... wie hieß er noch gleich?«

»Folio«, antwortete Perez eher mechanisch.

»Das ist mein Favorit. Geben Sie mir Bescheid?«

Ehe Perez antworten konnte, war der Kommissar bereits im Wagen und ließ den Motor an.

Ein Toter im Weinberg? Ihn beschlich ein mulmiges Gefühl.

KAPITEL 2

Den Vorsatz zu haben, zum *Café le Catalan* zu fahren, und diesen tatsächlich in die Tat umzusetzen, waren im August zwei gänzlich verschiedene Dinge. Perez ruckelte im Schneckentempo durch die Gassen links und rechts der Puig del Mas, eine Hand immer auf der Hupe. Es war unmöglich, seine Augen überall dort zu haben, wo kleine Kinder achtlos auf der Straße herumtollten, Touristen mitten auf der Fahrbahn spazierten, oder die kleinen und noch kleineren Hunde der Feriengäste umeinanderkläfften. Vor allem dann nicht, wenn man sich eigentlich auf das Erspähen eines freien Parkplatzes konzentrieren wollte.

Alle verfügbaren Stellplätze waren besetzt, und wie der Staub auf den Fahrzeugen vermuten ließ, manche schon seit Beginn der Hochsaison. Wer nicht unbedingt musste, bewegte seinen Wagen in dieser Jahreszeit nicht. Vielleicht, so überlegte Perez, war es tatsächlich an der Zeit, sich nach sechzig Jahren in diesem Kaff einen Roller anzuschaffen, egal ob man die knatternden Zweiräder nun gefährlich oder nur albern fand.

Mit einem Fluch auf den Lippen lenkte er seinen Wagen kurzerhand vor die Räume der Police Municipale, in denen – ganz gegen alle Usancen – auch der Capitaine der Gendarmerie, Monsieur Boucher, seinen Sitz hatte. Perez streckte den Kopf durch die Tür und wechselte einige Worte mit Jacques Moskowicz, einem der beiden Dorfpolizisten. Bevor Perez ihm die Schlüssel aushändigte, um im Falle eines Falles den Wagen versetzen zu können, erbat Moskowicz einen kleinen Gefallen. Perez blieb nichts anderes übrig, als ihm später etwas Schinken vorbeizubringen. Er nickte widerwillig und durfte sich danach endlich auf den Fußweg die Avenue du Fontaulé hinunter zum Café machen.

»Wenn das mal nicht, alles in allem, fast fünfhundert Meter sind«, brummelte er vor sich hin, während er, der ungeübteste Fußgänger der gesamten Côte Vermeille, hinter einer neunköpfigen Familie herschlich, die Teile ihres Nachwuchses in Kinderversionen von Rennkarts gesteckt hatte, mit denen die Kleinen unter lautem Gejohle alles über den Haufen fuhren, was sich ihnen in den Weg stellte.

Mit seiner Stimmung stand es folglich nicht zum Besten, als Perez eine gefühlte Ewigkeit später im Café eintraf und sich auf eine der Bänke zwängte.

Je weiter die Saison voranschritt, desto weniger Gäste fanden den Weg ins Innere des *Catalan*. Nur mehr die Alten saßen hier und folgten, als gäbe es den sie umgebenden Irrsinn des Sommers nicht, konsequent trotzig ihren Routinen. Sie schwatzten, tranken Kaffee, lasen Zeitung und spielten Rami, ein katalanisches Kartenspiel, das jedes Kind in Banyuls beherrschte. Natürlich wurden in diesen heiligen Hallen der Gewohnheit nebenher Wettscheine ausgefüllt. Das *Café le Catalan* war eine von landesweit zehntausend Verkaufsstellen der auf Pferdewetten spezialisierten Pariser PMU und mithin als Kasino klassifiziert, in dem um Geld gespielt werden durfte. Und das taten nahezu alle Einheimischen mit Leidenschaft. Perez war auch hier eine Ausnahme. Wetten langweilten ihn ebenso wie Kartenspiele. Was *er* hier drinnen suchte, war die Tradition. Er wollte sich nicht verhalten wie Touristen, bei denen es offenbar als Verbrechen angesehen wurde, bei Temperaturen von mehr als zwanzig Grad den Schutz geschlossener Räume aufzusuchen. Einen freien Stuhl im Außenbereich des *Catalan* zu ergattern, war ähnlich schwer wie die Parkplatzsuche. Drinnen aber waren die Einheimischen noch unter sich.

Es dauerte einen Moment, bis Jean-Martin auf den neuen Gast aufmerksam wurde, lange genug jedenfalls, dass Perez einigermaßen wieder zu Atem kommen konnte und feststellen musste, dass sein Magen knurrte.

»Was ist denn so wichtig, mein Lieber?«, fragte er, nachdem Jean-Martin aufgeregt winkend auf ihn zugeeilt war. Er schien zu befürchten, Perez' korpulenter Körper könne im nächsten Augenblick vor seinen Augen zu Staub zerfallen.

»Ich bringe dir deine Zeitungen«, antwortete der dürre Mann, dessen ohnehin helle Haut mit voranschreitendem Sommer nur noch blasser zu werden schien.

»Hast du mal auf die Uhr gesehen?«, fragte Perez und tippte auf den Chronometer an seinem linken Handgelenk. »Zeitungen lese ich zum Frühstück. Jetzt ist es bereits nach eins, und ich habe weder ein Croissant gehabt noch Mittagessen. Du weißt, was das heißt?«

»Du bist schlecht gelaunt«, murmelte Jean-Martin.

»Jedenfalls bin ich nicht bester Stimmung. Ich hoffe,

was du mir zu sagen hast, ist so wichtig, wie es am Telefon geklungen hat. Also?«

Anstelle einer Antwort lief der Wirt zurück zum Tresen und platzierte zwei Orangina auf das Tablett eines der Kellner. Erst danach kam er zu Perez zurück.

Der blickte fragend zu ihm auf. Jean-Martin tat ihm leid. So aufgeregt hatte er den jungen Mann noch nie zuvor gesehen. Perez machte Anstalten, sich zu erheben. Irgendwie schien es ihm unpassend, zu sitzen, während sein Gegenüber fast kollabierte.

»Hoh. Hoh. Hoh!«, rief Jean-Martin. Er legte Perez die Hände auf die Schultern und drückte ihn mit erstaunlicher Kraft zurück auf die Bank.

»Keine Sorge, ich wollte nicht gehen.« Perez versuchte sich an einem besonders wohlwollenden Gesichtsausdruck. »Du machst mir Angst, Jean-Martin. Was ist denn bloß los mit dir?«

»IchliebedeineTochter!«

Die Worte verließen den Mund des Wirts mit der Wucht eines Sektkorkens, der nach der Entfernung des Drahtgeflechts aus der Flasche schoss. Und der Korken schien direkt gegen Perez' Schläfe zu schlagen. Getroffen sank er in die Polster.

»Wirwollenheiraten.«

Verflogen der Ärger über die Touristeninvasion, vergessen der Tote im Weinberg, kein Gedanke mehr an Mittagessen. Auch wenn die Worte des Wirts ineinandergeflossen waren wie Kaffee und Milch, so gab es an deren Bedeutung doch keinen Zweifel:

Jean-Martin, dieser hoch aufgeschossene, kalkweiße und nervenschwache Kerl, wollte seine geliebte Marie-

Hélène heiraten. Seine einzige leibliche Tochter! Perez spürte, wie ihm flau im Magen wurde.

»Und weiter?«, flüsterte er hilflos.

»Sie will es verhindern!« Nun flüsterte auch der Wirt.

»Sie?«

»Madame Fabre.«

Perez spitzte die Lippen. Marielle Fabre mochte ein Scheusal sein, dumm war sie nicht.

»Ich muss mal zum Klo«, sagte er und schob sich aus der Bank.

In dem engen, vom Fußboden bis zur Decke gekachelten Raum spritzte er sich Wasser ins Gesicht. In den Spiegel zu schauen, traute er sich nicht. Mit dem Rücken gegen die Tür gelehnt stand Perez da und versuchte einen klaren Gedanken zu fassen.

Ausgerechnet Jean-Martin und Marie-Hélène ... Und es gab noch nicht einmal die Möglichkeit, die ganze Sache dem Tramontane in die Schuhe zu schieben. Der starke Wind, für den die Côte Vermeille berüchtigt war, hatte sich schon seit Wochen in seinem Versteck in den Bergen verschanzt.

Er dachte an Marie, seine kleine Marie, das Glück seines Lebens. Für seine Tochter würde er alles und immer und zu jeder Zeit tun, wirklich alles. Nur dass dieses *alles* Jean-Martin ausdrücklich nicht mit einschloss.

»Warum tut die Kleine mir das an?«, murmelte Perez. »Warum spricht sie nicht mit mir, bevor sie einen solchen Unsinn macht?«

Jean-Martin und Marie mussten sich seit Kindertagen kennen, sie waren nahezu gleich alt. In Banyuls kannte ohnehin jeder jeden. Trotzdem konnte Perez sich nicht erinnern, dass Marie die Bohnenstange je erwähnt hätte.

Wusste Marielle schon länger von dieser Affäre? Perez beugte sich vorsorglich über das Loch im Boden, ihm wurde schlecht. »Merde!«, stieß er aus. »Merde, merde, merde.«

Langsam richtete er sich wieder auf. Nein, befand er, wenn Marielle schon länger davon gewusst hätte, hätte sie ihn eher kontaktiert. Er würde mit ihr zusammenarbeiten müssen. Besondere Umstände verlangten nach besonderen Maßnahmen. Er würde jeden Verbündeten nehmen, den er kriegen konnte, um diese Katastrophe zu verhindern, selbst seine Ex-Geliebte.

Perez füllte seine Lungen mit Luft, bevor er sich durch die Pendeltür zurück ins Café schob.

Am Tresen herrschte Chaos. Einer der Kellner hatte den Platz des Wirts eingenommen und stand angesichts der Flut von Bestellungen gewaltig unter Druck. Immer wieder rief er Jean-Martins Namen. Auf der Place Paul Reig standen sicher an die hundert Stühle, und auf jedem wartete ein ungeduldiger Gast auf seine Bestellung.

Für Jean-Martin aber hatte die übrige Welt aufgehört zu existieren, er starrte Perez angsterfüllt an.

Perez kratzte sich den beachtlichen Bauch – eine Marotte, wenn er nachdachte. Angesichts dieses Ritters der traurigen Gestalt sackte seine Entschlossenheit zum Widerstand so rasch in sich zusammen wie ein Luftballon nach der Begegnung mit einer Nadel. Er packte den Dürren am Arm, zog ihn vorbei an dem protestierenden Kellner quer durchs Café, hinaus auf die Rue Saint Pierre, und von dort in die etwas stillere Gasse, die zur Rue Dugommier führte. Dort dirigierte er ihn in einen stillen Hinterhof. Jean-Martin hob die Hände vors Gesicht.

»Mon dieu«, sagte Perez. Er trat zwei Schritte zurück. »Glaubst du tatsächlich, ich würde dir etwas antun? Nimm die Hände runter. Vor mir musst du doch keine Angst haben.« Der Wirt war am Ende, sein ohnehin schwaches Nervenkostüm stand kurz vor dem Zerreißen. »Beruhige dich erst einmal, Jean-Martin. Na komm, ist ja alles halb so wild.«

»Sie will es verhindern, diese Hexe!«, brüllte der Dürre plötzlich so laut, dass Perez sich gezwungen sah, ihm schnell die Hand auf den Mund zu legen.

»Willst du das ganze Dorf zusammenschreien? ... Nun beruhige dich doch, mon dieu! So wird das nichts.«

»Du musst mir helfen, Perez«, sagte er. »Du bist der Einzige, der uns helfen kann.«

Uns, wiederholte Perez in Gedanken. Sofort verspürte er sie wieder, die aufsteigende Übelkeit.

»Nicht, solange du dich anstellst wie ein Dreizehnjähriger nach seinem ersten Rendezvous. Du reißt dich jetzt zusammen, ist das klar?«

»Du hilfst uns also? Danke! Das vergesse ich dir nie.«

Die Bohnenstange strahlte. Gleichzeitig liefen ihm Tränen über die Wangen. Und er machte Anstalten, Perez zu umarmen. Der wich erneut zurück.

»Schon gut, schon gut. Ich kann dir nichts versprechen«, rief er eilig, und fragte sich, warum ihm der Dürre bloß so leidtat. »Ich verspreche dir gar nichts, aber ... hörst du mir zu? ... Ich möchte, dass du jetzt wieder ins

Catalan zurückgehst und deine Arbeit machst. Und ich verlange, dass du niemandem etwas von dieser Angelegenheit erzählst. Haben wir uns verstanden?«

»Perez, ich weiß gar nicht, wie ich dir danken soll ...«

Bevor Perez zurück zum Hotel fuhr, rief er Haziem an. Der aus dem Maghreb stammende Hüne war Perez' bester Freund. Außerdem führte er die Geschäfte im *Conill amb Cargols*. Er war Koch und Majordomus des Restaurants in einer Person. Der Maghrebiner entschied, wer einen Platz bekam und wer abgewiesen wurde. Er allein zeichnete für die Karte verantwortlich, bestimmte die Öffnungszeiten und Regeln. Zudem verstand er sich auf Finanzen, eine weitere Eigenschaft, die Perez nicht besaß. Perez war lediglich der Besitzer des *Conill*. Und der beste Gast des kleinen Souterrain-Lokals.

Das *Conill* war Perez' reine Weste, unter der er seine schwarzen Geschäftchen bestens verstecken konnte. Dass sein Warenhandel nicht ganz legal vonstattenging, wurde allgemein vermutet, es offen auszusprechen, traute sich hingegen niemand. Außerdem hatte der Warenschmuggel in Banyuls-sur-Mer Tradition. Ging doch die Ortsgründung auf ein Nest von Contrebandiers, von Schmugglern, zurück.

»Ich habe keinen Appetit, mon vieux«, sagte Perez, nachdem Haziem sich gemeldet hatte. »Ist viel los heute?«

»Was glaubst du denn? Du musst mir Schinken bringen, ich brauche Butter, Käse und einen Kanister Öl.«

Perez unterhielt ein geheimes Zwischenlager, seinen *Tresor*, in einem alten Bunker hinter der Uferstraße.

»Geht nicht«, entgegnete er knapp.

»Bau keinen Scheiß, Perez!«, sagte Haziem nach kurzem Schweigen.

Ihm konnte man nichts vormachen, er merkte schnell, wenn etwas nicht stimmte. Dass Perez keine Zeit oder auch einfach keine Lust hatte, für Warennachschub zu sorgen, war nichts Ungewöhnliches und bot wenig Anlass zur Sorge. Wenn er allerdings zur Mittagszeit behauptete, keinen Hunger zu haben, dann war etwas Gravierendes geschehen. Perez war nicht die Sorte Mann, dem Probleme auf den Magen schlugen. Ganz im Gegenteil, je größer der Stress, desto hungriger wurde er normalerweise.

»Mach ich nicht, keine Sorge. Wenn du Hilfe brauchst, ruf doch bei Steph an. Die Kleine hilft dir sicher gerne, sie hat schließlich Ferien.« Die sechzehnjährige Stéphanie war die Tochter von Marianne Finken, Perez' partieller Lebensgefährtin, und so was wie Perez' zweite Tochter.

»Bau keinen Scheiß«, sagte Haziem erneut und legte auf.

»Du glaubst nicht, was gerade passiert ist ...« Nach mehrfachem Klingeln hatte Marianne seinen Anruf endlich angenommen.

»Perez! Kannst du mir mal sagen, wo du steckst? Ich habe dich schon zigmal angerufen und dir auf die Mailbox gesprochen.«

»Echt? Ist ja komisch. Vielleicht ist mein Telefon noch auf stumm geschaltet. Entschuldige bitte. Was wolltest du denn?«

»Dir sagen, dass ich jetzt auf dem Weg nach Perpignan bin. Ich habe den Zug genommen.«

Perez erinnerte sich wieder an sein Versprechen. »Oje! Ich wollte dir den Kangoo leihen.«

»Ja.«

»Die Demonstration ... ich hab's total vergessen. Tut mir echt leid.«

»Klar. Dir war eine Weinprobe ja auch wichtiger, als gegen die Neofaschisten zu demonstrieren.« Sie hatten darüber bereits ausführlich gestritten. Die Wahrheit war, Perez war durchaus und auch entschieden gegen den Front National. Er fand es auch gut und richtig, gegen Marine Le Pen und ihren hiesigen Statthalter Mateu Oriol zu demonstrieren. Aber er war kein Mann für die Straße. Eine Demonstration, das war was für junge Leute. Zu Fuß über die Straße gehen und schreien – so sah er sich einfach nicht.

»Das stimmt doch in der Verkürzung nicht«, sagte er. »Ich find's gut, dass ihr gegen Mateu demonstriert.«

Oriol war früher Mitglied der Kommunistischen Partei gewesen. Nach seiner Entlassung als Hafenarbeiter hatten Marianne und Perez jahrelang nichts mehr von ihm gehört. Bis sein Gesicht bei den letzten Élections Cantonales, den Gemeinderatswahlen, plötzlich auf den Wahlkampfplakaten des Front National zu sehen gewesen war.

»Dann wäre es schön, dich an meiner Seite zu haben«, sagte Marianne.

»Nun hör doch mal auf, ich wollte dir was ganz anderes erzählen. Wusstest du, dass Marie-Hélène heiraten will?«

»Was? Deine Marie?« Sie schien nachzudenken. »Wer ist der Glückliche?«

»Das ist das Problem«, entgegnete er. »Es ist Jean-Martin, le grand échalas.«

Schweigen am anderen Ende der Leitung. Solange es andauerte, fühlte sich Perez auf einer Linie mit Marianne. Doch dann folgte ein gedehntes: »Jaaaaaaa.« So als hätte sie die Dinge hin und her bewogen und für darstellbar befunden.

»Was?«, fragte Perez.

»Kann ich mir gut vorstellen.«

»Wie bitte?«

»Die beiden zusammen. Sie könnten gut zueinanderpassen.«

Perez widerstand dem Reflex, sein Mobiltelefon aus dem Fenster zu schmeißen. Mit zusammengepressten Lippen saß er hinter dem Steuer und fragte sich, was eigentlich mit der Welt los war.

»Perez, Marie ist achtundzwanzig. Es wird Zeit, sich mit dem Gedanken abzufinden. Also ich freue mich für sie. Weiß Stéphanie es schon?«

Perez blickte weiterhin starr geradeaus. Ihm fehlten die Worte. Er hörte noch, wie Marianne zweimal seinen Namen rief, bevor er die Verbindung unterbrach.

KAPITEL 3

Perez betrat das Hotel auf demselben Weg, auf dem er es kurz zuvor verlassen hatte. Jetzt, um kurz nach drei, war die Küche ebenso leer wie der Speisesaal. Man aß früh zu Mittag in Banyuls. Die Köche genossen die wenigen Stunden Freizeit, die ihnen zwischen dem mittäglichen und dem abendlichen Service blieben, am Strand vor der Haustür.

Sich nach allen Seiten umsehend – keinesfalls wollte er Marielle erneut in die Arme laufen, nicht bevor er mit seiner Tochter gesprochen hatte –, bewegte Perez sich auf den Aufzug zu und fuhr mit diesem hinauf in die oberste Etage des dreistöckigen Gebäudes.

Mit einem Originalschlüssel, den er längst nicht mehr hätte besitzen dürfen, gelangte er in den privaten Bereich der Familie Fabre. Er vergewisserte sich, dass niemand in der Diele war, bevor er vorsichtig an die Tür zu seiner Linken klopfte. Als er ein leises »Oui« hörte, schob er die Tür gerade so weit auf, dass er hineinschlüpfen konnte.

Drinnen fand er Marie-Hélène auf ihrem Bett hockend, die Knie bis zur Kinnspitze an den Körper gezogen. Er legte den Zeigefinger auf die Lippen, was unnötig war. Marie-Hélène wusste nur zu genau, wie es um die Beziehung zwischen ihren Eltern bestellt war. Trotzdem nickte sie und versuchte zu lächeln.

Perez betrachte seine Tochter einen Augenblick. Dass die Farbe ihrer Iris ein dunkles Braun war, war inmitten der vom Weinen geröteten Augen kaum noch zu erkennen. Wie stets reichte allein ihre Anwesenheit, um ihn sanft zu stimmen. Selbst in dieser schwierigen Situation spürte er, wie seine innere Anspannung etwas nachließ. Sie traurig zu sehen, brach ihm das Herz. Er setzte sich neben sie aufs Bett und nahm sie in den Arm.

»Komm her, ma belle. Was ist denn so Schlimmes geschehen?«

»Das weißt du genau«, antwortete sie, »und sprich nicht in diesem Ton mit mir, ich bin keine vierzehn mehr.«

»Entschuldige. Aber du weißt doch, dass ich es nicht ertrage, dich traurig zu sehen. Und nun hör auf zu weinen, schließlich bist du keine vierzehn mehr.«

Sie lächelte und schlug ihm gegen den Arm. Eine ganze Weile saßen Vater und Tochter still nebeneinander auf dem Bett. Manchmal schluchzte Marie-Hélène, dann versuchte sich Perez an tröstenden Worten. Schließlich stand sie auf, griff sich eine Box mit Kleenex-Tüchern und putzte sich die Nase, bevor sie zurück zum Bett kam und sich an Perez' Schulter lehnte.

»Maman kann so eine Hexe sein«, sagte sie. Dann erzählte sie ihm von Jean-Martin, von ihrer ersten Annäherung und dem Erwachen ernster Gefühle. Lachend berichtete sie ihrem Vater, wie schwer es ihrem Erwählten gefallen sei, ihr seine Liebe zu gestehen, auch weil er ein wenig umständlich sei, wie sie selbst ja eben auch, fügte sie hinzu. Aber immerhin sei es ihnen gelungen, ihre Beziehung so lange geheim zu halten, bis sie sich ihrer Sache wirklich sicher gewesen seien. Was, wie Perez sich wohl vorstellen könne, kein leichtes Unterfangen in Banyuls gewesen sei. »Und dann habe ich Maman vorgestern in unsere Pläne eingeweiht«, schloss sie ihre Erzählung.

»Und?«

»Zuerst ist sie, ohne ein Wort zu sagen, aus dem Zimmer gerannt. Als sie wiederkam, hatte sie diesen Gesichtsausdruck, du weißt schon, als hätte ich etwas Schreckliches verbrochen.« Perez nickte und rieb sich Wange und Kinn. »Sie hat mich spüren lassen, welch große Enttäuschung es für sie wäre, wenn ich Jean-Martin heirate.« Marie-Hélène machte eine Pause und starrte einen Moment ins Nichts. »Das fühlt sich so schlimm an«, sagte sie dann.

»Ihr habt doch sicher später noch vernünftig miteinander geredet.«

»Aber nicht so, wie eine Mutter mit ihrer achtundzwanzigjährigen Tochter sprechen sollte. Und ich konnte mich nicht wehren.«

Was hätte er Marie entgegnen sollen? Dass es ihm damals nicht anders ergangen war?

»Und jetzt«, fuhr Marie-Hélène fort, »will sie, dass du es mir verbietest.« Sie sah ihn prüfend an. »Das tust du aber nicht, oder?«

»Wie du schon sagst, du bist erwachsen.« Er hörte sich selbst ausatmen. »Weder sie noch ich können dir etwas verbieten.«

»Könnt ihr auch nicht!«, sagte sie und rückte von ihm ab.

Beide wussten sie, dass das nur die halbe Wahrheit war. Man musste schon sehr stark sein, wollte man sich als Banyulenc oder Banyulencque gegen die eigene Familie stellen. Natürlich brauchte man als Erwachsener deren Einwilligung nicht mehr, aus gesellschaftlicher Sicht war es allerdings deutlich besser, die Familie hinter sich zu wissen. Stärker als in anderen Regionen galt im Süden immer noch der Grundsatz, dass die Familie das höchste Gut, aber auch der höchste Richter war. Perez erinnerte sich nur allzu gut daran, wie Marielle nach ihrer Trennung versucht hatte, Marie emotional an sich zu binden, er hatte lange genug darunter gelitten.

»Marie«, sagte er mit einer Stimme, die seiner Tochter vormachen sollte, er wisse genau, was in einer solch emotionalen Zwickmühle zu tun sei. Er stand auf und setzte sich auf einen Stuhl vor dem altmodischen Schminktisch, der in der gegenüberliegenden Ecke des Zimmers stand. »Jetzt noch mal ganz geordnet. Seit wann geht ihr zusammen aus?«

»Was spielt das für eine Rolle?«

»Antworte mir bitte.«

»Seit April.«

»Seit wann ... also ... wie lange glaubst du schon, dass du ihn liebst?«

»Was geht dich das an?«

»Rede, Tochter, oder hilf dir selbst.«

»Schon viel länger«, sagte sie. Ihr Gesicht verriet, was sie von seiner Art der Befragung hielt.

Perez zog ein Taschentuch aus der Hose und schnäuzte sich unnötig lange die Nase.

»Na gut. Aber er, wann hat er dir seine Liebe gestanden?« Marie-Hélène schob die Lippen vor und sah ihn abwartend an. »Kann ich mir im Übrigen, trotz deiner Geschichte von vorhin, so was von gar nicht vorstellen.«

»Warum denken immer alle, JeMa sei blöde?«

Weil er es ist, formulierte Perez in Gedanken. »JeMa?«, fragte er stattdessen.

»Das ist doch süß. Und passt zu ihm.«

Perez hatte eine Wasserflasche, die auf dem Schminktisch gestanden hatte, zum Mund geführt. Jetzt setzte er sie vorsichtig wieder ab. Ob des Gehörten war er sich nicht sicher, dass er den Schluckreflex noch beherrsche.

»Weißt du eigentlich, dass manche ihn le grand échalas nennen?«, fragte Perez scheinheilig. »Und dabei zielt die Bezeichnung als Bohnenstange durchaus nicht allein auf seinen Körperbau ab. Also ich nenne ihn natürlich nicht so, aber man hört es hier und da.«

»JeMa kann keiner Fliege etwas zuleide tun. Er arbeitet hart für sein Geld und ist der netteste Mensch, den ich kenne. Ich liebe ihn, findet euch damit ab, und hör auf mit den Beleidigungen, Papa.«

»Fleißig ist er, da kann man nichts sagen«, antwortete Perez. Zur Bekräftigung nickte er dreimal mit dem Kopf. »Ihr geht seit April miteinander, seine Liebe hat er dir erst später gestanden, sagen wir also mal im Mai ...«

»Am 21. Was spielt das für eine Rolle?«

»Bien«, sagte Perez. »Im Mai also. Meinst du nicht, ihr solltet euch noch ein wenig besser kennenlernen? Ich meine, eine Hochzeit nach nur zwei Monaten ist vielleicht etwas überstürzt. Ich habe ja nichts dagegen, versteh mich bitte nicht falsch, ich möchte das nur zu bedenken geben. Schließlich hast du mich um meine Meinung gefragt.«

»Hab ich nicht.«

»Du willst Hilfe von mir.«

»Richtig. Das ist aber etwas anderes.«

»Marie, ihr seid noch jung. Warum fahrt ihr nicht mal ein Wochenende zusammen in die Ferien? In den Norden. Nach Toulouse. Das ist gut zu erreichen, man versteht die Menschen, sie verstehen euch ... Hey, ich spendiere euch eine Nacht im Hotel ... zwei Einzelzimmer. Und ich kenne ein wunderbares kleines Restaurant, wo sie sich perfekt um euch kümmern werden. Auf so einer Fahrt lernt man sich besser kennen. Wie wäre das?«

»Papa!«

»Was?«

»Ich bin keine vierzehn mehr, erinnerst du dich? Wir kennen uns bestens. Außerdem sind wir nicht mehr im 19. Jahrhundert.«

»Wenn ich dir geschichtlich nachhelfen darf, eine solche Kennenlernphase ist eine Erfindung des 20. Jahrhunderts, früher wurden die Menschen einfach miteinander verheiratet, ohne sich je begegnet zu sein.«

»Ja, toll! Wie bei Molière.«

»Bei Molière?«

»Wird doch im *Tartuffe* beschrieben. Hast du das nicht in der Schule gelesen?« Perez schüttelte den Kopf. »Was ist jetzt, sprichst du mit Maman?«

»Klar«, sagte er und seufzte. Wieder nahm er das Taschentuch. Doch dieses Mal benutzte er es, um die Schweißperlen auf seiner Stirn abzutupfen. »Diese verdammte Hitze! Ja, ich spreche mit ihr. Sie hat von sich aus schon das Gespräch gesucht, vorhin, nach der Weinprobe. Na ja, gesucht ...«

»Bist du auf meiner Seite?«

»Du kannst aber hartnäckig sein. Von wem hast du das bloß? ... Was machst du, wenn sie bei ihrer Haltung bleibt?«

»Wir heiraten«, sagte sie mit fester Stimme, »sie kann nichts dagegen tun.«

»Ich bin immer auf deiner Seite, ma belle«, sagte er. »Du bist eine erwachsene Frau und du kannst machen, was du willst. Aber ich will ehrlich zu dir sein: Jean-Martin und du, an den Gedanken kann ich mich noch nicht recht gewöhnen.«

»Was ist denn falsch an ihm?«

»Ihn nimmt niemand ernst. Und ich wünsche mir einen Mann für dich, der sich durchsetzen kann.«

»Aaaah, verstehe, so einen richtigen Südfranzosen!«, rief sie. Jetzt wirkte sie weniger traurig als zornig. »Einen Mec, der immer auf dicke Hose macht, was für ein dämliches Klischee!«

»Aber nicht doch«, sagte Perez. »Wenn aber einer daherkäme, der ein bisschen ... mehr hermachen würde, fände ich das nicht schlimm. Und immerhin ist Jean-Martin den Beweis noch schuldig, dass er das *Catalan* selbstständig führen kann«, fügte er rasch an. »Wenn sein Alter den Löffel abgibt, was bei dessen Lebenswandel schon bald der Fall sein kann, muss er das Café auch wirtschaftlich führen, und dabei hilft einem Fleiß allein nicht. Da braucht es Köpfchen.«

»Das musst ausgerechnet *du* sagen. Was wäre denn, wenn du Haziem nicht hättest.«

»Marie-Hélène«, rief Perez empört, »das ist wirklich etwas völlig anderes.«

»Na schön, Papa. Schluss jetzt mit dem Herumgerede, hilfst du mir gegen Maman oder nicht?«

Perez drückte sich vom Stuhl hoch. »Ich suche erst mal nach deiner Mutter, das wird kein leichtes Gespräch werden, ma belle.« In der geöffneten Tür hielt er noch mal inne. »Sag mal, du *musst* doch nicht etwa heiraten? Denn wenn ...«

Er wich dem Kissen aus, das zusammen mit einem lauten »Hau ab!« geflogen kam, und beeilte sich, die Tür von außen ins Schloss zu ziehen, bevor die Wurfgeschosse von härterer Konsistenz wurden.

KAPITEL 4

Perez trat Marielle im Speisesaal des Restaurants gegenüber. Sofort war alles wie immer.

Ihre Wut und vielleicht auch ihre Enttäuschung über das, was er ihr damals angetan hatte, entlud sich auch dreißig Jahre später noch regelmäßig in Form von Vorwürfen jeglicher Art. Oberflächlich ging es dieses Mal lediglich darum, die Weinprobe verlassen zu haben, ohne ihrem Gesprächswunsch nachgekommen zu sein. Darunter aber schwang das ständige Streitthema mit, dass er ihr keinen *Creus* verkaufe, obwohl er genau wisse, dass es dem Ruf ihres Feinschmeckerlokals schade, wenn sie ihren Gästen diesen Mythos der Côte Vermeille nicht servieren könne. Und dann gab es immer noch die vielen Kinkerlitzchen, die sie je nach Gemütslage auspackte. Wie hatte er sich überhaupt unterstehen können, wie der letzte Penner zur Weinprobe zu erscheinen?

Perez blickte durch die große Scheibe und sah der Sonne beim Scheinen zu. Er schwieg zu allem, gab allenfalls ausweichende Antworten und träumte sich während ihrer Tiraden an einen anderen Ort.

»Marielle, können wir bitte zur Sache kommen«, sagte er, als sie eine kurze Pause einlegte. »Ich weiß, worüber du mit mir sprechen willst, aber ich weiß noch nicht, was genau du von mir willst.« Er setzte sich rittlings auf einen der Restaurantstühle und klemmte sich eine Zigarette zwischen die Lippen.

»Du weißt es natürlich schon.« Weniger eine Frage als eine Feststellung. »Und natürlich gedenkst du nichts dagegen zu unternehmen ... Du und Marie, ihr seid euch natürlich mal wieder einig. Einig gegen mich«, fügte sie an.

»Marielle ...«

»Willst du das etwa bestreiten?«, fragte sie mit einer Kälte in der Stimme, die jede Klimaanlage überflüssig machte.

Er zuckte mit den Schultern.

»Jetzt rede schon!«

»Wenn du mich zu Wort kommen lassen würdest, könnte ich es dir erklären.«

Marielle setzte sich auf den Stuhl gegenüber und schaute ihn herausfordernd an.

»Auf dem Weg zur Weinprobe bekam ich einen Anruf von Jean-Martin ...«, begann er und fuhr fort, ihr den Ablauf der Ereignisse zu schildern.

»Diesen Schwachkopf mir vorzuziehen, ist eine Frechheit«, fuhr Marielle ihn an, unmittelbar nachdem er geendet hatte. »Aber die noch viel größere Dreistigkeit ist es, dich zuerst mit Marie zu treffen, anstatt dir meine Sicht der Dinge anzuhören und mit mir gemeinsam eine Strategie zu erarbeiten.«

»Unsere Tochter ist kein Geschäftsmodell, Marielle. Wir brauchen keine Strategie.«

Marielle zuckte zusammen. Perez hatte *unsere Tochter* gesagt, im vollen Bewusstsein, dass der familiäre Plural seine Ex auf die Palme brachte. Für Marielle war Marie ganz allein ihre Tochter, Perez nur mehr Teil eines biologischen Vorgangs aus grauer Vorzeit.

»Findest du Jean-Martin etwa gut genug?«, stieß sie hervor.

»Ich bin auch nicht begeistert. Allerdings sind unsere Beweggründe nicht dieselben.« Perez stand vom Stuhl auf, er lief ein paar Schritte durch den Raum. Schob die Zigarette zurück in das Päckchen. »Marianne findet, dass die beiden sehr gut zueinanderpassen«, sagte er.

»Wie schön«, entfuhr es Marielle. Der sarkastische Unterton war unüberhörbar. »Offenbar weiß der ganze Ort bereits davon. Ich sag dir was, Perez: Was deine Deutsche davon hält, interessiert mich wirklich nicht.«

»Sie ist meine beste Freundin. Ihre Meinung ist mir wichtig. Sie hat eine feine Nase für das Zwischenmenschliche. Gemeinhin höre ich auf sie, eigentlich verlasse ich mich sogar auf sie.«

Natürlich war es feige, sich hinter Marianne zu verstecken. Als strategische Entscheidung vorerst aber nicht so schlecht, fand Perez. Immerhin gewann er dadurch Zeit.

»Was versuchst du mir zu sagen? Dass die Deutsche ...«

»Marianne Finken. Lass den Unterton, Marielle. Du solltest sie nicht dafür büßen lassen, was ich dir deiner Meinung nach angetan habe.«

»Was du mir angetan hast ...« Sie verstummte und sah ihn durchdringend an.

Perez' Telefon klingelte. Er zog es hervor und sah auf das Display.

»Boucher. Der will sicher wissen, wer bei der Probe gewonnen hat«, murmelte er.

»Les Tines«, antwortete Marielle mechanisch. Niemand konnte schneller zum Geschäftlichen wechseln als Madame Fabre.

»Ich weiß. Ist ein guter Wein. Die Cardoners verstehen ihr Handwerk. Ich rufe Boucher später zurück, dann kann er sich eine Kiste sichern, bevor es morgen im *L'Indépendant* steht. Vielleicht wollte er mir aber auch nur Näheres zu dem Toten sagen.«

»Dem Toten?« Marielle richtete sich kerzengerade auf.

»Im Weinberg gefunden.«

»In welchem Weinberg?«

»Keine Ahnung.«

»Und wer ist es?«

»Bin *ich* der Kommissar von Banyuls oder Boucher?«

»Und wieso sollte er dich dann dazu anrufen? Spielst wohl wieder Detektiv, anstatt dich um Marie zu kümmern.«

Es entstand eine Pause, in der Marielle vor sich hin stierte und Perez nervös an seinem Handy spielte.

»Ich bin gegen diese Verbindung, und ich werde alles in meiner Macht Stehende unternehmen, dass es nicht dazu kommt«, sagte Marielle schließlich. »Im Augenblick versteht Marie es nicht, aber es ist das Beste, was ich für sie tun kann. Und ich möchte, dass du mich darin bestärkst, mehr noch, dass du mich aktiv dabei unterstützt. Wenn du, wie du immer beteuerst, auch das Beste für meine Tochter willst, dann tust du alles, um die Hochzeit mit Jean-Martin zu verhindern.

»JeMa.«

»Bitte?«

»JeMa. So nennt unsere Tochter ihren Auserwählten.

Sie findet das süß. Nein, eigentlich findet sie ihn süß ... deshalb nennt sie ihn so. Ein Kosename.«

»Brauchst du noch mehr Beweise, dass sie nicht weiß, was sie tut?«

»Marielle, ich finde diese Verbindung ... sagen wir mal ... auch nicht ideal.«

»Nicht ideal?«

»Lass mich bitte ausreden. Auch mir fällt es schwer, mir Marie-Hélène und Jean-Martin als verheiratetes Paar vorzustellen. Aber ich habe noch keine abschließende Meinung. Ich möchte in Ruhe nachdenken. An oberster Stelle steht dabei das Glück meiner Tochter.«

»Deiner ...« Sie sprang auf. »Du stellst dich also mal wieder gegen mich?«

»Ich denke nach, Marielle. Erst danach werde ich handeln.«

Sie griff nach seinem Arm, als er sich anschickte zu gehen. Perez machte sich los und ging schnellen Schrittes davon.

Auf der gegenüberliegenden Straßenseite hockte er sich auf eine Bank. Er zündete sich eine Zigarette an und sah hinaus aufs Meer. Mitten in der Bucht von Les Elmes hatten sie einen Ponton auf dem Meeresgrund befestigt. Auf der Plattform trafen Jungen und Mädchen aus dem Dorf auf die Kinder der Touristen. Immer wieder wurde eines der Kinder unter lautem Gejohle der Übrigen ins Wasser geschubst, wurde geflüstert und gekichert oder sich cool in Pose gesetzt.

Perez erinnerte sich, dass dieses Werben um das andere Geschlecht auch schon, als er noch jung gewesen war, dort draußen stattgefunden hatte. Bloß hatte er selbst den Ponton immer gemieden, nicht weil er an den Mädchen nicht interessiert gewesen wäre, sondern weil er sich vor dem Meer fürchtete. Er mochte es nicht, unter sich eine fremde Welt zu wissen, auf die er keinen Einfluss nehmen konnte. Den Fischen das Meer, den Menschen …

Er hob den Kopf. Zur Linken sah er die Felsenküste, über die sich der Sentier du Littoral schlängelte, ein Küstenpfad, der seinesgleichen suchte. Dahinter erhoben sich die Weinberge. Das Zusammenspiel der Farben, die Reinheit der Luft, das war es, was seine Heimat ausmachte. Solange man diesen Ausblick haben konnte, wusste man, dass man sich am richtigen Ort befand, selbst im August. Den Rest des Jahres war es ohnehin das Paradies.

Seine Gedanken kehrten zu Marielle zurück. Nicht zum ersten Mal fragte er sich, was ihn einst zu ihr hingezogen hatte. Marielle war unbestreitbar schön. Auch heute noch. Und es hatte ihn gereizt, ihre hochmütige Art zu knacken und hinter die Fassade zu blicken. Er musste etwa vierundzwanzig Jahre alt gewesen sein, als sie zusammenkamen. Aber warum hatte Marielle aus der Schar ihrer Bewunderer ausgerechnet ihn erwählt? Vielleicht weil er damals schon eigenes Geld verdiente, es investierte und weil er sogar so etwas wie eine geschäftliche Vision hatte. Obwohl Marielle nicht immer die harte Geschäftsfrau gewesen war, als die sie heute galt. Zu Beginn ihrer Beziehung hatten sie viel miteinander unternommen. Sie liebten Bergwanderungen. Ausgedehnte Picknicks im Grünen. Sie diskutierten leidenschaftlich über Politik, aber auch über ihre gestrengen Väter. Er hatte sie geliebt, aufrichtig geliebt, daran bestand nicht der leiseste Zweifel.

Eines Morgens hatte Marielle vor ihm gestanden und ihn mit der Schwangerschaft konfrontiert. Nicht als freudige Nachricht, sondern als unverhohlener Vorwurf. Dabei war ihnen beiden das Missgeschick passiert. Das war der Moment, wo er zum ersten Mal diese andere Seite von Marielle bemerkt hatte. Statt gemeinsam nach einer Lösung zu suchen, machte sie ihm Vorwürfe. Kurz darauf kam ihre Aufforderung, jetzt bloß genau das Richtige zu tun. Perez erinnerte sich an nahezu jedes Detail dieses Gesprächs, als wäre es gestern gewesen.

Als er jetzt daran zurückdachte, bekam er einen Kloß im Hals. Hörte das denn niemals auf, dieses schlechte Gewissen?

Natürlich hatte er eine Weile gebraucht, um sich der Tragweite dieses Ereignisses bewusst zu werden, doch dann hatte er sich, trotz eines zunehmenden Unwohlseins auf den Nachwuchs gefreut, hatte Pläne geschmiedet, seinen Freunden davon erzählt und sogar seinem Vater Antonio.

Die Mahnung aber, nun genau das Richtige zu tun, hatte Bestand und bedeutete unter anderem, dass Marielle auf eine Heirat bestand. Nicht aus Liebe, sondern allein des Kindes wegen. Allen Argumenten gegenüber, die er gegen diesen übereilten Entschluss vorbrachte, zeigte sie sich verschlossen. Stattdessen erhöhte sie den Druck. Immer häufiger drohte sie, ihn zu verlassen, verweigere er, was sie verlangte. Zuerst wehrte er sich noch, mehr und mehr aber zog er sich zurück.

Er konnte den Moment nicht benennen, an dem er sich eingestanden hatte, dass seine Liebe erloschen war, lange gestattete er sich diesen Gedanken nicht einmal.

Er wollte nicht der Mann sein, der sich aus dem Staub machte, wenn ein Kind unterwegs war, er war nicht einer dieser verantwortungslosen Typen. Zugleich aber auch keiner, dem man die Pistole auf die Brust setzen durfte. Niemand, der tat, was man ihm vorschrieb. Unter dem Druck eines sich immer mehr zuziehenden Stricks um den Hals beendete er die Beziehung zu Marielle.

Was auch immer man gegen ihn vorbringen mochte, und es war einiges, was ihn nach dieser Entscheidung an unflätigen Bemerkungen und Verleumdungen ereilte: Er hatte sich gegen Marielle entschieden, gegen eine Vernunftehe, aber das war niemals eine Entscheidung gegen seine damals noch ungeborene Tochter gewesen. Er wollte dem Mädchen ein liebender Vater sein und für sie sorgen.

An jenem Tag hatte er beschlossen, um das Kind zu kämpfen. Gegen Marielle, gegen ihre giftigen Eltern, die feinen Fabres, und alle, die sich zwischen sie stellen wollten. Er wäre sogar vor Gericht gezogen, um sein Besuchsrecht durchzusetzen. Die Fabres, die die Öffentlichkeit scheuten, hatten ihm schließlich erlaubt, seine Tochter an jedem zweiten Wochenende zu besuchen. Es war nicht das gewesen, was er sich vorgestellt hatte, aber Marie und er hatten die gemeinsame Zeit genossen. Nachdem Marie alt genug gewesen war, ihren Willen zu äußern, hatten sie sich öfter gesehen.

Um direkte finanzielle Zuwendungen anzunehmen, waren die Fabres von Anfang an zu stolz gewesen. Perez hatte es auf seine Weise geregelt und der Kleinen ein Sparkonto eröffnet, auf dem sich mit den Jahren ein sehr ansehnlicher Betrag angesammelt hatte. Mit Maries einundzwanzigstem Geburtstag war die Verfügungsgewalt über das Sparguthaben auf sie übergegangen. Sie hatte sich sehr gefreut, gleich darauf aber verkündet, ab sofort keine weiteren Almosen mehr annehmen zu wollen.

Das erneute Klingeln des Telefons riss ihn aus seinen Gedanken.

Im Verlauf des folgenden Gesprächs mit Kommissar Boucher wurde Perez zunehmend bleicher. Antwortete er zunächst noch in vollständigen Sätzen, zeigte sich sogar etwas empört darüber, dass Boucher von der Existenz seines Vaters Antonio wusste, verließen in der Folge nur mehr Halbsätze seinen Mund, dann nur noch einzelne Worte, schließlich unartikulierte Laute, bis er vollends verstummte.

Der Sieger der Weinverkostung war für Boucher überhaupt kein Thema mehr gewesen, für Perez ohnehin nicht. Jetzt gab es nur noch eins: so schnell er konnte, zum Hof seines Vaters zu fahren. Ein Toter in dessen Weinberg! Und dann hatte der Alte dem Kommissar gegenüber auch noch den *Creus* erwähnt. Perez musste einschreiten – alles andere konnte warten!

KAPITEL 5

Boucher hatte ihm in der für ihn typisch verklausulierten Art mitgeteilt, dass ein bislang nicht identifizierter Mann im Weinberg nahe Mas Atxer tot aufgefunden worden war. Gefunden habe die Leiche eine Person namens Antonio Perez, genauer gesagt dessen Hund. Allerdings sei dieser Antonio Perez bereits über achtzig und aufgrund des durch den Fund erlittenen Schocks im Augenblick nicht vernehmungsfähig. Das einzige Wort, das der alte Mann derzeit stammle, sei *Creus*.

Perez trommelte aufgeregt aufs Steuer. Warum, so fragte er sich, brabbelte der Alte ausgerechnet den Namen des Weines vor sich hin, von dem niemand erfahren durfte? Nicht, wie er gewonnen wurde, und schon gar nicht, woher er stammte. Würde das Geheimnis je gelüftet, würde der Wert des Tropfens dramatisch sinken und damit die größte Einnahmequelle in Perez' Geschäft versiegen.

Endlich sah er den kleinen Weiler zu seiner Linken auftauchen. Er überquerte die Brücke am Denkmal für den Philosophen Walter Benjamin, der hier über die Berge vor den Nazis ins spanische Exil geflüchtet war, wo er sich, immer noch voller Angst vor dem braunen Terror, umgebracht hatte. Über die steile Dorfstraße war Antonio ganz einfach zu finden, man fuhr so lange bergauf, bis die Straße endete. Dort markierten Paletten leerer Flaschen den Ort, an dem der einzige Winzer des Weilers seit über fünfzig Jahren lebte und arbeitete. Zur Straße zeigte das Gebäude nur seine abweisenden, feuchten und fensterlosen Mauern. Lediglich ein massives schwarz geteertes Eichenholztor verriet, dass es sich um ein Gehöft handelte.

Perez, der keinen Schlüssel zum väterlichen Anwesen besaß und auch nicht besitzen wollte, hämmerte gegen das Tor, bis ihm Antonios Lebensgefährtin die Tür öffnete.

»Salut Louane. Kannst du mir sagen, was hier los ist? Ist der Alte denn noch bei Trost?«

Louane Delinek strich sich die Haare aus der Stirn. Sie war sehr klein und trug das graue Haar hochgesteckt. Ihr energischer Gesichtsausdruck, die schmalen Lippen und die fragend zusammengekniffenen Augen verrieten ihr katalanisches Temperament. Eine Frau, die ihr Leben auf dem Land im Rhythmus der Natur verbracht hatte. Vor sechs Jahren war ihr Mann beim Versuch, einen Heuwender auf einen Lkw zu verladen, mit diesem umgekippt und dabei zerquetscht worden. Seit zwei Jahren lebte sie mit Antonio zusammen. Die Witwe war die erste Frau seines Vaters, gegen die Perez nichts vorzubringen hatte, sah man von dem Fakt ab, dass sie sich mit einem zwanzig Jahre älteren Mann abgab.

»Freue mich auch, dich zu sehen.« Perez verzog den Mund, als wolle er andeuten, dies sei nicht der geeignete Moment, um höfliche Umgangsformen anzumahnen. »Sieh selbst nach, er liegt oben im Bett«, sagte sie.

Sie trat zur Seite und zeigte mit dem ausgestreckten Arm in Richtung Stiege, als ob Perez nicht wüsste, wo sich das Schlafzimmer seines Vaters befand.

Perez stieg die bedrohlich knarzenden Stiegen hinauf. Weder er noch eines seiner Geschwister hatten je in diesem Haus gelebt. Der Alte hatte die Familie in Spanien sitzen gelassen und sich hier, hinter der Grenze, etwas Neues aufgebaut. Drei von Perez' Geschwistern waren noch niemals in diesem Haus gewesen.

Antonio verdiente den Namen Vater eigentlich nicht. Weil ihn keines der Attribute, die einem Vater zugeschrieben wurden, auszeichnete. Er hatte sich, noch in Spanien, gerne und intensiv über die Kinder aufgeregt, jedoch so gut wie nie mit ihnen direkt kommuniziert. Am Mittagstisch hatte er ihre Verfehlungen mit der Mutter besprochen, gerade so, als ob sie nicht anwesend gewesen wären. Ausflüge mit dem Vater in die Berge oder ans nahe Meer hatte es nie gegeben. Leichtigkeit war ein Fremdwort gewesen. Kinder waren aufgrund seines starken katholischen Glaubens allerdings unvermeidlich gewesen. Antonio ertrug sie lediglich.

Was zwischen den Eltern vorgefallen war, wusste Perez nicht genau. Weder die Katalanen noch die Südfranzosen waren in solchen Fragen besonders mitteilsam. Man kam zusammen und blieb zusammen. Wurde es unerträglich, ging man auseinander. Niemand fragte, warum, weil es Privatsache war. Perez' Mutter war verstorben, als er noch nicht in einem Alter gewesen war, in dem man die Beziehung der Eltern thematisierte. Auch später hatte er nie wieder den Wunsch verspürt, mit seinem Vater über die Vergangenheit zu sprechen. Bestenfalls konnte man ihr Verhältnis als eisig bezeichnen. Gäbe es nicht den *Creus* ...

Antonio Perez lag wie ein Toter auf seinem Bett. Auf dem Rücken, die Decke theatralisch bis zum Kinn hochgezogen, obwohl es in dem kleinen Raum stickig heiß war. Fenster und Läden waren geschlossen, durchaus üblich in der heißen Jahreszeit. Trotzdem ging Perez als Erstes quer durch den Raum und ließ Licht und Luft herein. Spätestens jetzt, als sein Vater darauf nicht reagierte, wusste er, dass Antonio tatsächlich etwas zusetzte. Wehe, es machte sich sonst jemand an seinen Sachen zu schaffen, dann flippte er trotz seiner zweiundachtzig Jahre aus und konnte sich aufführen wie ein zorniger Mann von Mitte dreißig. Jetzt aber ließ ihn Perez' Eingriff in sein Leben völlig kalt. Perez verschärfte die Mittel.

»Tonio, ich bin's. Du kannst aufhören, den Geschockten zu spielen. Die Bullen sind weg. Was ist los? Was hast du mit dem Toten zu tun, und warum erzählst du diesem Boucher von meinem Wein?«

Keine Antwort, keine Regung, kein Anzeichen von Leben.

»So liegt er da, seit die Gendarmen weg sind«, hörte er Louanes Stimme in seinem Rücken. Sie war unbemerkt ins Zimmer getreten. »Keine Ahnung, was der Anblick der Leiche mit ihm gemacht hat. Bloß alle paar Minuten dieses eine Wort: *Creus*. Hast du dafür vielleicht eine Erklärung?«

»Meinst du, es ist etwas Ernstes?« Perez war unschlüssig, was er von der Situation halten sollte.

»Zumindest nicht körperlich. Kein Fieber, sein Blutdruck ist wie der eines Dreißigjährigen, Puls okay, Herzschlag fest.« Erst jetzt erinnerte sich Perez daran, dass Louane mehr medizinische Instrumente besaß als mancher Landarzt. Seinem Vater gefiel das, er selbst sah es mit Befremden.

»Dieses *Creus*«, hörte er sie sagen.

»Wie?«

»Was meint er damit?«

Ihre Frage zeigte zweierlei: Zum einen war der Alte trotz allem ein verschwiegener Mann, sonst wüsste Louane von dem Geheimnis um Perez' *Creus*. Zum anderen hatte sie keinerlei Ahnung von Wein. Sonst hätte sie zumindest schon mal vom Mythos *Creus* gehört.

»Ich rede mit ihm«, sagte Perez, »lässt du uns eine Weile allein, bitte?«

Perez lief nervös im Zimmer auf und ab. Er schob sich eine Zigarette zwischen die Lippen, nur um zu sehen, ob zumindest dieses Vergehen seinen Vater zum Leben erwecken würde. Schließlich hasste er Rauch in jedweder Form. Antonio zuckte nicht einmal, und Perez widerstand dem Impuls, die Kippe zu Ende zu rauchen. Er betrachtete das hagere Gesicht seines Vaters. Außer dem Geheimnis um den *Creus* teilten sie tatsächlich nichts miteinander.

Als er sich nicht mehr zu helfen wusste, legte er die Hände auf die Holzpflöcke, die das Bett begrenzten, und rüttelte daran.

»Tonio, ich weiß genau, dass du mich hörst«, sagte er sehr laut in Richtung Kopfende. »Du kannst von mir aus unter deiner Decke vertrocknen. Ist mir echt egal. Ich würde dir allerdings raten, vorher mit mir zu reden. Bitte sag mir, wer der Tote ist, und warum du fremden Menschen von meinem Wein erzählst. Na los, rede endlich, du sturer Bock!«

Ein rüder Umgangston war durchaus üblich zwischen ihnen. Doch als sein Vater sich immer noch nicht rührte, konnte Perez nicht umhin, mehr als bloße Schauspielerei in der Schockstarre zu vermuten. Er sah genauer hin, ob der Alte nicht vielleicht doch blinzelte, die Nase rümpfte, sich kratzen musste, eine Fliege zu verscheuchen suchte. Er blieb bewegungslos. Ob er wollte oder nicht, Perez begann sich Sorgen zu machen. Das Geschehene schien Antonio tatsächlich die Sprache verschlagen zu haben.

Unschlüssig, wie er die Situation auflösen könnte, trabte er die Treppe hinab und begab sich in die Küche, wo Louane über einen Teller Gazpacho gebeugt saß. Sie deutete auf den Topf. Perez winkte ab.

»Setz dich und iss!«

Perez ließ sich den Teller füllen und probierte mit spitzen Lippen. Etwas einfach, die geeiste Tomatensuppe, keine Finesse, und doch auch wieder nicht schlecht.

»Ich weiß, du bist Besseres gewohnt.«

Mit vollem Mund winkte er ab. »Nicht doch«, sagte er, nachdem er geschluckt hatte. Er riss ein Stück vom Baguette ab und schob es hinterher. »Sie ist sehr gut. Und bei der Hitze draußen das einzig Richtige. Danke.«

»Du kannst ruhig rauchen«, sagte Louane. Sie stellte die leeren Teller zusammen und brachte sie rüber zur

Spüle. »Der knurrige Herr, der dein Vater ist, hätte zwar sicher etwas dagegen, aber er spricht ja augenblicklich nicht. Also nur zu.«

Typisch Katalanin, dachte Perez und grinste. Mitgefühl musste man erahnen. Gezeigt wurde es nicht.

»Sag mal, Louane, hat Tonio sich sofort hingelegt, nachdem er wieder hier war?« Er blies den Rauch in Richtung offenes Fenster.

»Nein. Ich habe ihn zuerst nur im Haus rumoren gehört und mir keine Gedanken gemacht. Plötzlich stand er hinter mir und sagte: *Draußen im Weinberg liegt ein Toter.* Ich hab mich natürlich erschrocken. Du kennst deinen Vater, er macht keine Witze, nicht einmal einen kleinen Scherz. Wenn Antonio sagt, da liegt ein Toter, dann liegt da ganz klar ein Toter.«

»Und dann?«

»Hat er die Polizei angerufen. Er hat bloß gesagt: Draußen im Weinberg liegt ein Toter. Was soll man da auch weiter sagen? Hat keine dreißig Minuten gedauert, dann war die Hölle los.«

»Er muss dir doch noch mehr erzählt haben. Hat er nicht gesagt, wer der Tote ist?«

»Meinst du, er kennt ihn? ... Nein. Er hat aufgelegt und ist runter in den Keller.«

»In den Keller?«, fragte Perez.

»Ja, zu seinen Kisten, in denen er sein gesamtes Leben aufbewahrt und an die niemand randarf. Habe ich dir übrigens erzählt, was er mir aufgetragen hat?« Perez schüttelte den Kopf. »Wenn er stirbt und ich ihn zuerst finde, dann muss ich zunächst alle Kisten verbrennen, bevor ich den Bestatter rufe oder die Polizei. Ich musste ihm das versprechen: erst die Kisten, dann sein Leichnam. Ist das nicht verrückt?«

»Du meinst also, er findet eine Leiche, ruft die Gendarmen und sieht sich dann alte Familienfotos an? Glaube ich nicht. Er muss da unten etwas anderes gesucht haben. Und wie ging's weiter, Louane? Die Schockstarre, wann hat die eingesetzt?«

»Er kam aus dem Keller, noch bevor die Polizei eintraf. Hat aber kein Wort mehr mit mir gesprochen. Er ist gleich die Treppe hoch und hat sich ins Bett gelegt. Da liegt er nun, so wie du ihn eben gesehen hast, und macht nichts weiter, als ab und an dieses Wort zu sprechen.«

»*Creus.*«

»Ja genau, *Creus.*«

»Und dann kam Boucher.«

»Der Kommissar ist direkt hoch zu ihm. Hat auf ihn eingeredet wie auf ein totes Pferd. Aber nichts aus ihm rausbekommen. Ich habe ja zunächst noch gedacht, er meint vielleicht Deus ...«

»Louane!«, rief Perez und sprang von seinem Stuhl auf. »Aber natürlich!« Er riss die Arme in die Luft. »Das muss es sein. Ihr habt euch verhört! Deus! Ja klar. Tonio und sein religiöser Eifer. Er ruft Gott an. Und wenn ihm dabei auch noch sein Gebiss etwas verrutscht, dann kann sich das schon mal wie *Creus* anhören. Klar, er hat Deus gesagt – Gott! Louane überleg mal, was er da im Weinberg Schlimmes gesehen haben muss ... Da ruft so einer wie Antonio schon mal den Herrn an.«

Perez' Züge hatten sich merklich aufgehellt, während er sprach. Ein Blick in Louanes Augen allerdings zeigte, dass sie es nicht sehr schätzte, verarscht zu werden. Perez wechselte das Thema.

»Weißt du, wo genau er den Toten gefunden hat?«

Louane zog ihn zum Fenster und zeigte in Richtung Col de Banyuls. »Auf dem Stück unterhalb von Mas Parer.«

»Doch nicht etwa auf seiner ersten Parzelle?«

»Genau da.«

Perez fuhr mit dem Wagen, so weit es ging. Den Rest der Strecke, bis zu dem rot-weißen Absperrband, musste er zu Fuß bergauf stapfen. Der Schieferboden unter seinen Füßen schien zu glühen. Auf einem Findling, unmittelbar hinter dem Flatterband, saß Alexandre Leblanc, einer der beiden Polizisten des Dorfs, und blickte in seine Richtung. Er hatte sich seiner Uniformjacke entledigt. Tellergroße Schweißflecken verdunkelten das hellblaue Oberhemd im Bereich der Achseln. Schweiß rann ihm über das Gesicht und tropfte von seinem Kinn auf die dunkelblaue Uniformhose. Perez blieb direkt vor ihm stehen und streckte auffordernd das Kinn vor.

»Pah«, antwortete Leblanc.

»Der Elsässer?«

»Wer sonst?«

»Äh oui.«

Mehr war an Informationsaustausch unter Einheimischen männlichen Geschlechts nicht nötig, um komplizierte Sachverhalte zu klären. Boucher hatte Leblanc als Bewacher des Tatorts zurückgelassen. Warum und wie lange der Arme in dieser brütenden Hitze bereits hatte ausharren müssen, wusste Gott allein. Leblancs Meinung zu dieser Maßnahme stand ihm ins Gesicht geschrieben.

»Ein Mord in unseren Weinbergen«, seufzte Perez. »Sachen gibt's! Ist ein ganz schöner Schock, weißt du das? Wer ist der Tote? Warum hier, wo sich Fuchs und Hase Gute Nacht sagen? Mord oder Hitzschlag?«

»Darf ich nicht drüber reden.«

»Alex! Komm schon. Es ist zu heiß, um Polizist zu spielen.«

»Ich darf nicht drüber reden, dass der Typ 'ne Spritze im Arm hatte und ich hier warte, bis die sogenannten Tatortspezialisten aus Perpignan auftauchen, um alles noch mal genauer zu untersuchen, weil wir dazu zu doof sind. Vielleicht sind die Rebläuse ja die Dealer.«

»Die normale Spurensicherung hat unserem Boucher also nicht gereicht. Er ruft zusätzlich noch die Spezialisten aus Perpi. Aber hätte er dann nicht die Leiche liegen lassen müssen?«

»Die wäre geschmolzen«, antwortete Leblanc, ohne eine Miene zu verziehen.

»Wer ist der Tote?«

»Was weiß denn ich? Keine Papiere, nix. Irgendein pied-noir.«

»Das darf man nicht sagen.«

»Ich weiß«, entgegnete Leblanc und machte dabei ein enttäuschtes Gesicht. »Was machst *du* hier eigentlich?«

»Mein Alter hat den Kerl gefunden. Sind auch seine Weinberge.«

»Was du nicht sagst.«

»Ja. Was dagegen, wenn ich Louane bitte, dir 'nen Eistee rüberzubringen?« Das Gesicht des Polizisten hellte sich auf. »Ich schau mal, was sich machen lässt. Oder hättest du lieber ein Glas frischen Weißen?« Noch mehr Aufhellung. Man hatte sich verstanden.

Perez wandte sich zum Gehen, geriet dabei aus dem Gleichgewicht, landete auf dem Hosenboden und rutschte einen Meter den Hang hinab. Fluchend drückte er sich wieder hoch, klopfte sich den Dreck von der Hose und sah zu Leblanc auf. Als der nur ein schiefes Grinsen für sein Missgeschick übrighatte, setzte er den Abstieg fort. Allerdings auf einer weniger steilen Route. Den Blick hielt er während der gesamten Zeit nun streng auf den Boden gerichtet. Kurz bevor er den Fahrweg erreichte, wurde er von einem Gegenstand geblendet. Behutsam bückte er sich und griff nach einem goldenen Kettchen, das zwischen zwei Schieferplatten gerutscht war und dort die Sonne reflektierte. Er wollte die Kette wieder fallen lassen, doch als er sah, dass die Öse am Ende geöffnet war, ließ er sie, einem Impuls folgend, in seine Hosentasche gleiten. Er blinzelte über die Schulter zurück in Richtung Leblanc.

KAPITEL 6

Zurück im Haus bat er Louane, Leblanc eine Flasche gut gekühlten Wein zu bringen. Kurz nachdem sie sich auf den Weg gemacht hatte, stieg Perez hinab in den Keller.

Hier unten befand er sich in der verbotenen Zone des Hauses. Sein Vater und er hatten sich nichts zu sagen und somit war Perez' Interesse an Dingen, die der Alte für des Aufhebens wert befand, bislang ohnehin eher gering gewesen.

Er brauchte nicht lange, um den Schlüssel zu finden. Außerdem hätte ein Sechsjähriger das alte Schloss mit einem einfachen Draht knacken können.

Drinnen machte er Licht. Wie überall im Haus, wo Louane nicht aufräumen durfte, herrschte auch hier das Chaos des Mannes, der zeitlebens von wechselnden Frauen umsorgt worden war. Alte Kisten mit rostigen Nägeln, zwei Gemälde, deren Sujet man aufgrund der Feuchtigkeit, der sie schon lange ausgesetzt waren, nur mehr erahnen konnte. Auf einem meinte Perez einen schneebedeckten Gipfel erkennen zu können. Ein muffig riechender Zweisitzer aus ehemals rotem Samt stand in der Ecke. Davor ein einfacher Holztisch. Vor der Stirnwand thronte eine Art Sekretär, der sich deutlich von allen anderen Gegenständen unterschied. Er war penibel restauriert worden, und kein Staubflöckchen bedeckte das matt glänzende Rosenholz.

Perez setzte sich auf den geflochtenen Stuhl davor und öffnete die oberste Schublade. Vor sich fand er eine Reihe beschrifteter Schachteln. Schachteln, die ausschließlich für den Zweck angeschafft schienen, Erinnerungsschätze aufzubewahren. Sie waren mit floralen Elementen bedruckt und hatten eine jeweils andersfarbige Schleife als Verschlussband. Schachteln, wie sie auch Marie-Hélène in ihrem Zimmer stapelte. Vielleicht hatte seine Tochter die Kartons sogar für ihren geliebten Großvater besorgt.

Perez nahm den ersten aus dem Regal, zog die penibel gebundene Schleife auf, hob den Deckel, warf einen Blick auf den Inhalt, verschloss ihn wieder und schob ihn zurück. So verfuhr er auch mit den weiteren. Fotografien, nichts als Fotografien darin. Hatte der alte knurrige Mann, der zwei Stockwerke höher im Bett lag und den Toten mimte, doch so etwas wie ein Herz? Perez fand Bilder seiner Mutter. Nicht auf dem Feld, in der Küche, beim Wäscheaufhängen, wie er sie in Erinnerung hatte. Auf diesen Fotografien stand sie vor beeindruckenden Kirchen, saß in einem Liegestuhl am Strand oder zusammen mit einem Picknickkorb auf einer Decke inmitten einer Blumenwiese. Immer hatte sie ein Lachen im Gesicht und schien doch stets dem Fotografen zu bedeuten, sich gefälligst um sich selbst zu kümmern. Nur auf einer Fotografie wirkte sie ernst. Sie trug ein weißes Kleid und war wunderschön. Ihre Hochzeit. Antonios Mutter daneben ganz in Schwarz, weil der Mann noch kein Jahr tot war. Auch seine französischen Großeltern waren anwesend.

Nur an die beiden hatte Perez Erinnerungen. Als seine Mutter mit den Kindern nach der Trennung zurück in ihr Heimatland gezogen war, hatten sie eine Weile bei den Großeltern gewohnt.

Hunderte Bilder mussten es sein. Perez vergaß fast das Atmen. Danach kamen Fotos von seinen Geschwistern, die heute über ganz Europa verteilt lebten. Ihr Anblick verstärkte bloß noch seine melancholische Stimmung. Auch Fotografien von ihm selbst enthielt die Sammlung. Er mit seinen Geschwistern, aber auch allein mit dem Vater. In seiner Erinnerung hatte es diese Momente überhaupt nicht gegeben. Das war einer der niemals offen ausgesprochenen Vorwürfe, die er dem Alten machte, dass er sich nie um ihn gekümmert, er ihm nie seine Liebe gezeigt hatte.

Konnte man sich derart irren? War das menschliche Gehirn, das kindliche Gehirn, so programmiert, dass es belastende Erinnerungen ausklammerte, aus Schutz?

Die Erinnerungen, die die Bilder in Perez heraufbeschworen, waren zu viel für ihn. »Nicht jetzt«, ermahnte er sich, »nicht heute.«

Er hob den Kopf und starrte auf die Reihe der Kartons. In dieser Lade war alles geradezu symmetrisch geordnet. Deshalb war er sich auch schlagartig sicher, dass ein Karton fehlte.

Behutsam schloss er die Lade wieder und sah sich weiter im Raum um. Sofort fiel sein Blick auf die fehlende Schachtel. Sie stand auf einer Reihe von Tonröhren, in denen sein geiziger Vater den guten Wein aufbewahrte. Den, den er nur sich selbst eingoss. Perez drückte sich aus dem Stuhl und tat zwei Schritte auf die geöffnete Schachtel zu.

Ihn beschlich ein seltsames Gefühl der Furcht. Mit spitzen Fingern nahm er die erste Fotografie und hielt sie ins Licht der trüben Glühbirne. Schnell entnahm er dem Karton weitere und legte sie auf den Tisch. Was diese Bilder von all jenen unterschied, die er im Sekretär gefunden hatte, war der Zeitpunkt ihres Entstehens. Diese hier waren viel später gemacht worden, und doch waren sowohl Antonio als auch er selbst darauf zu sehen. Perez erinnerte sich an jene Tage. Aber er konnte sich beim besten Willen nicht erinnern, dass sein Vater während der Entstehung des Stollens fotografiert hatte. Was ihm aber klar wurde, war, weshalb der Alte ständig vom *Creus* faselte.

Es hätte nicht viel gefehlt, und Perez hätte im Stil eines zweitklassigen Gaunerepos' die Tür zum Schlafzimmer seines Vaters aufgetreten. Stattdessen atmete er zweimal tief ein und aus, um seine Wut unter Kontrolle zu bekommen, bevor er das Zimmer betrat, in dem sein Vater unverändert auf dem Bett lag.

»Tonio«, rief er. In seiner Stimme ein äußerst strenger Unterton. »Beweg dich endlich. Du kannst nicht den ganzen Tag so liegen bleiben.« Er brachte sein Gesicht über das seines Vaters. Keine Reaktion. Nicht einmal ein Zucken der Lider. »Ist schlecht für deinen Kreislauf«, flüsterte er. »Du bist schließlich über achtzig«, fügte er an. In den Augen des Alten war das ein schwerwiegender Vorwurf. Antonio hielt sich für einen jungen Mann, zumindest für einen Junggebliebenen. »Ich helfe dir jetzt hoch. Und dann bring ich dich runter in die Küche. Louane hat frischen Kaffee gebrüht, den extrastarken, du weißt schon, den, von dem du immer sagst: der weckt

Tote auf. Von mir aus bekommst du auch ein Glas frischen Wein.«

Als sein Vater sich immer noch nicht regte, packte Perez den Zipfel der Bettdecke und schlug diese blitzschnell zurück. Bis auf die Unterhose entkleidet, kam Antonios Anblick dem eines Skeletts verdammt nahe. Zeitlebens war er ein schlanker Mann gewesen. Im Alter aber wirkte er ausgezehrt. Außerdem war er kalkweiß.

Bei diesem Anblick wurde Perez gewahr, wie glücklich er sich schätzen konnte, alles, was ihn ausmachte, von seiner Mutter geerbt zu haben, auch wenn das bedeutete, dass er etwas klein geraten und um die Körpermitte zu füllig war. Auf die Mutter konnte man stolz sein. Eine warmherzige Kämpferin. Für diesen Vater, der die Familie im Stich gelassen hatte, musste man sich eher schämen.

Was nicht unwesentlich dazu beitrug, dass man Antonio in diesem Augenblick für aufgebahrt halten konnte, waren die über dem Bauch gefalteten Hände. Als Perez' Blick auf dessen Finger fiel, sah er auch das Foto, das sein Vater umklammert hielt. Es musste aus dem letzten Karton stammen. Aber wen zeigte das Bild? Im Augenblick sah er nur den Stempel des Labors auf der Rückseite. Er legte Daumen und Zeigefinger auf den Bildrand und entriss es Antonios Händen mit einem Ruck. Mechanisch schnellte der Oberkörper des Alten daraufhin nach oben, als hätte ihn allein die Last des Bildes niedergedrückt.

»Verflucht!«, stieß Perez aus und wich zurück. »Scheiße noch mal, Tonio, bist du verrückt, mich so zu erschrecken?« Er schüttelte den Kopf, besah sich den nun sitzenden Vater und überlegte kurz, an wen ihn das hagere, dünne Männchen erinnerte, kam aber nicht darauf.

Weiter vor sich hin fluchend, trug er die Fotografie ans Licht. Er hielt sie entsprechend weit von sich entfernt, betrachtete sie eingehend, um sie kurz darauf, wie in Zeitlupe, wieder sinken zu lassen.

»Ist *er* der Tote?«, fragte er schließlich und fixierte seinen Vater, der nun ebenso steif, wie er zuvor gelegen hatte, im Bett saß. »Ich habe dich etwas gefragt!« Der Alte hatte zwar die Augen aufgerissen, sprach aber noch immer kein Wort. Immerhin blinzelte er. »Tonio«, sagte Perez in sehr ruhigem Ton. »Hör jetzt auf mit dem Schauspiel, das ist nicht länger lustig. Das hier auf dem Bild ist Kahil, und ich will sofort wissen, ob er der Tote in deinem Weinberg war. Dein erster Erntehelfer. Der nette Kahil ... Perez stand auf. Er drehte einige Runden im Schlafzimmer. Schließlich hockte er sich auf die Fensterbank. Er schaute hinaus auf die Weinberge, dann wieder auf seinen Vater. »Und ausgerechnet den findest du tot in deinem ersten eigenen Weinberg?«

Perez war, als sei der Alte noch blasser geworden. Man konnte fast durch ihn hindurchsehen.

»Willst du nicht wenigstens etwas trinken?«, fragte er.

Wie in Zeitlupe sank sein Vater zurück auf die Matratze. Perez deckte ihn wieder zu und zog sich einen Stuhl ans Bett.

»Kahil«, murmelte er, während die Erinnerung an jene weit entfernt liegende Zeit zurückkam. Kahil, ein Marokkaner, war exakt zu dem Zeitpunkt auf dem Hof seines Vaters aufgetaucht, als er selbst sich daranmachte, die Idee des *Creus* in die Tat umzusetzen.

Gerade erst hatte Perez den Weinberg von seiner Tante geerbt, die noch zu Lebzeiten mit sorgfältigem Rebschnitt begonnen hatte, um die ungewöhnliche Lage über dem Meer, die bis dahin als ordinärer Vin de table qualifiziert gewesen war, zu einer Spitzenlage zu machen. Allerdings hatte sie nie jemandem davon erzählt und auch keine andere Bewertung beantragt.

Der Weinberg, den Perez dann von ihr erbte, bot vom Grundprodukt her mit das Beste, was das Terroir hervorbringen konnte, und lag in puncto Qualität nicht unter den großen weißen Burgundern. Perez selbst beließ es in der Folge nicht nur bei der niedrigen Klassifizierung, im Gegenteil erzählte er jedem, der es hören wollte, er habe einen Acker geerbt, dessen Erträge sich allenfalls zur Essigherstellung eigneten. Allerdings, so verbreitete er weiter, habe er jenseits der Grenze einen Schwachsinnigen gefunden, der ihm auf Jahre die gesamte Erntemenge abnehmen wolle. Dass dieser Schwachsinnige sein Freund und Geschäftspartner Alain Pereira war, der ihn schon damals mit steuerfreiem Schinken und anderen Spezialitäten versorgte, verschwieg er. Er verkaufte also besagtem Pereira zu einem verschwindend geringen Preis seine gesamte Ernte. Das Geld floss, und Perez zahlte davon brav seine Steuern.

Bloß dass die gelesenen Trauben die Grenze nie überfuhren, sondern kurz vor dem Col de Banyuls, im Dunkel der Nacht, in einen tief in den Berg getriebenen Stollen verbracht wurden, der den Contrebandiers schon vor Urzeiten als Versteck gedient hatte. Der Eingang zum Stollen war über die Jahrzehnte, die er nicht benutzt worden war, so zugewachsen, dass nur, wer um seine Existenz wusste, die erdbraune Luke unter dem dornigen Gestrüpp fand.

Eine lange Zeit des Zögerns war der Entscheidung vorausgegangen, denn dieser Stollen gehörte Antonio Perez. Da aber nichts Vergleichbares zu finden gewesen war, hatte Perez den Gang nach Canossa angetreten. Zunächst verweigerte sein Vater jede Zusammenarbeit. Nach langen, hitzig geführten Diskussionen siegte dann aber doch dessen Gier, denn eines wusste der Vater vom Sohn: In Geschäftsdingen hatte dieser ein goldenes Händchen. Besonders wenn es darum ging, den Staat an der Nase herumzuführen und maximalen Profit zu erwirtschaften. Eine Seite, die dem Alten an seinem Sohn gefiel. Also willigte er schließlich ein, den Stollen und seine Fähigkeiten als Weinmacher einzubringen. Aber nur unter der Bedingung, dass er selbst eine Tranche des neuen Weins behalten durfte. Dreihundert Flaschen eines jeden Jahrgangs für den Senior, alles darüber, in normalen Jahren etwa eintausenddreihundert Flaschen, für den Junior, so legten sie es damals fest. Allerdings, und darauf bestand Perez, war Antonios Anteil ausschließlich für den privaten Gebrauch bestimmt. Dessen Flaschen blieben unetikettiert, damit der Alte sie nicht doch hinter seinem Rücken verkaufen konnte. Wurde es in einem Jahr eng, musste Perez bei seinem Vater zu Kreuze kriechen, ihm etwas von seinem Bestand abschwatzen, die Flaschen nachträglich etikettieren, um sie dann verkaufen zu können. Antonio verhandelte selbst zu dem Zeitpunkt nicht nach, als der *Creus* längst zum Mythos geworden war und seinen heutigen Preis erlangt hatte. Was wie die Geste eines guten Menschen wirkte, war in Perez' Augen normal. Schließlich war Antonio kein schwacher Kastilier, sondern ein stolzer Katalane. Und die taten so etwas nicht. Ein Wort war ein Wort. Durch das Geheimnis des *Creus* waren Antonio und sein Sohn auf immer aneinander gebunden.

Sofort nach diesem Abschluss und lange bevor Antonio den ersten *Creus* gekeltert oder auf die Flasche gezogen hatte, hatte Perez mit der Vermarktung begonnen. Bei all denen, die er für verführbar genug erachtete – und er verfügte aufgrund seines Delikatessenhandels, der ebenfalls auf Zuteilung beruhte, über ausreichend Kontakte zu den Wohlhabenden der Gegend –, ließ er fallen, dass er in Spanien über einen Wein gestolpert sei, der seinesgleichen in der Welt suche. Derzeit arbeite er daran, einige wenige Flaschen davon nach Banyuls zu bringen. Und schon konnte er sich der Aufmerksamkeit derer, die noch bevor sich eine Nachfrageschlange bilden konnte, den Markt leer kaufen wollten, sicher sein. Er versprach jedem seiner Interessenten eine Flasche zur Verkostung, sobald sie verfügbar sei.

Danach hielt er ein Jahr lang die Füße still, ließ dem Gerücht, bald werde es etwas ganz Besonderes geben, Zeit, sich zu verbreiten. Erst als die Gerüchteküche fast übergekocht wäre und das Raunen zum Stadtgespräch zu werden drohte, ging er persönlich bei einigen wenigen Kunden vorbei. Zog eine Flasche aus der Kühlbox, goss einen winzigen Schluck in ein wunderschönes Weißweinglas, bewegte den Wein, bis er sein Bukett entfaltete, und reichte ihn den potenziellen Kunden wie der Priester den Gläubigen die Hostie. Nach dieser Vorbereitung und dem geheimen Zeremoniell hätten sie Pisse für Göttertrunk gehalten, flachste Perez, wenn er den wenigen, die die wahre Geschichte des *Creus* kannten, von jenen Tagen erzählte.

War das erste und vorerst auch letzte Glas geleert, packte er schnell wieder zusammen und verließ seine Kunden mit dem Spruch: »Mein Lieber, wenn du Interesse haben solltest, bist du der Erste, der etwas abbekommt. Versprochen. Ich melde mich.«

Antonio hatte sich wirklich selbst übertroffen. Ohne Zweifel war sein Collioure einer der besten der gesamten Gemarkung. Nur dass der *Creus* auf dem Etikett, das Perez in Spanien nahe Pals drucken ließ, als Wein aus der Comarca Alt Empordà, genauer aus der kleinen Gemeinde Capmany am Fuße der Pyrenäen, ausgewiesen wurde.

Begrenzung der Abgabemenge auf sechs Flaschen pro Haushalt und Jahr und absolutes Stillschweigen über das Geschäft und den Wein selbst waren die Grundbedingungen, die Perez nannte. Das Ganze war ein Spiel mit der menschlichen Eitelkeit, und Perez beherrschte dieses Spiel wie kaum ein Zweiter, jedenfalls wie kein anderer hier unten an der Côte Vermeille. Die Begierde der Begüterten kannte daraufhin keine Grenzen mehr. So hatte alles begonnen.

In der Geburtsstunde des *Creus* war der Mann zugegen gewesen, den Antonio nun tot im Weinberg gefunden hatte. Es musste Kahil sein, warum sonst sollte der Alte genau dieses Bild aus den Kartons gefischt haben, um sich seither krampfhaft daran festzuhalten. Kahil hatte ihnen damals geholfen, aus dem Mülllager des Alten einen Stollen herzurichten, der zur Weinherstellung und zur späteren Lagerung taugte. Er hatte die schweren Fässer aus neuer Eiche ebenso wie die gebrauchten Sherryfässer in den Berg geschleppt, hatte die ersten Trauben geerntet und im Stollen gepresst. Und während dieser Zeit hatte er viele Gespräche zwischen Vater und Sohn verfolgen können. Weder Vater noch Sohn Perez war je in den Sinn gekommen, der Marokkaner könne mit dem, was da gerade begann, etwas gegen sie in der Hand haben, noch dass er darüber reden würde. Mit wem auch? Erntehelfer tauchten auf, Erntehelfer verschwanden wieder. So war es auch mit Kahil gewesen. Das Foto, das Antonio in Händen gehalten hatte, zeigte ihn neben Kahil, der den Arm um seine Schultern gelegt hatte. Perez selbst hatte damals den Auslöser betätigt.

»Antonio«, sagte Perez nach einer gefühlten Ewigkeit. »Hattest du nach damals je wieder Kontakt mit Kahil?« Schüttelte der Alte den Kopf, oder täuschte sich Perez? »Hattest du oder hattest du nicht?« Keine Reaktion. »Tonio, du machst mich fertig.« Perez rutschte im Stuhl nach vorne und streckte die Beine weit von sich. »Was mache ich denn jetzt mit dir? Kannst du mir das vielleicht mal sagen? ... Nein! Natürlich nicht. Du hast dich ja entschieden, in einen Schweigeorden einzutreten. Aber Boucher musstest du vorher noch von meinem *Creus* erzählen. Du erinnerst dich schon an unser Gelübde? *Da* wäre Schweigen angebracht gewesen. TONIO!«

Perez sprang auf, der Stuhl kippte um.

Langsam, wie in Zeitlupe, fasste die Hand des Alten unter das Kopfkissen. Als sie wieder zum Vorschein kam, hielt Antonio die Hand zur Faust geballt.

»Du lebst! Mon dieu, dass ich das noch erleben darf. Was hast du da in der Hand?«

Antonio hatte den Arm abgelegt, langsam öffnete er

die Faust. Etwas auf seiner Handfläche glänzte golden. Perez schlug die Hand vor den Mund. Er griff in seine Hosentasche und legte das Kettchen neben den vergoldeten Schlüsselanhänger. Er war in Form eines Schiffs gestaltet.

»Passt zusammen«, hauchte Perez.

»Umdrehen!«, krächzte sein Vater.

Perez drehte den Anhänger und wurde bleich. Kein Zweifel, auf den Rumpf des Bootes war mit feinstem Gravierstift ein Wort eingeritzt worden: *Creus*.

KAPITEL 7

»Mehr davon, Haziem, oder ich bringe dich um.«

Es war bereits nach Mitternacht. Perez saß mit Haziem und Marianne im *Conill* und nahm Nahrung auf wie der leere Bauch eines Ozeanriesen Fracht.

Die letzten Gäste hatten das Souterrain-Lokal bereits verlassen. Seitdem kochte Haziem ausschließlich für den Chef. Die kleinen Portionen, die dabei für Marianne abfielen, durfte man bei den Unmengen, die Perez verdrückte, getrost vernachlässigen.

»Meinst du nicht, es reicht allmählich, mein Dickerchen?«, fragte Marianne und streichelte ihm zärtlich über den Bauch, der wie ein Medizinball auf Perez' Oberschenkeln ruhte.

»Nach so einem Tag? Und nur weil du mal wieder Diät machst, muss ich doch nicht verhungern.« Er grinste und streichelte kurz ihre Hand. »Los, mon pot, noch eine Portion von dieser kalten Speise der Götter, dieser Galette.« Haziem und Marianne warfen sich einen Blick zu. »Und dann noch ein Glas Wein, bitte, bitte, bitte.«

Haziem bereitete zu, wonach sein Freund begehrte. Einen knusprig gebackenen Blätterteigring, auf dem ein Chicorée-Kompott, gekrönt von einem Kranz aus rosa Pampelmusenfilets, ruhte. Ein neues Dessert, das Haziem zu

Beginn des kommenden Monats auf die Karte bringen wollte und an dessen Entstehung der Patron wie üblich regen Anteil genommen hatte.

»Voilà Perez«, sagte Haziem und schob den letzten Teller über die Anrichte. »Damit ist dann aber auch Schluss. War ein langer Tag.« Er ging rüber zum Tisch. »Ebenfalls neu im Sortiment, von einem jungen Burschen aus Spanien«, sagte er, während er großzügig eingoss. »Probiert mal.«

Was Haziem hier gerade tat, war heikel. Mit einer Weinempfehlung bewegte man sich auf dem Hoheitsgebiet von Perez. Gespannt wartete Haziem auf seine Reaktion.

»Gut«, befand Perez, nachdem er den Wein ein wenig zu achtlos hinuntergestürzt hatte. Sofort wandte er sich wieder der Galette zu. Nachdem er auch diesen Teller spülmaschinenreif leer gegessen hatte, stand er auf, umrundete den Tisch, stellte sich auf Zehenspitzen und küsste Haziem auf den rasierten Schädel. »Danke dir, das war es, was ich nach diesem Tag voller Aufregungen gebraucht habe.«

»Sehr schön«, sagte Marianne, »dann bist du jetzt so gütig und erzählst uns, was sich bei Antonio drüben in Mas Atxer zugetragen hat, wir haben lange genug gewartet.«

Perez führte aus, was er erlebt hatte. Und er brauchte sich dabei keine Vorsicht aufzuerlegen, denn er saß mit den beiden einzigen Menschen zusammen, denen er bedingungslos vertraute und die neben ihm und seinem Vater von der wahren Geschichte des *Creus* wussten.

»Oh, là, là, der Stollen. Weißt du noch, wie ich euch da oben mal erwischt habe?«, rief Marianne am entsprechenden Punkt der Erzählung. Perez nickte. Haziem zog die Augenbrauen hoch. »Komm schon, Haziem, das habe ich dir sicher schon mal erzählt.«

»Niemals.«

»Hast du dich denn nie gefragt, woher ich von Perez' kleinem Geheimnis weiß?«, lachte Marianne.

»Doch.«

»Und warum hast du mich niemals darauf angesprochen?«

»Weil er so was niemals tun würde«, antwortete Perez für seinen Freund.

»Dann pass auf! Ich war bergwandern. Allein. Hoch auf den Puig de la Martina. Auf dem Rückweg bin ich über den Col dels Degollardores abgestiegen und sah plötzlich, wie mein Freund Perez mitten aus dem Berg kam. Kannst du dir das vorstellen? Das war echt verrückt. Und er war nicht allein. Hinter ihm trat ein Mann ans Tageslicht, den ich noch nie gesehen hatte. Ein Typ, ha, das genaue Gegenteil von meinem Dickerchen. Schlank, fast schon hager. Mindestens einen Kopf größer als Perez, stahlblaue Augen und eine Haut wie verschrumpeltes Pergamentpapier, ein sicheres Zeichen, dass er zeit seines Lebens an der frischen Luft gearbeitet hatte. Und doch war mir sofort klar, das ist der Typ, von dem Perez immer sagt, dass er nichts mit ihm zu tun haben will. Das konnte nur Antonio, der Erzeuger, sein. Der Mann, der seine Frau und seine sechs Kinder einfach so sitzen gelassen hat. Ich habe noch in der Nacht Perez geweckt und ihn gezwungen, mir alles zu erzählen. So, jetzt kennst du die Geschichte. Zurück in die Gegenwart.«

Sie stupste Perez an, der Anstalten machte, auf dem Stuhl einzuschlafen.

»Du hast Angst, dass Boucher hinter dieses kleine Geheimnis kommt, stimmt's? Und die Geschichte mit diesem ...«

»Kahil.«

»Die geht dir auch nahe, da kannst du mir nichts vormachen.«

Perez brummte. »Ich kannte Kahil nicht gut. Nicht so, wie wir hier *kennen* definieren würden. Aber man hat doch ein Gefühl zu den Menschen. Und mein Gefühl zu Kahil war immer ein vertrautes. Ein feiner Kerl, das war er.«

Marianne sah ihn aufmerksam an.

»Natürlich hat man kein wirklich persönliches Verhältnis zu den Erntehelfern«, fuhr Perez fort. »Tagelöhner, die heute hier und morgen dort arbeiten. Aber bei Kahil kam hinzu, dass er eben genau in der Phase bei Antonio arbeitete, als der *Creus* Gestalt annahm. Und der *Creus* ... na ja, dazu brauche ich wohl nichts zu sagen.«

»Trotzdem hat dich Antonios Erwähnung deines Weines auch aus der Fassung gebracht, nicht allein der Tote.«

Perez antwortete nicht. »Komm schon, dafür kenne ich dich zu gut.«

»Natürlich habe ich Angst«, unterbrach Perez sie. »Wenn Boucher da draußen allzu sehr nachforscht und dabei zufällig auf den *Creus* stößt, das wäre der Supergau.«

»Und wie willst du das verhindern?«, fragte Marianne.

»Indem ich ein wenig auf eigene Faust recherchiere.«

»Hilfskommissar Perez will wieder ermitteln«, feixte sie.

»Hör auf damit! Ich muss meinen Vater so schnell wie möglich von deren Radar runterbekommen und mit ihm hoffentlich auch den *Creus*. Wenn es mir gelingt, Boucher mit ein paar nützlichen Hinweisen von dem Alten wegzulocken, dann ist uns doch beiden geholfen. Ich habe mir vorgenommen, den Kommissar gleich morgen früh in seinem Büro zu besuchen. Einfach mal ein bisschen die Lage checken. Und da ist noch was.«

»Ach ja?«

»Kahil soll ein Drogenabhängiger gewesen sein? Also, ich weiß nicht ... Ich habe ihn jahrzehntelang nicht gesehen. Menschen können sich ändern. Aber ich bekomme das Bild von ihm nicht mit dem eines Drogenabhängigen zusammen.«

»Zeig mir mal das Foto«, sagte Haziem. »Wenn du willst, höre ich mich ein bisschen in der Gemeinde um.«

»Unter den Muslimen, meinst du? Gute Idee. Aber bitte sachte, wir dürfen nicht auffallen.«

»Keine Sorge! Die meisten der Jungs sind nicht sonderlich scharf darauf, in Kontakt mit der Polizei zu treten. Apropos, wieso hat dein Vater eigentlich die Gendarmen angerufen anstatt dich? Schließlich sollte dein Ruf als Philip Marlowe der Côte Vermeille schon bis zu ihm durchgedrungen sein.«

Perez schnaufte. »Weil der Starrkopf noch eher den Teufel um Hilfe bitten würde, als mich anzurufen. Der Mann steckt einfach voller Widersprüche. Einerseits ist er gläubig, geht jeden Sonntag in die Messe, jeden ersten zur Beichte. Andererseits vögelt er alles, was nicht schnell genug von seinem Hof runter ist.«

»Perez!«, sagte Marianne streng.

»Ist doch wahr! Außerdem macht er halb legale Geschäfte mit seinem Sohn«, er deutete mit beiden Daumen auf sich selbst, »und schwört doch bei jeder Gelegenheit auf die tapfere französische Justiz. Aber wenn sie dann tatsächlich kommt, so wie heute Nachmittag in Form der Polizei, dann spielt er den Stummen.«

»Hat er tatsächlich nur gespielt?«, unterbrach Marianne.

»Nicht einmal das könnte ich mit Bestimmtheit sagen. Ich hatte schon den Eindruck, dass ihn Kahils Tod sehr mitnimmt. Aber deswegen gleich verstummen? ... Der Alte hat sie einfach nicht mehr alle. Noch ein Beweis? Er ist zu einhundert Prozent Katalane, was er bei jeder Gelegenheit betont, und er ist natürlich für die Unabhängigkeit Kataloniens – bien sûr! Und doch kann er sich nicht vorstellen, noch einmal einen Fuß in das Land zu setzen. Ihr wisst ja, er überquert den Col niemals, nicht mal mit dem großen Zeh. Am Ende sieht er sich womöglich als politischer Flüchtling, was weiß denn ich, wir reden nicht miteinander.«

»Ich kann immer nur sagen, ein Mann, der seine Enkelin so sehr liebt – und das beruht ja wohl auf Gegenseitigkeit –, der kann nicht so schlecht sein, wie du ihn immer schilderst«, entgegnete Marianne nachdenklich.

»Er scheint an Marie-Hélène gutmachen zu wollen, was er an seinen eigenen Kindern verbockt hat.« Perez schüttelte den Kopf. »Ich sag's ja: ein Mann voller Widersprüche.«

KAPITEL 8

Marianne und Perez torkelten durch die Nacht. Sie hatte ihn doch tatsächlich überreden können, seinen Wagen stehen zu lassen. Ob wirklich die Vernunft obsiegt hatte oder nur ihr Argument, einen sicheren Parkplatz dürfe man um diese Zeit des Jahres nicht leichtfertig aufgeben, war nicht ausschlaggebend.

Sie liefen die wenigen Meter vor ans Meer. Um diese Uhrzeit war Banyuls menschenleer. Die Wellen schlugen sanft auf den Strand, es roch nach Sommer. Immer noch lagen die Temperaturen bei über zwanzig Grad. Trotzdem zauberte die leichte Brise von den Bergen einen Schauder auf Mariannes Haut.

»Du frierst doch nicht etwa, meine Süße?«, fragte Perez. Er legte den Arm um ihre Schultern.

»Es ist schön, unser Banyuls, nicht wahr?«, sagte sie und lehnte sich an den einen Kopf kleineren Mann an.

»Ist es. Allerdings ist es auch frech, dass wir bis zwei Uhr morgens warten müssen, um das sagen zu können. Ich weiß nicht, wie oft ich das Dorf im Laufe des Tages verflucht habe.«

»Nur im August«, flüsterte sie. »Ist nur der August. Schau dir den Himmel an.«

Perez neigte nicht zu Schwärmereien. Aber der von keinem Wölkchen getrübte, satt behangene Sternenhimmel bot auch einem vernunftgesteuerten Menschen wie ihm die Möglichkeit, sich für einen Moment darin zu verlieren.

»Das liegt an der klaren Luft«, sagte er. »Weißt du, dass wir hier die klarste Luft ganz Europas haben?«

Wie alle Einheimischen an der Côte erfand Perez gerne Superlative für seine Heimat. Und er verwechselte gern Luft mit Licht. Das Licht an der Côte Vermeille war tatsächlich unvergleichlich. Ein Licht, das die Farben erstrahlen ließ wie kaum andernorts. Davon kündeten Hunderte von Gemälden berühmter Künstler. Picasso, Matisse, Georges Braque, Raoul Dufy, sie waren als Fauves, als Wilde, verachtet worden, bevor später eine ganze Kunstrichtung nach ihnen benannt worden war, die Fauvisten. Die künstlerische Avantgarde hatte den Zauber der weithin unbekannten Côte Vermeille zu Beginn des 20. Jahrhunderts für sich entdeckt und war in Scharen hierhergekommen. In zahllosen Gemälden huldigten sie dieser einmaligen Naturkulisse, dem unvergleichlichen Licht und dem einfachen Leben in einem bis dahin unbekannten Farbrausch.

Marianne verbesserte Perez nicht.

»Ja, die Luft ist wunderbar«, sagte sie. »Aber jetzt lass uns nach Hause gehen, ich bin müde.«

Zwanzig Minuten später ließ Perez sich erleichtert auf die Matratze plumpsen. Der Lattenrost beschwerte sich mit einem besorgniserregenden Knacken, hielt dem Aufprall aber stand.

»Alles klar?«, fragte Marianne.

»Ich fühle mich, als wäre ich gegen einen Bulldozer gerannt.«

»Du hast zu viel gegessen. Und vor allem zu viel getrunken. Beschwer dich also nicht.«

»Mag sein, ma belle. Komm ins Bett und mach das Licht aus.«

»Aber du weißt schon, dass du mir noch eine Geschichte schuldest?«, sagte Marianne. Sie sah ihn auffordernd an. Er gab ein undefinierbares Geräusch von sich. »Doch, doch. Du erzählst mir jetzt alles von Marie und Jean-Martin, danach darfst du schlafen.«

»JeMa, meinst du?« Er berichtete in knappen Sätzen.

»Genug von mir«, sagte er, als er geendet hatte. »Erzähl mir eine Gute-Nacht-Geschichte vom Kampf der Klassen. Wie war Marine Le Pen, und wie erfolgreich war euer Feldzug gegen die drohende faschistische Übernahme? Und ... ach ja, das hätte ich fast vergessen: Wie war dein alter Kumpel Mateu?«

»Brauchst dich gar nicht lustig zu machen.« Sie stopfte sich ein Kissen in den Rücken. »Und als Gute-Nacht-Geschichte werde ich dir schon gar nichts erzählen, dafür ist mir die Sache nämlich zu ernst.« Marianne konnte in weniger als einer Sekunde von liebevoll-zärtlich auf zornig umschalten. Perez liebte sie auch dafür.

»Fräulein MarxundEngels« – so nannte er sie immer, wenn er sie mit ihrem ausgeprägten Gerechtigkeitssinn necken wollte, »bist du denn niemals zu müde, um zu kämpfen?«

»Hör mir ernsthaft zu oder ich erzähle gar nichts.«

Er setzte sich auf, goss sich den Rest der Flasche, die noch von der vorherigen Nacht neben dem Bett stand, ins Glas und sagte: »Allez, ich bin ganz bei dir.«

Marianne erzählte von einem Lager voll mit Illegalen, das die Polizei in Rivesaltes, nahe Perpignan, ausgehoben hatte. Ein Lager, in dem Afrikaner unter Bedingungen lebten, die man, wie Marianne sich ausdrückte, in Frankreich nicht einmal Schweinen zumuten würde.

»Aber die Behörden«, empörte sich Marianne, »wollen von den Schicksalen dieser armen Menschen nichts wissen. Keiner von diesen Bürokraten interessiert sich dafür, warum die Menschen ihre Heimat verlassen haben. Die interessiert nur, wie sie ins Land gekommen sind, weil sie diese Wege aufdecken und im Anschluss verbarrikadieren wollen, wie auch immer sie das anstellen werden.«

»Und wie sind sie hergekommen?«

»Natürlich mit einem Seelenverkäufer übers Meer, was denkst du? Dass alle über Lampedusa nach Europa gelangen? Das ist die kürzeste Überfahrt, sicher, aber die Küsten des Mittelmeers sind lang. Diese hier sind wahrscheinlich von Marokko gestartet, irgendwo in der Nähe von Tanger rüber nach Südspanien und dann über Land weiter. Der eine hat eine Adresse in Schweden, der andere in Deutschland, wieder andere haben gar keinen Plan. Viele wollen nach England. Durch den Eurotunnel oben bei Calais.«

»Calais«, stöhnte Perez, als handele es sich um eine Naturkatastrophe. Nordfrankreich war für ihn deutlich weiter weg als beispielsweise der Niger.

»Ich persönlich finde es komplett uninteressant, auf welchem Weg die Flüchtlinge hierhergekommen sind. Die Menschen in Rivesaltes sind eben hier gestrandet, in einer Höhle in der Nähe des Flughafens.«

Perez nickte. Das Wort der deutschen Kanzlerin von

der Willkommenskultur kam ihm in den Sinn. Wenn's doch nur so einfach wäre, dachte er, blieb aber still.

»Jetzt geht es darum, was mit den Illegalen geschieht«, fuhr Marianne fort. »An die Spitze dieser Diskussion, die völlig unmenschlich geführt wird, hat sich diese scheiß Le Pen mit ihrem Dreckverein gesetzt. Du hättest den Mist hören sollen, den sie ihren treuen Anhängern da heute verkauft hat. Verschärfung der Grenzkontrollen, also natürlich auch mehr Polizei. Mehr Militär. Sie will die Zuwanderung schon an den Grenzen verhindern, also zurück zu den Schlagbäumen? In jedem Fall sofortige Abschiebung zurück übers Mittelmeer und harte Bestrafung aller, die Illegale beschäftigen. Immer getreu ihrem Motto: Frankreich den Franzosen. Diese Frau ist eine Hasspredigerin erster Ordnung. Kein Unterschied zu anderen Fundamentalisten.«

»Und ein Gedächtnis hat sie auch nicht. Man sollte sie an die Zeiten nach dem Spanischen Bürgerkrieg erinnern.«

»Die Retirada. Eine halbe Million Flüchtlinge. An den Stränden, in Baracken und schließlich in Lagern untergebracht. Das war kein Ruhmesblatt für euch Franzosen. Aber die Le Pen ist an Geschichte nur interessiert, wenn es ihrem rechten Gedankengut förderlich ist.«

»Und, konntet ihr etwas gegen sie ausrichten?«

Marianne stieß hörbar Luft aus. »Wir waren vielleicht hundert Leute. Da standen aber mindestens fünftausend glühende Patrioten. Was willst du da machen?«

»Ihr seid sehr mutig.«

»Können wir uns aber nichts für kaufen. Es wäre besser, alle, die wie du denken, bekämen ihren Arsch hoch.«

Perez ging nicht darauf ein.

»Vielleicht«, sagte er, »ist Kahil ja auch einer der Illegalen.«

»Spricht er Französisch?«

»Perfekt, wenn ich mich recht erinnere, schließlich ist er ... war er Marokkaner. ... Der FN ist eine Schande für unser Land«, sagte Perez nachdem er eine Weile geschwiegen hatte, und hoffte, damit einen Schlusspunkt unter das Gespräch zu setzen – was misslang.

»Genau deshalb muss man ihn auch bekämpfen. Nicht in Paris, sondern jeder vor seiner Haustür.«

»Du meinst, wir hier in Banyuls?« Perez lachte.

»Brauchst gar nicht zu lachen. Wieso nicht in Banyuls? 40 Prozent bei der letzten Wahl, das wollen wir mal nicht kleinreden.«

»36,61 Prozent, und es war die Regionalwahl.«

»Sei nicht so naiv, Perez. Die knappe Mehrheit war beim Rechtsbündnis, deshalb haben wir jetzt diesen scheiß Mathis Navarro.«

»So scheiße ist Mathis nicht, und er ist schon gar keiner vom FN.«

»UMP, ich weiß, aber er wird vom Front National geduldet. Und du findest ihn nur deshalb nicht scheiße, weil er einer von euch ist. Hotelbesitzer, Koch, Winzer und so nebenbei auch noch Bürgermeister ... Un vrai Banyulenc«, schob sie höhnisch nach.

»Sag bloß, dir war der Général lieber?«

»Ach hör mir bloß mit dem auf. Jedenfalls: Wahl ist Wahl und Gesinnung ist Gesinnung. Und ein Drittel der Bevölkerung bleibt ein Drittel der Bevölkerung. Und unter den FN-Wählern sind auch eine Menge deiner Kunden, das wollen wir mal nicht vergessen.«

»Nicht das schon wieder, Marianne! Vielleicht habe ich ja bald gar keinen *Creus* mehr. Nicht einmal für die Liberalen oder deine Genossen.«

»Für die ist der eh zu teuer.«

»Da hast du recht«, antwortete Perez. »Allez, lass uns schlafen, der Tag war zu hart für meine zarte Seele.«

»So seid ihr südfranzösischen Männer«, brummte Marianne, ließ es aber nach einem Blick auf die Uhr dabei bewenden. Ihr blieben gerade einmal vier Stunden Schlaf bis zum Weckerklingeln.

KAPITEL 9

»Ah, Perez, kommen Sie rein.« Boucher winkte ihn freundlich in sein vollklimatisiertes Büro. »Ich hatte gehofft, Sie heute Vormittag zu sehen.«

Perez schob das Telefon zurück in die Hosentasche. Seinem Vater ging es wieder besser, wie er soeben von Louane erfahren hatte.

Er stand verschwitzt im Türrahmen und strich sich die schwarzen Locken mit beiden Händen zurück. Der Temperaturunterschied zwischen drinnen und draußen betrug sicherlich zwanzig Grad.

»Verdammte Hitze«, grummelte er. »Ich habe meinen Wagen direkt vor der Tür geparkt, ich hoffe Sie haben nichts dagegen.«

Boucher, akkurat gekleidet wie stets, die Haare perfekt am Kopf anliegend, winkte ab. »Sie wissen ja, dass ich hier auch nur geduldet werde«, sagte er schmunzelnd, als ob der Umstand, dass er dieses Büro direkt am Meer bezogen hatte, einem bloßen Zufall zu verdanken und nicht etwa eine Bedingung gewesen wäre, die er als Zustimmung zu seiner Versetzung in die Provinz ausgehandelt hatte. Normalerweise saß der Kommissar bei seinen Gendarmen, und das war im Fall von Banyuls die Rue Amiral Vilarem. »Ich bin überrascht, dass Ihnen die

Hitze etwas ausmacht. Darf ich Ihnen ein Glas Wasser anbieten?«

Perez, der Wasser zum Duschen brauchte und sonst nur noch, wenn er ein Medikament einnehmen musste, winkte ab. »Wieso überrascht Sie das?«, fragte er.

»Sie sind hier geboren.«

»Nichts für ungut, Monsieur le Commissaire, aber so was kann nur einer sagen, der zugezogen ist. Achten Sie mal darauf, wir Einheimischen meiden die Sonne, wo es nur geht. Wir gehen auch nicht im Meer baden, es sei denn, es würde sich auf Körpertemperatur erwärmen, was ich in meinen fast sechzig Jahren noch nicht erlebt habe.«

»Sie wollen mir ernsthaft erzählen, Sie seien noch nie baden gewesen?«

»Ein-, zweimal vielleicht. Ich muss so sieben, acht Jahre alt gewesen sein. Unten in Südspanien. Ein Trauma, will nicht darüber sprechen.« Er grinste.

»Euch Banyulencs verstehe ein normaler Mensch«, sagte Boucher und schüttelte den Kopf.

»Eigentlich ist das nicht schwer. Manchmal habe ich den Eindruck, es ist sogar viel zu leicht, uns zu verstehen. Ich weiß immer schon, was einer von hier tun wird, bevor er es tut.«

»Das Wesen des guten Detektivs, Perez. Das Wesen des guten Detektivs.«

»Wenn Sie das sagen ... Also ich bin gekommen, um Ihnen, wie versprochen, den diesjährigen Sieger der Weinverkostung mitzuteilen. Auf diese Weise können Sie noch ein paar Flaschen ergattern, bevor der Preis steigt.«

»So was tun die echt, oder? Sobald die Nachfrage steigt, heben die den Preis an. Ganz schön dreist.«

»Dreist?« Perez wiegte den Kopf. »Darauf beruht unser Wirtschaftssystem. Ist Ihnen denn noch nie aufgefallen, dass die Benzinpreise immer zu Beginn der Schulferien steigen und kurz vor Weihnachten und zum 14. Juli, und an Ostern?« Er streckte die Handflächen gen Himmel wie ein drittklassiger Wanderprediger. »Ich empfehle Ihnen, eine Kiste bei Monsieur Cardoner zu kaufen, ehe der Run losgeht. Der Wein heißt Les Tines. Wissen Sie, was die *tines* sind?«

»Keine Ahnung.«

»Früher, als es noch keine Fahrzeuge gab, wurden die Trauben direkt im Weinberg gepresst. Dafür wurden in Trockenmauertechnik Kelterhäuschen errichtet, die man im Inneren mit Steingutkacheln auskleidete. Diese Gebäude heißen im Katalanischen *tines*. Ist eine echte Besonderheit unserer Gegend.«

»Das wusste ich tatsächlich nicht. Und wie kam der gepresste Saft ins Tal? Die können doch unmöglich alle Arbeiten am Berg gemacht haben.«

Perez lächelte milde. »Nein, den Traubensaft goss man in eine Art überirdisches, offenes Röhrensystem. So floss er zu Tal. Ziemlich ausgefuchst, nicht wahr. Jedenfalls, daher hat der Wein seinen Namen.«

»Danke für den Geschichtsunterricht. Und was halten Sie als Experte nun von dem Wein?«

Perez pries den Wein der Konkurrenz in den höchsten Tönen. Er hatte gerne neue Kunden, aber Leute, die für den Staat arbeiteten, gehörten nicht zu seinen Wunschkandidaten. Er war sich sicher, dass dem Kommissar der Betrag auf der Rechnung, die er bei seinem ersten Besuch im *Conill,* nach dem Ende der Mordermittlungen im

Fall Maître Marechal, erhalten hatte, bis heute zu schaffen machte. Allerdings stand noch eine Bestellung von Boucher in Perez' Büchern, die dieser damals im Überschwang ausgesprochen hatte. Perez war sich sicher, der Kommissar hätte die Bestellung lieber heute als morgen rückgängig gemacht. Der Wein kostete zweihundertzweiundzwanzig Euro pro Flasche, was einer Erhöhung seit dem ersten Jahrgang von einhundertdreißig Prozent entsprach – kapitalistisches Wirtschaftssystem eben. Derzeit überlegte Perez, den Preis erneut anzuheben, nachdem seine Bestände im vergangenen Jahr gerade einmal drei Monate ausgereicht hatten. Für rare Burgunder wurden schließlich auch gerne fünfhundert Euro in der Subskription gezahlt. Allerdings, das musste er einräumen, erhielt man bei einem Bezug der Burgunder eine offizielle Rechnung. So weit durfte es beim *Creus* natürlich niemals kommen, schließlich bildeten der Wein und seine Vermarktungsstrategie das Rückgrat von Perez' bescheidenem Wohlstand.

Und als ob Boucher Perez' Gedankengänge erraten hätte, sagte er:

»Danke, ich rufe dort mal an und erkundige mich nach dem Preis. Ihr *Creus* ist noch mal eine andere Nummer. Vor allem liegt er weit außerhalb meiner Preisklasse. Sie nehmen mir nicht übel, wenn ich das so sage.«

»Aber nicht doch.« Perez zeigte dem Kommissar sein strahlendstes Lächeln. »Ich bitte Sie.«

»Es ist mir ein wenig peinlich, aber vielleicht ist das hier ja der richtige Zeitpunkt. Ich wollte schon lange etwas mit Ihnen besprechen. Es existiert doch noch diese offene Bestellung. Verstehen Sie mich bitte nicht falsch«, er bekam einen roten Kopf, zusammen mit seinen roten Haaren und den Sommersprossen, die sein Gesicht übersäten, ein beeindruckendes Farbenspiel. »Ich stehe jederzeit zu meiner Verpflichtung. Aber bei der riesigen und völlig gerechtfertigten Nachfrage nach diesem edlen Gewächs könnte es doch möglich sein, dass Sie ...«

»Aber mein lieber Boucher ...«, Perez strahlte noch mehr. Egal wie dieser Tag enden mochte, er war schon jetzt ein guter. Er würde die Commande des Kommissars aus seinem Auftragsbuch streichen dürfen – ein echter Feiertag. »Glauben Sie mir, Ihre Stornierung ist überhaupt kein Problem. Ich werde mir erlauben, Ihnen trotzdem ein Fläschchen für Madame vorbeizubringen, auf meine Kosten, versteht sich.«

»Nein!« Boucher nahm Haltung an und war mit einem Mal wieder der harte Polizist. »Das kommt nicht infrage. Ich danke Ihnen. Nun aber zu unserem eigentlichen Thema.«

Na, das ist aber mal ein abrupter Wechsel der Gangart, dachte Perez und drückte ebenfalls den Rücken durch.

»Was hat Ihr Vater Ihnen erzählt?«

»Der arme Mann«, begann Perez, während er versuchte, sich zu konzentrieren. »Ich war echt geschockt. Er hat tatsächlich kein Wort herausgebracht. So habe ich ihn noch nie zuvor erlebt.« Er versuchte das passende Gesicht zu seiner Geschichte zu machen. Irgendetwas zwischen Verzweiflung und Resignation stellte er sich als angemessen vor.

Boucher hingegen blieb regungslos.

Perez begann erneut, trotz der Tiefkühltheken-Temperatur, die im Büro herrschte, zu schwitzen.

»Zuerst hab ich natürlich gedacht, er schauspielert«, fuhr er fort. »Mein alter Herr ist sonderbar und macht manchmal Dinge ...« Er vollführte die entsprechende Wischbewegung mit der Hand vor dem Gesicht. »Ich habe gesagt: Antonio, du kannst aufstehen, die Polizei ist weg.«

Boucher zog die Augenbrauen hoch. »Ihr Vater mag die Polizei nicht?«

»Im Gegenteil, er verteidigt die französische Polizei und sogar das Militär bei jeder sich bietenden Gelegenheit. Nein, das ist es nicht, war mehr so ein Spruch von mir. Ich habe ihm sogar die Bettdecke weggezogen, aber er hat sich kein Stück bewegt. Das Einzige, was er ab und zu von sich gegeben hat, war ...«

»*Creus.*«

»Aber nein, Kommissar, wie kommen Sie denn darauf? Er sagte: Deus.«

»Deus?«, fragte Boucher und verzog leicht die Mundwinkel.

»Deus, aber ja. Der Alte ist so gläubig, das glauben Sie nicht.« Perez schüttelte den Kopf. »Ehrlich, keine Ahnung, von wem er das hat. *Ich* habe jedenfalls mit der Kirche nicht das Geringste am Hut. Er schon. Kein Sonntag ohne Messe, er wetzt die Kirchbank ab, dass es ein Graus ist. Und er geht zur Beichte, haben Sie so was schon mal gehört? Ein erwachsener Mann glaubt, indem er seine Verfehlungen einem Pfaffen anvertraut, davon reingewaschen zu werden. So was fasst man doch nicht ... Egal ... Dazu kommt noch, dass man meinen Vater leicht missverstehen kann, das werden Sie noch merken, wenn Sie erst einmal selbst mit ihm sprechen.« Perez deutete auf seine Zähne. »Sein Gebiss. Er nimmt im Alter immer mehr an Gewicht ab. Dadurch sitzt das Gebiss nicht mehr richtig. Er ist leider zu geizig, es anpassen zu lassen. Manchmal fällt es ihm beim Reden sogar aus dem Mund. Seiner Aussprache tut das jedenfalls nicht gut. Er nuschelt stark. Um ihn zu verstehen, muss man ihn lange kennen. Warum, so habe ich mich gefragt, hat er wohl dieses Wort gesagt: *Deus*?«

Perez machte eine Pause und beobachtete sein Gegenüber. Boucher legte die Bleistifte und Kugelschreiber auf seinem Schreibtisch in eine penibel ausgerichtete Reihe. Was er dachte, war an dieser seltsamen Ordnungsliebe nicht abzulesen.

»Nun«, fuhr Perez fort. »Ich fürchte, mein Vater hat einen tief sitzenden Schock erlitten. Wir werden ihn, sollte sich das in den nächste Tagen nicht bessern, zum Arzt bringen müssen. Der Anblick der Leiche muss ihn derart hart getroffen haben, dass sich da oben in seinem Kopf eine Platte verschoben hat – wissen Sie, was ich meine?«

Perez sah erneut zu Boucher. Der Kommissar hatte den Blick inzwischen wieder gehoben. Hinter seiner Stirn schien es zu arbeiten. Könnte sein, dachte Perez, dass er mich gleich vor die Tür setzt.

»Na ja, ich habe dann noch mit seiner Lebensgefährtin gesprochen, aber das haben Sie ja auch getan. Es tut mir leid, dass ich, also eigentlich mein Vater, Ihnen in der Sache nicht weiterhelfen kann, derzeit zumindest nicht. Vielleicht haben wir Glück, und der Alte erwacht bald wieder aus dieser für ihn wirklich untypischen Lethargie. Sollte das der Fall sein, gebe ich Ihnen natürlich umgehend Bescheid. Wie sieht's denn eigentlich mit Ihren Ermittlungen aus, darüber haben wir noch gar nicht gesprochen.«

»Was veranlasst Sie zu der Annahme, ein Recht auf Einsicht in den Stand der Ermittlungen zu haben?«

»Ich bitte Sie, Boucher. Ich habe natürlich kein Recht, überhaupt keines.«

Mein Gott, dachte Perez, so schlimm war es doch wohl auch wieder nicht, dir eine Flasche als Geschenk für deine Frau anzubieten. Der Mann war wirklich nicht von hier. Ob die da oben im Norden alle so waren?

»Aber immerhin«, fuhr er fort, »bin ich quasi involviert. Es ist doch verständlich, dass es mich interessiert, wenn auf dem Familienhof eine Leiche gefunden wird. Haben Sie denn noch gar nichts über den Toten herausgefunden? Seinen Namen vielleicht oder wie er ums Leben kam?«

Boucher schien immer noch zu überlegen, ob er Perez die dämliche Deus-Geschichte durchgehen lassen sollte. Jedenfalls antwortete er erst nach ein paar langen Sekunden.

»Das war nicht schwer«, sagte er.

Perez stieß die Luft aus. »Immerhin, dann wissen Sie ja, wo Sie anfangen sollen.«

»Wie meinen Sie das?«

Komm schon, dachte Perez, sei nicht so verbockt, rede mit mir. »Wenn Sie den Namen des Mannes kennen, können Sie doch damit beginnen, seine Familie zu befragen, Freunde, was er am Tattag gemacht hat, wo er hinwollte – ist doch klar.«

»Danke, dass Sie mir erklären, wie Polizeiarbeit funktioniert.«

»Also Monsieur Boucher! Was habe ich Ihnen denn getan, dass Sie plötzlich so gegen mich aufgebracht sind?«, fragte Perez. »War es der *Creus*? Tut mir leid, ich wollte Sie nicht bestechen, wenn es das ist, was Sie glauben. Ich wollte bloß freundlich sein.«

»Wir kennen seinen Namen noch nicht«, fiel ihm Boucher ins Wort. »Nur die Todesursache, obwohl wir auch dabei noch auf die Obduktion warten müssen.«

»Also?«

»Wird Sie überraschen.«

»Soll ich etwa raten? ... Na schön. Ich sag mal ... Hitzschlag, Herzinfarkt?« Perez musste weiterhin vorsichtig agieren, denn natürlich wollte er Leblanc nicht in die Pfanne hauen.

»Fast richtig«, sagte Boucher und grinste.

Gott sei Dank, dachte Perez, die Klippe hätten wir umschifft. »Nun machen Sie es aber spannend.«

»Herzstillstand! Davor Atemdepression und davor?« Perez setzte das erwünschte dumme Gesicht des unwissenden Laien auf. »Heroin!«, rief Boucher, als handele es sich um eine erfreuliche Mitteilung.

Perez schaute fragend.

»Jawoll, mein erster Drogentoter in Banyuls«, sagte Boucher. Perez meinte, ein wenig Stolz herauszuhören.

»Her...o...in?«, stammelte Perez.

»Davon verstehen Sie wohl nichts, was? Kommt in Hobbyermittler-Kreisen auch eher selten vor.«

»Nein, davon verstehe ich tatsächlich nichts. Manchmal liest man in der Zeitung von Drogenschmugglern. Die Douaniers beschlagnahmen ab und zu etwas Haschisch aus Marokko, nehmen ein paar junge Leute fest, aber einen Drogentoten, nein, daran kann ich mich nicht erinnern. ... Sind Sie sicher?«

»Im Elsass habe ich eine Menge Erfahrung mit Drogendelikten sammeln müssen.«

»Wie gehen Sie denn bei so was vor?«

»Routine. Wir werden uns ein wenig umhören«, sagte Boucher ausweichend und sah dabei betont lässig auf seine Uhr. »Normalerweise müsste ich sofort das Haus Ihres Vaters auf den Kopf stellen.« Er suchte Blickkontakt zu Perez. Der hielt stand. »Aber«, fuhr er nach diesem kurzen Duell fort, »ich will dem alten Herrn weitere Aufregung ersparen. Vorerst zumindest. Allerdings muss ich seine Erntehelfer befragen.«

»Ich bin gar nicht sicher, ob er schon welche hat. Normalerweise kommen die nicht vor dem 20. August. Louane müsste das genauer wissen. Soll ich es für Sie herausfinden?«

Boucher schüttelte den Kopf. Er würde keinerlei Polizeiarbeit an Perez abgeben. »Eine Frage bleibt, Perez. Warum in einem Weinberg?«

»Sie fragen den Falschen. Vielleicht ist der Typ in seinem zugedröhnten Schädel zufällig dort gelandet und dann hat es ihn geschmissen.«

»Bei einer Überdosis schmeißt es einen, wie Sie sich ausdrücken, sofort nach dem Schuss. Da macht man keine Wanderung mehr. Die Mediziner sagen auch ohne Obduktion, er habe da nicht lange gelegen. Sie sind sicher, dass er sich die Spritze dort gesetzt hat.«

»Selbstmord. Der arme Hund.«

»Könnte sein, aber da möchte ich doch noch etwas abwarten. Da sind zum Beispiel die Spuren. Der Boden ist aufgewühlt, sogar einige Weinstöcke wurden beschädigt. Könnte ein Kampf gewesen sein. Die Tatortspezialisten aus Perpignan haben die Spuren gestern noch gesichert. Sollten die Fußabdrücke nicht bloß von dem Toten oder Ihrem Vater stammen, müsste ich meine Theorie überdenken.«

»Scheiße!«

»Das kann man wohl sagen.«

»Hören Sie, Herr Kommissar, ich versuche heute im Laufe des Nachmittags, spätestens morgen noch mal mit meinem alten Herrn zu sprechen. Und ich verspreche Ihnen, sollte er sich an irgendetwas erinnern, melde ich mich sofort bei Ihnen. Und vielen Dank, dass Sie sein Haus nicht durchsuchen, eine solche Aufregung würde er tatsächlich nicht überstehen – sein Herz – wissen Sie, er ist über achtzig, und das eine kann ich Ihnen versprechen: Mein Vater hat mit Drogen nichts zu tun, ganz bestimmt nicht.«

»Wenn ich Grund zu dieser Annahme hätte, wäre längst eine Hundertschaft auf seinem Hof. Ich muss Ihnen allerdings auch sagen, dass es unter uns Polizisten einige gibt, die nicht meiner Meinung sind. Ginge es nach denen, dann würden wir Ihren Vater sehr genau unter die Lupe nehmen. Sie halten ihn für einen Tatverdächtigen. Das ist er der Form halber auch, solange seine Unschuld nicht zweifelsfrei bewiesen ist. Schließlich dürfen wir niemanden ausschließen, nur ... na ja.«

»Ich danke Ihnen, Monsieur le Commissaire.«

»Weshalb?«

»Für Ihre hervorragende Menschenkenntnis.«

Er machte eine wegwerfende Handbewegung. »Reine

Gefühlssache. Allerdings, Perez, baue ich auf Ihre Kooperation.«

»Sie können sich auf mich verlassen. Der alte Mann ist sein Leben lang Winzer gewesen und, wenn Sie mich nicht verraten, selbst dafür hat er kein überragendes Talent. Seine Weine sind bestenfalls Mittelmaß. Im *Conill* könnte ich eine solche Qualität nicht ausschenken.«

Eine glatte Lüge. Antonio Perez war ein ausgezeichneter Weinmacher. Er war bloß kein Theoretiker. Alles, was er tat, tat er aus Intuition. Er verstand das Terroir, und darum ging es. Trotzdem waren seine eigenen Weine nicht sehr gut, was daran lag, dass die Parzellen, die er bewirtschaftete, keine besonders guten waren. Und Wein wurde immer noch im Weinberg gemacht. Junge Winzer vergaßen das manchmal.

»Sie unterstützen Ihren Vater nicht in seiner Arbeit?«

»Ich führe mein Geschäft, er das seine. Außerdem stehen wir uns nicht sehr nah, aber darüber spreche ich nicht gerne.«

»Sie sind schon ein eigenartiger Mann, Perez.«

»Nein, eigentlich nicht«, sagte Perez im Aufstehen. »Wir sind Katalanen, sonst nichts. Ich muss los, die Arbeit wartet.«

Im Türrahmen drehte er sich noch mal um.

»Könnte der Tote auch einer der Illegalen gewesen sein? Aus diesem Lager in Rivesaltes. Davon haben Sie doch gehört?« Boucher machte ein Gesicht, als wollte er sagen: aber schon Tage, bevor Sie oder die Öffentlichkeit davon gehört haben. »Ist das nicht ungeheuerlich?«

»Auszuschließen ist es nicht«, sagte Boucher. »Wenn da nicht diese eine Sache wäre.«

Perez kniff die Augen zusammen.

»Der Tote trug eine sehr teure Uhr am Handgelenk«, fuhr Boucher fort. »Und das spricht gegen die Idee, ihn zu den Illegalen zu zählen.«

Perez nickte ihm noch einmal zu und wandte sich endgültig zum Gehen.

KAPITEL 10

Auf dem Weg zum *Café le Catalan* ging Perez seine Optionen durch. Tatsächlich war es wohl unumgänglich, dass er Antonio zum Sprechen brachte. Und das, wo er doch für gewöhnlich hoffte, ihn so wenig wie möglich zu Gesicht zu bekommen. Ging alles seinen gewohnten Gang, bestand der einzige Grund, den Alten aufzusuchen, darin, weitere Flaschen *Creus* aus dessen Bestand zu erbetteln, weil seine eigene Charge aufgebraucht war. Nicht weil er nicht rechnen konnte, sondern weil immer wieder Ereignisse eintrafen, die den Einsatz einer Flasche erzwangen. Wenn nicht sogar eines ganzen Kartons.

Noch heute überkam ihn manchmal schlechte Laune, wenn er daran zurückdachte, wie der ehemalige Bürgermeister Gaillard ihn gezwungen hatte, sechs Flaschen als Willkommensgeschenk für Boucher rauszurücken. Gott sei Dank hatte der Elsässer damals auch schon abgelehnt.

Daran hätte Perez sich vor einigen Minuten erinnern sollen. Dann hätte er die leichte Verstimmung verhindern können. Schon damals hatte sich Boucher bei heimlich zugesteckten Präsenten als äußerst kleinkariert erwiesen. *Un homme du nord!*, das war es, was die Einheimischen über Boucher sagten, und das war es auch, was Perez über ihn dachte und was er auf immer bleiben würde.

Ob wohl das Gespräch mit Antonio meine einzige Option ist?, fragte sich Perez. Oder gab es irgendetwas, was er, ein Ermittler ohne jede Autorität und Befugnis, sonst tun könnte? Es ging ihm längst nicht mehr nur um seinen Vater und den *Creus,* er fühlte sich insgesamt in diesen Fall hineingezogen. Der Tote war kein Fremder, auch nach all den Jahren ohne Kontakt war er nicht dazu geworden. Dafür wanderten Perez' Gedanken in den letzten vierundzwanzig Stunden viel zu häufig zurück in jene Zeit des Aufbruchs. Er erinnerte sich zunehmend an Situationen im Weinberg und an Kahils große Hilfsbereitschaft. Und auch die Spritze, das Heroin, gingen ihm nicht aus dem Kopf. Was er dem Kommissar gesagt hatte, entsprach der Wahrheit: Drogentote gehörten nicht zu seiner Vorstellung von Banyuls.

Der goldene Schlüsselanhänger und die Fotografie, mehr Ansatzpunkte hatte er vorerst nicht. In diesem Augenblick war Haziem unterwegs, um die Aufnahme in der nordafrikanischen Gemeinde herumzuzeigen. Ob man sich davon allzu viel versprechen sollte? Normalerweise benötigte Perez nicht viel, um Witterung aufzunehmen.

Plötzlich durchzuckte Perez ein Gedanke. Er grübelte kurz, dann drehte er nach links ab. Nur wenige Hundert Meter die Straße hinunter lag die große Winzerkooperative von Banyuls-sur-Mer. Dorthin brachten die Bauern, die keinen eigenen Wein herstellen wollten oder konnten, ihre Ernte. Sie erhielten für ihre Trauben eine bescheidene Summe und später einige Flaschen des abgefüllten Jahrgangs. Aber die Kooperative war nicht nur Sammelbecken und Abfüllstation lokaler Weine, sie war auch so etwas wie die Verwaltung aller unabhängigen kleinen Winzer. Hier wurde Buch geführt über jeden Erntehelfer, den ein Winzer ordnungsgemäß gemeldet hatte. So konnten sich die Bauern nach einzelnen Helfern erkundigen, konnten vor solchen, mit denen sie schlechte Erfahrungen gemacht hatten, warnen, oder sich über das aktuelle Lohnniveau informieren.

Perez kannte nicht viele der Arbeiter, die sich hier verdingten. Oft waren es junge Leute aus der Umgebung oder Durchreisende. Anders verhielt es sich mit deren Vorgesetzten, die meisten von ihnen kannte er noch aus Schulzeiten. Beliebt war er aber auch bei diesen nicht. Aufgrund der begüterten Klientel, die er versorgte, betrachtete man ihn und seine Arbeit eher zurückhaltend. Auch dass er die Weine der Kooperative nicht im *Conill* ausschenkte, wurde ihm negativ ausgelegt.

Die Kooperative erzeugte billige Massenweine, Weine in Kanistern, Cubi genannt. Kartons mit einem kleinen Auslassstutzen aus weißem Plastik. Seit Neuestem versuchten die Produzenten solcher Billigweine dafür den Begriff BIB zu etablieren, weil sie glaubten, das durch den Gastro-Führer Michelin geprägte Qualitätssiegel für gute und zugleich preiswerte Restaurants würde auf ihre Massenware abfärben. Perez war's egal, aber Weine aus Pappkartons waren tatsächlich nicht seine Welt.

Es war Mittagszeit, als er dort eintraf, und kein Arbeiter war zu sehen. Perez versuchte es erfolglos in dem Verkaufsbüro an der Ecke zum Hofeingang. Immerhin stand das Metalltor neben dem Büro offen, sodass er ohne Probleme in die Anlieferzone der Kooperative gelangte. Hinter der Laderampe lag die angenehm kühle, dunkle Halle, in der gekeltert wurde. Noch waren keine Trauben geerntet, insofern würde hier selbst nach der Mittagspause kein starker Betrieb herrschen. Die Kooperative bereitete sich und ihre Maschinen auf den Ansturm ab dem 24. August vor.

Durch den Hinterausgang der Halle, deren massives Rolltor offen stand, gelangte Perez auf einen weiteren Hof, an den eine Grünfläche angrenzte, auf der eine Reihe Fünfzig-Liter-Fässer in der Sonne toasteten. Außerdem standen zwei alte Traktoren auf dem Grün. Zum Ausschlachten, daran bestand nach einem kurzen Blick kein Zweifel. Auf der östlichen Seite des Grundstücks stapelten sich die Transportpaletten, ein abgestellter Gabelstapler wartete davor auf das Ende der Pause.

Perez suchte den Schutz der Palettenreihen. Nach wenigen Schritten hielt er inne und hob die Nase in den Wind. Er hatte nie Drogen genommen und doch erkannte er, als Kind der 60er-Jahre, den Geruch von Marihuana sofort. Er lugte zwischen den Paletten hindurch in Richtung der riesigen Zypresse, die das Grün dominierte. Der Ursprung des Rauchs lag auf der von ihm abgewandten Seite des Baumstamms. Er zählte drei Fußpaare, die dazugehörigen Körper verdeckte der Stamm weitestgehend. Arbeiter, die es sich für die Zeit ihrer Pause im Schatten gemütlich machten.

Sie unterhielten sich lautstark, sodass es Perez nicht schwerfiel, ihrem Gespräch zu folgen. Er erfuhr, dass am Vortag ein wichtiges Rugby-Spiel in Paris stattgefunden hatte. Offenbar hatte sich die französische Equipe nicht eben mit Ruhm bekleckert.

Von der schlechten Form der Sportler schien es ein kurzer Weg zu einem ihrer Kollegen, dem die Frau weggelaufen war. Aus der Bemerkung »Jetzt ist Mamadou frei für dich« schloss Perez, dass eines der Fußpaare zu einer Frau gehören musste. Die Arbeitsstiefel hatten das nicht erkennen lassen, und es arbeiteten ja auch nicht gerade viele Frauen in der Kooperative.

Ihr »Leck mich« als Antwort mochte sich für eine Dame nicht schicken, zeigte ihm aber, dass die junge Frau sich bislang noch nicht am Gespräch beteiligt hatte.

Kurz darauf elektrisierte Perez eine Frage ebendieser Frau. »Habt ihr von dem Toten im Weinberg gehört?«

Perez hielt die Luft an und die Augen geschlossen. Er wollte unbedingt jedes Wort verstehen.

»Klar. Ein Junkie«, antwortete einer der Männer.

»Kannte einer von euch den Typ?«, fragte sie nach.

Perez hörte keine Antwort. Ihm schlug das Herz bis zum Hals. Und er wusste nicht, wie er mit der Situation, in die er sich selbst manövriert hatte, umgehen sollte. Er beschloss, erst einmal abzuwarten. Da niemand antwortete, war die Antwort wohl ein Nein.

»Wer verkauft denn H in Banyuls?«

Perez verstand nicht. Dafür aber hörte er unmittelbar darauf einen Namen, mit dem er sehr wohl etwas anfangen konnte. Einen Namen, der ihn bloß noch mehr verwirrte.

»Brossard? Ach ja?«, hörte er einen der Männer sagen. »Seit wann? Früher hat der nicht einmal Pillen vertickt.«

»Man sagt, dass er superreines Heroin besorgt, ziemlich heftiges Zeug.«

»Ach komm! Früher hatte er nur weiche Sachen. Deshalb hab ich mich ja nach Perpignan verändert.«

»Du bist 'n scheiß Drogi, Emanuel.«

»Stell dich nicht so an. So 'n bisschen Crystal hat noch keinem geschadet. Meinste vielleicht, ich bekäm sonst die Doppelschichten geschafft? Du weißt, dass ich die Kohle brauche.«

»Mir egal, was du dir reinpfeifst. Ich zieh mir mein Dope im Garten. Reine Natur. Mehr brauche ich nicht. Willst du noch 'nen Zug, Mathilde?«

Wieder waberte nur Sekunden später eine süßlich riechende Wolke auf Perez zu. Ob man allein vom Einatmen high werden konnte? Vorsichtshalber hielt er die Luft an.

Es stimmt also, dachte er, in Banyuls werden Drogen verkauft. Das war schlimm. Noch schlimmer nur, dass es sich bei dem Dealer um Perez' Hausarzt Dr. Brossard handelte.

Nach Einbruch der Dunkelheit bezog Perez mit seinem Kangoo Posten gegenüber dem Haus Nummer 14, dem Privathaus der Brossards. Den gesamten Nachmittag über hatte er sich unfähig gefühlt, irgendeiner sinnvollen Beschäftigung nachzugehen. Dabei hätte er weiß Gott genügend Bestellungen zuzustellen gehabt. Zu nichts hatte er es gebracht, weil er ständig über den unfassbaren Umstand hatte nachdenken müssen, dass ein Mediziner in Banyuls Drogen verkaufte. Brossard war fast in seinem Alter und ein angesehener Bürger. Vielleicht war er drei, vier ... maximal fünf Jahre jünger. Und wenn Perez sich nicht vorstellen konnte, dass Kahil mit Drogen zu tun hatte, dann bei Docteur Brossard schon gar nicht. Aber dass einer keine Drogen konsumierte, hieß natürlich nicht, dass er keine verkaufte. Als Arzt, so stellte Perez es sich vor, war es ein Leichtes, an alle möglichen Substanzen zu kommen.

Wo schlittere ich da gerade rein?, fragte er sich nicht zum ersten Mal, als er sah, dass im Haus das Licht gelöscht wurde. Während der gesamten Überwachung, seit nunmehr fast einer Stunde, war niemand reingegangen oder rausgekommen. Aber nun, nur Sekunden nachdem das Licht gelöscht worden war, öffnete sich die Haustür.

Perez rutschte tief in den Sitz. »Wilhelm«, hauchte er gegen die Scheibe. Brossards Sohn aus erster Ehe. »Was macht der denn hier?«

Marianne war mit Tamara, Brossards deutscher Frau, befreundet gewesen, und zu jener Zeit hatte Perez den Jungen häufiger zu Gesicht bekommen. Das aber lag sicher zehn Jahre zurück. Tamara Brossard war nach der Scheidung zurück in ihre Heimat gezogen. Der Junge war damals mit der Mutter zurück nach Deutschland gegangen. War er zu Besuch bei seinem Vater?

Wilhelm Brossard ließ die Vespa an, die vor dem Garagentor geparkt war. Kaum verschwand das Rücklicht des Rollers hinter der nächsten Kurve, wendete Perez und folgte ihm. Es gelang ihm dranzubleiben, ohne sich zu verraten. Er lächelte – ein leichter Ermittlerstolz schwang darin mit –, als der Junge seinen Roller in der Rue Jean Iché abstellte, sich nach beiden Seiten umsah, bevor er in einem heruntergekommenen Haus verschwand.

Sekunden darauf flackerte im Inneren des Hauses das Licht auf. Eine halbe Stunde später erschien der erste Besucher. Bis gegen zwei Uhr in der Nacht folgten noch weitere sechs Personen. Perez dämmerte in seinem Wagen vor sich hin. In den Wachphasen überlegte er sich, was er nun mit seinem Ermittlungserfolg anfangen sollte. Boucher war keine Option. Er fand, er war es Wilhelms Vater schuldig, zuallererst mit ihm zu sprechen. Man brauchte nicht zwangsläufig und überall die Behörden, um für Ordnung zu sorgen.

KAPITEL 11

Nach den wenigen Stunden Schlaf, die Perez nach der nächtlichen Observierung geblieben waren, wollte er sich zunächst um seine Tochter kümmern. Er befand sich auf dem Weg ins *Catalan*. Letztlich, wenn er ehrlich war, um eine Hochzeit zu verhindern. Allerdings musste er feststellen, dass er sich in dieser Rolle äußerst unwohl fühlte. Und noch fataler war, dass er damit dasselbe Ziel verfolgte wie Marielle Fabre, obwohl er nicht glaubte, dass sie aus denselben Beweggründen handelten. Marielle suchte für ihre Tochter einen Ehemann von Stand. Zur Erbin eines florierenden Hotelbetriebs passend. Einer, der imstande wäre, die Geschäfte nach vorne zu entwickeln. Die Côte Vermeille und Banyuls im Besonderen schliefen immer noch den touristischen Dornröschenschlaf. Leute wie der neue Bürgermeister und sein Unterstützerkreis, zu dem auch Marielle zählte, wollten das ändern. Als Aufbruch ins 21. Jahrhundert hatten sie ihr Programm auf zahlreichen Versammlungen vollmundig angekündigt, obwohl sie sich bereits seit über einem Jahrzehnt darin befanden.

Zu diesen strahlenden Zukunftsfantasien passte Jean-Martin wie eine Schmusekatze in einen Kampfhundzwinger. Er galt allgemein als herzensguter Mensch, dem das Schicksal namens Familie eine Lebensgrundlage hinterlassen hatte, die selbst der Dümmste nicht würde ruinieren können. Und doch wussten alle, dass er ein Mann ohne Entschlusskraft war. Einer, der noch nicht einmal gut aussah und, trotz des Cafés, alles andere als reich war.

Marie war lebensklug und trug das Herz am rechten Fleck. Außerdem war sie seine Tochter.

»Jean-Martin, das Übliche.«

JeMa strahlte bis über beide Wangen. Normalerweise betrat Perez das Café, ohne ein Wort zu sagen. Er hockte sich auf seinen Stammplatz und wartete darauf, dass ihm das Übliche gebracht wurde. Ein dampfend heißer Café au Lait, ein Korb mit frischen Croissants und ein Stapel mit Tageszeitungen, französischen und katalanischen. Frühmorgens suchte er kein Gespräch. Nahm nach etwa zwanzig Minuten eine zweite Tasse Kaffee, steckte sich eine Zigarette zwischen die Lippen – seit allgemeines Rauchverbot herrschte, ohne sie zu entzünden – und beendete seinen allmorgendlichen Auftritt, indem er Geld auf den grünen Plastikteller zählte und wortlos wieder abrauschte. Vor dem Café zündete er sich dann die Zigarette an und strahlte ab diesem Zeitpunkt mit der Sonne um die Wette.

Dass Perez an diesem Morgen »*Jean-Martin, das Übliche*« gerufen hatte, wertete der Juniorwirt des *Catalan* als ein Zeichen neuer Vertrautheit. Wie hätte er ahnen können, dass Perez tief in Gedanken versunken war.

»Guten Morgen, mein Lieber«, rief er zurück. »Kommt sofort.«

JeMa bereitete seinem Schwiegervater in spe ein Tablett vor, stellte sogar eine Vase mit einem Blümchen darauf, bevor er es mit einem Strahlen vor Perez absetzte. Der betrachtete das Tablett wie ein Suchbild. Als er herausfand, was daran nicht stimmte, sah er zu Jean-Martin auf.

»Danke für die Blumen«, sagte er und reichte dem Dürren die Vase zurück. »Aber du willst doch nicht mich heiraten.« Verlegen entfernte sich Jean-Martin wieder.

Perez machte sich über seine Croissants her.

»Bonjour!«, tönte es zu seiner Linken.

Perez nickte in die Richtung des Traiteurs, der bereits über dem ersten Ballon des Tages saß, ein halbkugelförmiges Glas, gefüllt mit billigem, aber knackig-kaltem Rosé.

»Was hältst du von der Sache im Weinberg deines Alten?«, fragte der Feinkosthändler undefinierbaren Alters. »Ihr seid Dorfgespräch. Ist es wahr, dass es sich um einen Drogentoten handelt?«

Aus dem *L'Indépendant* konnten sie das nicht wissen, wie ein Blick auf dessen Titelseite zeigte. Lediglich eine kurze schriftliche Notiz fand sich dort, kein Foto, keine näheren Hinweise zur laufenden Ermittlung. Boucher hatte neue Methoden eingeführt. Unter dem früheren Polizeichef hatte die Presse nahezu freien Zugang zu den Tatorten und zu den Informationen der Polizisten gehabt. Boucher jedoch sperrte seine Tatorte ab.

Doch das System Banyuls funktionierte anders. Sowohl Leblanc als auch sein Kollege Moskowicz tranken morgens im *Catalan* ihren Café und ließen sich auch nach Feierabend auf ein Glas dort nieder. Die Kneipe war nicht nur ein Ort der Geselligkeit, in erster Linie fungierte sie als Informationsbörse. Benötigte man bestimmte Informationen, kam man hierher. Wollte man gezielt Gerüchte in Umlauf bringen, erzählte man hier seine Geschichte. War es wichtig, dass die Nachricht schnell die Runde machte, stellte man seine Ausführungen unter das Siegel der absoluten Vertraulichkeit.

Und so zurückhaltend, wie sich Leblanc Perez gegenüber im Weinberg gegeben hatte, so entschieden zurückhaltend würde er sich auch den anderen Banyulencs gegenüber gezeigt haben. Zumal die beiden hauptberuflichen Polizisten den Neuen nicht ausstehen konnten. Hatten sie früher auf der Wache ein friedliches Leben gehabt, so hatte sich das mit Einzug von Boucher in die Räume der Police Municipale grundlegend geändert.

»Hier steht nichts davon«, antwortete Perez und wedelte mit der Zeitung.

»Du steckst deine Nase doch sicher wieder rein. Außerdem geht es um deinen Alten«, rief einer von weiter entfernt.

»Was sagt der denn eigentlich zu der Sache?«, wollte ein anderer wissen.

Die Leute im Dorf mochten Antonio nicht. Dennoch hätten sie im Beisein seines Sohnes nicht so abwertend über ihn gesprochen, wäre das Nicht-Verhältnis der Herren Perez nicht allseits bekannt gewesen.

Antonio kam selten runter in den Ort. Traf man auf ihn, verhielt er sich abweisend. Als Besserwisser war er verschrien, als einer, mit dem man schnell Streit bekam. Außerdem ließ er keine Gelegenheit verstreichen, andere schlechtzumachen. Und ebenso ihre Erzeugnisse.

Die Baguettes des letzten echten Bäckers von Banyuls bezeichnete er als staubige Totschläger, die Wurstwaren des Traiteurs als Erzeugnisse von Tieren, die niemals eine Weide gesehen hatten, und den Wein seiner Winzerkollegen als untrinkbare, konventionelle Plörre.

Bei den meisten hieß er bloß *Le Fou*, der Verrückte. Dieser Name wurde allerdings nur gebraucht, wenn Perez nicht in der Nähe war. Was zu weit ging, ging zu weit. Immerhin waren die beiden Familie, und das zählte etwas hier unten im Südwesten.

»Antonio hat's voll erwischt«, sagte Perez und erging sich in einer kurzen Schilderung der Vorfälle. Er ließ alles Wesentliche weg, trug dafür aber bei den unwesentlichen Dingen mächtig auf. Damit befriedigte er die Neugier und konnte sich danach endlich seiner Zeitung widmen.

Der Artikel über den Leichenfund enthielt nichts, was Perez nicht längst gewusst hätte. Zwei Seiten weiter stieß er auf eine Reportage über das Lager der Illegalen. Er las den, nach Maßstäben des *L'Indépendant*, langen Artikel sorgfältig. Neben vielen Zahlen zur illegalen Einwanderung, zu Asylbewerbern und Sozialausgaben schockierten Perez besonders die Schilderungen des Reporterteams über die Umstände, unter denen die Menschen in der Höhle gelebt hatten.

> Der gefährliche Abstieg hinunter zur Höhle führt uns über einen Trampelpfad in einem Wäldchen etwa zehn Kilometer nordwestlich des Flughafens Rivesaltes. Der Weg ist von dichter Garrigue überwuchert. Nur an abgebrochenen Zwei-

gen und niedergetretenem Unkraut ist erkenntlich, welche Richtung wir einzuschlagen haben.

Die Luft ist feucht, und trotz der späten Stunde ist es noch immer sehr heiß. Die Strahlen unserer Taschenlampen fressen sich tiefer in die Dunkelheit, während wir zusammen mit den sechs Beamten der Grenzpolizei einen Abhang hinunterrutschen.

Einige Hundert Meter weiter beginnt der letzte Abstieg zur Höhle, die für zwanzig Afrikaner zur Schlafstätte geworden ist.

Das Erste, was wir bemerken, ist der fürchterliche Gestank. Zwei der Beamten drücken sich Taschentücher vor die Nase. Kerzen markieren den Ort. Eine bizarre Szenerie bietet sich unseren Augen, als die Lichtkegel der Taschenlampen die Felswände entlangwandern. Hier unten leben Menschen wie Tiere. Sie schlafen auf der nackten Erde, keine Möglichkeit, sich zu waschen oder ihre Notdurft auf angemessene Weise zu verrichten.

Beim Anblick der heranrückenden Polizisten drücken sie sich gegen die Felswand. Angst steht auf ihren Gesichtern. Angst vor dem, was nun mit ihnen geschehen wird.

Für einen kurzen Moment wirkt die Szene wie eingefroren. Als ob niemand wüsste, was als Nächstes zu tun sei. Wo der Ausweg aus dieser Situation liegen könnte. Dann sagt einer der Beamten: »Hier ist die Polizei. Bleiben Sie ruhig!«

Perez verharrte eine Weile ausdruckslos. Er versuchte sich die Situation vorzustellen. Ein Augenzeugenbericht wie dieser hier machte aus einer abstrakten Situation etwas, das jeder begreifen konnte. Er fügte nüchterner Berichterstattung eine menschliche Dimension hinzu. Es war nicht hinnehmbar, dass Menschen unter solchen Umständen leben mussten. Nicht in Afrika, und schon gar nicht in einem Land, das sich hochzivilisiert nannte, nicht in einem Land wie Frankreich. Das war eine Schande.

Eine ganze Weile hing Perez seinen Gedanken nach. Dann gab er sich einen Ruck. Er war eigentlich ins Café gekommen, um eine seiner Baustellen zu bearbeiten, die Hochzeit von Marie-Hélène und Jean-Martin. Und gerade war ihm dazu eine Idee gekommen: warum sein Problem nicht zu einem öffentlichen machen? Vielleicht erhielt er ja Schützenhilfe von irgendeiner Seite. Manchmal regelte die Gesellschaft, was dem Einzelnen nicht gelang. Acht Personen saßen derzeit im *Catalan,* allesamt Banyulencs.

»Hey Pierre«, rief er dem Mann am Nebentisch zu, »hast du eigentlich schon gehört, dass unser Jean-Martin heiraten will?« Der Angesprochene riss Augen und Mund auf. »Eh oui! Meine kleine Marie-Hélène, ist das nicht fantastisch?«

»Und das Hotel?«, stammelte Pierre. Man kannte Marielle Fabre hier unten an der Côte Vermeille.

Voilà, das Feuer war gelegt. Pierre beugte sich zu Karim, und der sich wiederum zu Monsieur Hilbig, dem Friseur, der es gleich seiner bereits angeschickerten Frau erzählte, die es so laut wiederholte, dass Jean-Martin nicht umhinkonnte, zu bemerken, dass er zum Topthema des Tages geworden war. Woraufhin er unmittelbar aschfahl wurde und zitternd auf einen Schemel hinter seinem Tresen sank.

Mitten in diese kleine Szene dörflicher Niedertracht hinein klingelte Perez' Telefon. Er blickte auf das Display: Marielle Fabre. »Ich bin ja dabei, siehst du das nicht?«, brummelte er in Richtung Mobiltelefon. »Du kannst einem echt auf die Nerven gehen.«

KAPITEL 12

Der Umstand, dass Perez jede und jeden in dem kleinen Dorf kannte, kostete ihn gelegentlich mehr Zeit, als ihm lieb war. Selbst die wenigen Meter die Avenue du Puig del Mas hinauf zum *Conill* bescherten ihm drei Aufeinandertreffen mit Einheimischen. Alle wollten sie mehr zum Toten im Weinberg wissen. Zwei von ihnen zusätzlich noch eine Bestellung aufgeben.

Mit einem kaum unterdrückten Seufzer zog Perez seine Kladde aus der Brusttasche, leckte den Bleistift an und schrieb hinter den Namen von Madame Rose, Besitzerin der gut laufenden Apotheke an der Avenue de la République, *Jabugo-Jabugo*. Wann er dazu kommen würde, ihr einen ganzen Schinken aus der Provinz Salamanca vorbeizubringen, ließ er offen. Selbst ihr Drängen konnte ihn nicht zu einem Ausrufezeichen hinter der Commande verleiten. Drängen taten sie ihn schließlich alle.

Die zweite Unterbrechung auf seinem Weg bescherte ihm Monsieur Maugin, ein kürzlich aus Bordeaux nach Banyuls gezogener Staatsanwalt in Rente. Der Mann war ihm vom frisch ernannten Sparkassendirektor vorgestellt und, mit einem Augenzwinkern, als sehr verschwiegener Neukunde empfohlen worden. Als Maugin ihn nun unmittelbar nach Madame Rose auf der Straße stellte und ihn auf *diesen Wein* ansprach, von dem sein Freund Lluís ihm vorgeschwärmt habe, schaute Perez bloß fragend, steckte seine Kladde zurück in die Hemdtasche, verstaute den Bleistift daneben und wünschte dem konsterniert zurückbleibenden Mann einen guten Tag. Einen ihm noch weitgehend unbekannten Staatsanwalt mit *Creus* zu versorgen, so weit kam's noch. Er würde ein ernstes Wort mit Lluís Ferrer wechseln müssen.

Obwohl bereits kurz nach zwölf, war das Scherengitter vor der Eingangstür zu seinem Restaurant noch verschlossen. Als dürfe nicht sein, was er mit eigenen Augen sah, rüttelte Perez an den eisernen Stäben. Im Inneren brannte kein Licht, und das alte Sherryfass, das normalerweise als Zeichen des geöffneten Lokals auf das Trottoir geschoben wurde, stand noch mitten im Raum.

»Glaube es oder nicht«, hörte er eine Stimme in seinem Rücken, »der Laden ist zu. Kein Haziem weit und breit.«

»Marianne!« Perez sah sie irritiert an. Sie zuckte bloß mit den Schultern. Ein Auto näherte sich ihnen.

»Ah, Perez, das ist gut, dass ich dich treffe.« Schon wieder ein Kunde. Und dann auch noch der alte Brossard, Wilhelms Großvater. Er sprach zu ihm durch das geöffnete Fenster. »Du vergisst doch meinen Geburtstag nicht?« Dass sich hinter ihm eine Schlange bildete, übersah der Fahrer geflissentlich. »Nächste Woche Mittwoch. Ich will dich nicht drängen, aber wenn es mit den Schnecken nicht klappen sollte, dann müsste meine Frau sich um Ersatz kümmern.«

»Mach dir keine Sorgen«, antwortete Perez. Er bemühte sich um ein Lächeln. »Du wirst sie pünktlich bekommen. Wie alt wirst du?«

»Dreiundsiebzig.«

»Oh, là, là, du siehst keinen Tag älter aus als zweiundsiebzig. Allez, das wird schon. Grüß deine Frau ... ach was, deine ganze Familie von mir.«

Perez atmete tief durch. Was für eine verrückte Welt, dachte er, nestelte die Kladde aus der Hosentasche und versah die entsprechende Bestellung mit einem Ausrufezeichen. Schnecken, pah. Natürlich konnte er Schnecken besorgen, die allerbesten sogar. Aber eine Bestellung über acht Portionen, was sollte das für ein Geschäft sein? Wenn der Typ nicht der Vater von Docteur Brossard gewesen wäre, er hätte ihn zum Teufel gejagt. So aber ...

»Wo steckt dieser verdammte Haziem?«, rief er dem Besitzer des Nachbarladens zu, der vor seiner Tür stand und ihn beobachtete.

Mit einem Grinsen verzog sich der Mann mit dem feinen Oberlippenbart und dem leichten Buckel in das schattige Innere seiner Schlachterei.

»Der kann immer noch kein Französisch«, sagte Perez an Marianne gewandt, »ist doch unglaublich. Sag mal, was mir gestern Abend einfiel, hast du eigentlich noch Kontakt zu Tamara Brossard?«

»Nein. Wie kommst du denn jetzt darauf?«

»Na, wegen dem alten Brossard.«

»Hast du den gestern Abend auch schon gesehen?«

»Keine Ahnung, ist nicht wichtig. Wie spät ist es denn?«

Er versuchte die Zeit von seiner Armbanduhr abzulesen. »Ich gehe zum Wagen und hole meinen Schlüssel«, brummte er dann.

In diesem Moment ertönte eine Fahrradklingel in seinem Rücken, ein Geräusch, das man hier unten nicht allzu oft zu hören bekam. Wenn an der Côte jemand Fahrrad fuhr, dann war es normalerweise ein Profi, und dieser Profi fuhr Rennrad. Perez drehte sich um die eigene Achse und sah doch tatsächlich Haziem auf einem klapprigen Damenrad auf sich zurollen.

»Brauchst dich gar nicht aufzuregen«, rief der Maghrebiner seinem Freund mit hochrotem Kopf zu. »Schließ das Restaurant auf, ich hab was für dich.«

»Machst du jetzt einen auf sportlich? Wo findet man so ein Ding?«

Haziem hielt neben ihm und streckte ihm den Schlüssel entgegen. »Schließ auf, sage ich. Stell das Fass auf den Bürgersteig, mach Licht an, lass Luft rein und häng das Schild *Complet* an die Tür. Ich muss erst mal ausdünsten und etwas trinken. Bin schon lange kein Fahrrad mehr gefahren und hatte ganz vergessen, wie viel Spaß es macht. Könnte dir auch nicht schaden.«

Marianne applaudierte grinsend, Perez schmollte, tat aber, was Haziem von ihm verlangt hatte. Fahrradfahren, ja drehten denn jetzt alle durch? Er fühlte sich schon erschöpft, nachdem er den eisernen Laden weggeschoben und das Fass vor die Tür gewuchtet hatte.

»Ich verstehe überhaupt nicht, warum ich alles aufschließen soll, wenn du sowieso keine Gäste annehmen willst«, murrte er vor sich hin. Dabei wusste er, dass er sich auf Haziem verlassen konnte. Der wusste genau, wie viele Couverts sie machen mussten, um die Steuerbehörden nicht auf den Plan zu rufen. Ansonsten wuschen sie mit dem *Conill* das Schwarzgeld, das Perez' illegaler Delikatessenhandel einbrachte. So wie Perez sein System mit dem *Creus,* so hatte auch Haziem das Reservierungs- und Belegsystem des *Conill* mit den Jahren immer weiter verfeinert. Und wenn er wollte, dass geöffnet wurde und man trotzdem das Schild *Complet* raushing, bitte schön, dann tat Perez es eben genau so.

»So«, rief Haziem, dem man die Aufregung, die das Detektivspielen ihm beschert hatte, anmerkte. Er trug ein frisches Hemd und seine Arbeitsschürze. »Jetzt bin ich gespannt, was ihr hierzu sagt.« Mit diesen Worten legte er die Fotografie von Kahil gefolgt von einer weiteren auf den Tisch.

»Bist du unter die Rumispieler gegangen?«, fragte Perez. In der Tat hatte die Art, wie Haziem die Fotos auf den Tisch knallte, etwas von einem Spieler, der seine letzten beiden Trümpfe siegesgewiss auf die Platte donnerte.

Perez schnappte sich die Bilder und betrachtete sie eindringlich. Abwechselnd hielt er sie sich nah vor die Augen oder so weit weg, wie seine Arme es zuließen. Marianne beobachtete ihn dabei schweigend.

»Es wird langsam Zeit«, sagte sie schließlich. Perez wusste genau, worauf sie abzielte. Eine Brille war unvermeidlich, zumindest zum Lesen.

»Dann schau du dir das mal mit gesunden Augen an«, entgegnete er und schob ihr die Fotos rüber.

Mariannes Stirn legte sich in steile Falten.

»Verdammt«, entfuhr es ihr. »Ich würde mich nicht zu hundert Prozent festlegen wollen.«

»So geht es mir auch«, stöhnte Perez. Und dann an Haziem gewandt: »Und du, mein Freund, glaubst du, das da auf dem zweiten Bild ist ebenfalls unser Kahil? So wie er heute aussieht?«

»Ich bin genauso unsicher wie ihr. Zumal er von diesem Mann hier verdeckt wird.« Er deutete auf eine Person im Vordergrund, die eher zufällig auf das Bild geraten zu sein schien. »Aber ich kenne den Ort, an dem das aufgenommen wurde!« Er strahlte in die Runde.

»Was muss ich tun, mein Süßer, damit du uns an deinem kleinen Geheimnis teilhaben lässt?«, fragte Perez.

»Das muss ich mir noch überlegen. Nein, im Ernst, der Mann, der diese Aufnahme gemacht hat, ist mein Freund Rashid. Er wollte einen Schnappschuss von seinem Neffen und der Familie machen.« Wieder tippte er mit der Fingerspitze auf das Bild. Dieses Mal auf den Mann und die Gruppe im Vordergrund. »Die beiden im Hintergrund sind aus Versehen mit aufs Bild gekommen. Der Mann, nennen wir ihn fürs Erste Kahil, und die Frau an seiner Seite. Aber ist es nicht merkwürdig, dass Rashid sofort nach diesem Bild gesucht hat, nachdem ich ihm dein Foto von Kahil und Antonio gezeigt habe? Er ist sich absolut sicher.«

»Hm«, machte Perez.

»Kann ja auch sein, dass er es ist«, sagte Marianne.

»So sicher wie Rashid bin ich auch nicht«, sagte Haziem. »Aber wir kennen, wie gesagt, den Ort, an dem die Fotografie entstanden ist. Eine kleine Moschee in Perpignan.«

»Eine Moschee, sagst du?« Perez dachte nach. »Tolle Arbeit, mein Großer«, sagte er dann, »nur was fangen wir mit dieser Information an? Dein Freund kennt den Namen des Mannes nicht.«

»In jeder Moschee gibt es einen Imam.«

»Du meinst ...«

»Klar. Besonders in diesen, ich nenne sie mal Wohnzimmer-Moscheen, die so winzig sind, dass die meisten bei ihren Besuchen über den Imam quasi stolpern. Der Imam könnte sich an die beiden auf dem Foto erinnern. Wäre zumindest einen Versuch wert.«

»Das bedeutet, wir müssen in die Moschee. Haziem ...«

»Das kannst du vergessen, Perez. Ich betrete keine Moschee, nie wieder.« Haziem war als Kind zwischen die Fronten des Bürgerkriegs geraten und hatte seither seinem Glauben abgeschworen. Die Moschee war für ihn so etwas wie die Inkarnation allen Übels, das er als Kind durchlitten hatte.

Perez nickte. Er wusste es nur allzu gut. Und weder der *Creus* noch ein toter Erntehelfer würden rechtfertigen, von seinem besten Freund ein solches Opfer zu verlangen.

»Nein, Haziem. Bitte entschuldige, dass ich überhaupt nur daran gedacht habe. Dann ist die Spur ab hier wieder kalt. Mich wird der Imam sicher nicht empfangen.«

»Es sei denn ...«, hob Marianne an. Die Blicke der beiden Männer richteten sich auf sie. »Du wärest in Begleitung eines gläubigen Muslims.«

Perez sah sie zweifelnd an. »Ich kenne keine Gläubigen. Ich bin Agnostiker.«

»Aber Haziem kennt zumindest einen, seinen Freund Rashid.«

Perez schlug sich auf die Schenkel. »Marianne hat recht, Haziem. Meinst du, dein Freund würde uns helfen?«

Haziem lächelte dünn. »Wollt ihr, dass ich ihn frage?«

Perez nickte so heftig, dass ihm seine schwarzen Locken ins Gesicht fielen.

»Na schön«, sagte Haziem gedehnt, »ich mach's.«

»Merci beaucoup!«, rief Perez. »Haziem, das vergesse ich dir nicht. Wenn wir eines Tages ein Detektivbüro eröffnen, wird es unser beider Namen tragen: *Chorba & Perez – Detektive ohne Lizenz!* Wie findest du das?«

»Wie wäre es mit *Haziem & Syracuse – Detektive ohne Lizenz!*?«

»Ja schon klar, du kannst deinen Nachnamen nicht leiden, und ich würde den Vornamen in meinem Pass am liebsten schwärzen. Na schön, wird eben nichts aus der Idee.« Perez klatschte in die Hände. »Aber jetzt wird ermittelt. Und wenn wir genug Material zusammenbekommen, um die Spur weit genug weg vom *Creus zu* lenken, dann übergeben wir unsere Ermittlungsergebnisse an Boucher. Und alle werden glücklich sein.« Perez' Laune stieg. »Was für ein schöner Tag in Banyuls«, rief er überschwänglich. »Haziem, wir sind zwar *complet*, aber der Chef hat Hunger. Was gedenkst du, dagegen zu tun?«

KAPITEL 13

So wie die Einfahrt nach Perpignan stellte sich Perez die Hölle vor, als er am nächsten Morgen in seinem Kangoo saß. Kreisverkehr, zweispurige Einfallstraße, Kreisverkehr, nächste Einfallstraße, weiterer Kreisverkehr. Die Straßen blockiert von Autos und Bussen, gesäumt von trostlosen Wohnsilos, Tankstellen, Supermärkten und Videotheken. Krach und Chaos von morgens bis abends. In der Nacht kamen die Lkws.

Während Perez sich von Rotphase zu Rotphase vorarbeitete, kam ihm in den Sinn, wie er Banyuls am Vortag verflucht hatte, weil er jeden und jede kannte. Ob es allerdings besser wäre, in einem der Hochhäuser zu wohnen, in denen die Leute aus dem neunten Stock niemanden aus Etage drei kannten, war doch sehr zweifelhaft.

Endlich hatte er die Einfallstraßen hinter sich und bog vom Boulevard Georges Clemenceau in Richtung Altstadt ab. Er parkte in der Tiefgarage unter der Place de la République. Den Wagen einfach irgendwo abzustellen wie in Banyuls, war in Perpignan keine sonderlich kluge Entscheidung. Hier wurde schneller abgeschleppt als gearbeitet.

Perez trat aus den Tiefen des Parkdecks hinaus auf den sonnenbeschienenen Platz, auf dem ein kleiner Markt stattfand. Ein Blick auf die Uhr zeigte ihm, dass er ausnahmsweise etwas zu früh dran war, weshalb er auf dem Platz noch einen Kaffee trank. Er setzte sich in einen der Korbstühle unter der schwarzen Markise und besah sich die schönen Frauen Perpignans.

Nach einer Zigarette schlenderte er durch die engen Gassen der Altstadt hinüber zum *Castillet*, dem doppeltürmigen Wahrzeichen Perpignans. Den Rest der Stadtmauer, von den aragonischen Königen im 14. Jahrhundert erbaut, hatte irgendein Crétin zu Beginn des 20. Jahrhunderts einreißen lassen. Übrig geblieben war allein *Le Castillet*. Hier, im Schatten des heute ein Museum beherbergenden Stadttors, traf sich die ganze Stadt. Und zwar zwangsweise im *Café Le Castillet*, der Institution in der Hauptstadt des Département Pyrénées-Orientales.

Perez setzte sich in den Schatten der Platane und wartete. Da ihm nicht nach einem weiteren Kaffee war, bestellte er, nachdem er den Siegerwein auf der Karte entdeckt hatte, ein Glas Les Tines. Wen kümmerte es schon, dass der Tag noch nicht weit vorangeschritten war?

Während er genüsslich an seinem Wein nippte, spürte er plötzlich eine Berührung auf seiner Schulter.

»Monsieur Perez?«, fragte ein tiefer Bariton.

Perez drehte sich um und blickte in ein freundliches, stark gebräuntes Gesicht. Kurz geschnittenes schwarzes Haar, schmaler Nasenrücken und nah beieinanderstehende Augen. Eine runde Hornbrille. Der Mann war klein, fast schon grazil und etwa im gleichen Alter wie Haziem.

Perez versuchte umständlich aufzustehen.

»Bitte bleiben Sie sitzen«, sagte der Mann, der sich ihm als Rashid vorstellte.

Perez plumpste zurück in seinen Korbsessel und lächelte zu Haziems Freund hinauf. »Wie haben Sie mich erkannt? Ich hatte gerade noch darüber nachgedacht, dass wir eigentlich ein Erkennungszeichen hätten ausmachen müssen.«

»Sie meinen, rote Nelke im Knopfloch?« Rashid lächelte. »Haziem hat Sie mir beschrieben.«

»Was hat er gesagt? Kurz, dick und trinkt morgens schon Weißwein?«

»So in etwa.« Wieder lächelte der Mann, fast schüchtern. »Nein, er hat mir Ihre Haare beschrieben. Ihre Locken sind wunderschön.«

Perez starrte den Mann verlegen an. »Möchten Sie vielleicht etwas trinken? Wir können aber auch sofort los«, schob er nach. Vorsorglich goss er sich schon mal den Rest Wein hinter die Binde.

»Ich habe mir für den Vormittag nichts weiter vorgenommen. Entscheiden Sie das bitte.«

»Nun, in dem Fall ... ach, wissen Sie was, wir fahren gleich los. Ich bin irrsinnig gespannt auf die Moschee und den Imam. Das ist alles schrecklich neu für mich. Ich bin etwas aufgeregt.«

»Dafür gibt es keinen Grund. Ich kenne den Imam seit langer Zeit, er ist ein grundguter Mensch und freundlich zu jedermann.«

»Auch zu Ungläubigen?«

Wieder dieses Lächeln.

Sie überquerten den Têt und fuhren einige Kilometer Richtung Flughafen. Am Ende der Avenue du Languedoc, einer weiteren hässlichen Ausfallstraße, hieß Rashid Perez den Wagen abstellen.

»Ich sehe keine Moschee«, brummte Perez.

»Das ist eins der Probleme, das gläubige Muslime haben, Monsieur.«

»Darf ich Sie um einen Gefallen bitten?«, fragte Perez. Sie hatten unterwegs einen regen Austausch gehabt, und die formelle Anrede war um einiges zu häufig gefallen, als dass Perez weiterhin darüber hinwegsehen konnte. »Könnten Sie auf das Monsieur verzichten, bitte. Das ist nämlich so ein Problem, das *ich* habe. Ist nichts Persönliches, es macht mich nur extrem nervös. Einfach Perez, ohne alles davor oder danach, das wäre schön. Vielen Dank. Entschuldigen Sie, ich hatte Sie unterbrochen.«

Rashids Gesichtsausdruck ließ nicht erkennen, was er von dieser Marotte hielt, er ging mit keinem Wort darauf ein. Stattdessen deutete er auf ein Gebäude der gegenüberliegenden Straßenseite. Graue Fassade, abblätternder Putz, das Erdgeschoss durch Gitterstäbe vor den Fenstern gesichert. In der Mitte des Komplexes ein weit offen stehendes Rolltor.

»Das da?«, fragte Perez ungläubig. Rashid zeigte sich verlegen. »Unglaublich. Na schön, gehen Sie voran, ich folge Ihnen.«

Beim Gang über die Straße, durch die Einfahrt auf einen Hinterhof, den Perez von dem Foto schon kannte, hin zur mit Graffiti besprühten Eingangstür überkam ihn ein mulmiges Gefühl. Eine Moschee war nicht sein Ding. Gotteshäuser im Allgemeinen waren nicht nach seinem Geschmack. In einer Diskussion mit Marianne hatte er erst kürzlich vorgeschlagen, jeden Bauantrag für eine Moschee abzulehnen und dafür – quasi als Ausgleich – je eine christliche Kirche abreißen zu lassen. Marianne hatte ihn entgeistert angestarrt und schließlich losgeprustet, als handele es sich um den besten Witz, den sie seit Langem gehört hatte. Perez hatte in das Lachen eingestimmt, weil das einfacher war, als zu unterstreichen, dass er den Vorschlag durchaus als ernst zu nehmend ansah. Er war schließlich ein absoluter Befürworter des Laizismus, der strikten Trennung von Kirche und Staat.

Trotz dieser Abneigung gegen Religionen jedweder Couleur empfand er dieses Gotteshaus als unwürdig. Wenn man schon religiöse Versammlungsstätten erlaubte, dann bitte alle auf gleichem Niveau. Solche Bruchbuden des Glaubens hatte niemand verdient.

Der Imam wohnte über den Gebetsräumen im dritten Obergeschoss. Mit einem kurzen Nicken bat er die Männern herein. Perez tat, was er sich früh am Morgen überlegt hatte. Er streifte die Schuhe von den Füßen und blickte, als er seinen Oberkörper wieder aufrichtete, in zwei belustigt wirkende Gesichter. Er drehte die Handflächen gen Himmel und zog gleichzeitig die Schultern hoch, als wolle er sagen »Et alors? Was ist daran so lustig?«. Schließlich hatte er sich extra für diesen Auftritt die Fußnägel geschnitten und die Füße mit der Wurzelbürste geschrubbt, bis sie aussahen wie Krebse, die man aus kochendem Wasser zieht. Da er niemals Strümpfe trug, wollte er mit blitzblanken Füßen auftreten. Bei einem Mann seines Körperumfangs bedeutete diese Waschung einiges an Anstrengung. Was gab es da also zu lachen? Die Aufklärung gab Rashid.

»Das müssen Sie nicht tun, Monsieur ... Das hier ist

eine Wohnung, kein Gebetsraum. Aber natürlich dürfen Sie es tun. Wir Muslime tun es gewöhnlich deswegen, weil wir auch zu Hause viel beten und man Allah nicht mit schmutzigen Schuhen ansprechen sollte. Der Imam allerdings zieht es vor, eine Etage tiefer zu beten, das ist viel praktischer.«

»Hören Sie«, sagte Perez, »ich finde es nicht richtig, dass man Ihre Gebetsräume in einem solchen Haus versteckt.«

»Das ist schon in Ordnung«, richtete der Imam sich erstmals direkt an Perez. »Wir sind nicht undankbar. Schließlich haben wir in Perpignan auch eine richtig große Moschee, wenn es uns mal nach moderner Pracht verlangt. Wir haben sogar vier Moscheen über die Stadt verteilt. Aber jetzt kommen Sie erst einmal rein.«

Die Männer folgten dem Imam durch eine breite Diele in einen gemütlichen Wohnraum.

»Vier«, wiederholte Perez, während er sich in dem spärlich möblierten Raum umsah. »Das wusste ich gar nicht. Klingt vernünftig.« Er spürte, dass er sehr nervös war. »Wie viele sind Sie denn?«

Die beiden Männer sahen sich mit einem Blick an, der zu sagen schien: Er meint es nicht so. Sie blieben freundlich.

»Offiziell«, sagte der Imam, »schätzt man die Zahl der Muslime im Département Pyrénées-Orientales auf zwanzigtausend. Gut die Hälfte davon dürfte im Großraum Perpignan leben. Besonders seit der Einweihung der großen Moschee 2006 ist die Sogkraft der Hauptstadt nochmals gewachsen.«

»Was bedeutet *offiziell* in diesem Fall?«, fragte Perez.

»Das wissen Sie, Monsieur.«

Perez fiel es schwer, einen heiligen Mann zu verbessern, vor allem einen, von dem er noch einiges zu erfahren hoffte, aber das ständige *Monsieur* ging ihm echt auf den Zeiger. Sein Gesichtsausdruck schien dies zu verraten. Rashid beugte sich vor und flüsterte dem Imam etwas ins Ohr.

»Entschuldigen Sie«, sagte der alterslos erscheinende Mann daraufhin. »Perez.«

Perez strahlte von Ohrläppchen zu Ohrläppchen. Sehr aufmerksam, dieser Rashid. Haziem suchte sich seine Freunde wirklich genau aus.

»Sie trinken Ihren Tee gar nicht ... Perez«, hörte er den Imam jetzt sagen.

Und zwar deshalb nicht, dachte Perez, weil ich nicht einmal bemerkt habe, dass mir jemand Tee eingegossen hat. Er blickte kurz über die Schulter, außer ihnen war niemand im Raum.

»Doch, doch«, antwortete er, »er war mir nur noch zu heiß. Vielen Dank.« Er führte das Glas mit den duftenden Minzblättern zum Mund.

»Je heißer es draußen ist, desto heißer sollten Sie Ihren Tee trinken. Ist er Ihnen süß genug?«

Perez kostete. »Oh ja, er ist ganz ausgezeichnet.«

In Wahrheit hätte er lieber noch ein Gläschen kalten Les Tines zu sich genommen oder einen anderen guten Collioure.

»Darf ich davon ausgehen, dass Sie mit Ihrer Frage vorhin auf diese scheußliche Geschichte in Rivesaltes angespielt haben?«, fragte der Imam plötzlich.

»Das ist eine Schande für mein Land ...«

»Für unser Land«, unterbrachen die beiden Männer Perez nahezu synchron.

»Natürlich ... für unser Land. Eine riesige Schweinerei ist das. Halten Sie es für einen Einzelfall oder eher für die Spitze des Eisbergs?«

Der Imam strich mit Daumen und Zeigefinger durch seinen Bart.

»Ich weiß nicht«, sagte er nach einer längeren Pause. »Es gibt sicher viel mehr Muslime hier, als unsere Statistik erfasst, man muss kein Prophet sein, um das sagen zu können. Ich habe schon von Berufs wegen sehr viel Kontakt mit Menschen, die sich mir anvertrauen, weil sie niemand anderen kennen. Die meisten dieser Männer haben ihre Familien in den jeweiligen Heimatländern zurückgelassen. Bitte stellen Sie sich deren innere Zerrissenheit vor. Sie hoffen darauf, hier ihr Glück zu machen, obwohl sie dafür alles, was sie lieben, hinter sich gelassen haben. Emotional ist das eine nahezu ausweglose Situation. Das muss man sich vor Augen führen. Erst dann versteht man, dass nichts, was hier mit ihnen geschieht, für sie wirklich wichtig ist, solange sie glauben, ihre Aufgabe erfüllen zu können: Geld zu verdienen für die Zurückgebliebenen. Was diese Männer wirklich ängstigt, ist, was in ihren Herkunftsländern mit ihren Lieben geschieht, die Hunger ausgesetzt sind und Krieg. Das ist ihre große Sorge. Und gleichzeitig das große Problem in all unseren Debatten in Frankreich, Perez. Wir Franzosen behaupten, dass sich das große Flüchtlingsdrama in unseren Städten und Gemeinden abspielt, aber das ist falsch. Und es ist sogar verachtend, dies zu sagen.«

Wieder machte er eine lange Pause. Er starrte auf seine gekreuzten Beine.

»Das wirkliche Drama spielt sich auf dem afrikanischen Kontinent ab, in Vorderasien, auf dem Mittelmeer und den anderen Fluchtrouten.«

Er sah zu Rashid hinüber, der, die Lippen zusammengepresst, im Schneidersitz neben dem Imam auf den weichen Kissen saß. Perez nickte. Wie sollte er von dieser großen Tragödie auf sein kleines Problem zu sprechen kommen? Doch noch bevor er ein Wort sagen musste, hatte Rashid bereits das Foto aus der Tasche gezogen und es vor den Imam auf den Boden gelegt. Er ist wirklich ein aufmerksamer Mann, dachte Perez. Er durfte nicht vergessen, ihm ein Geschenk für seine Hilfe zu machen, sobald das hier vorüber war.

Nun begannen sich die beiden Männer zu unterhalten. Obwohl sie sehr leise sprachen und Perez auf der anderen Seite des flachen Tischs saß, hörte er doch deutlich, dass dies nicht auf Französisch geschah, sondern auf Arabisch. Es bewirkte, dass er sich ausgeschlossen fühlte.

Am Ende ihrer Unterhaltung kratzte sich der Imam an der Wange, nahm einen Schluck Tee und warf Rashid einen zustimmenden Blick zu. Der nickte und wandte sich nun direkt an Perez. »Es gibt gute Nachrichten.« Perez drückte den Rücken durch, um Aufmerksamkeit zu signalisieren. »Der Imam erinnert sich an den Tag und meinen Besuch mit meinem Neffen und dessen Familie noch sehr genau und, was Sie mehr interessieren dürfte, er erinnert sich an die beiden Menschen, die zufällig auf unser Bild geraten sind.«

Warum nun der Imam durch seinen Unterhändler mit ihm sprach und nicht mehr direkt, verstand Perez nicht, beschloss aber, aufgrund der Informationen, die er nun gleich erhalten würde, sich nicht lange mit diesem Umstand aufzuhalten.

»Die beiden?«, fragte er.

»Der Mann und die Frau.« Rashid tippte auf die beiden Personen. »Sie gehören zusammen.«

Perez fuhr sich über das Kinn. »Interessant«, sagte er. Er wusste nicht mehr, wen er beim Reden ansehen sollte, Rashid oder den Imam, von dem die Informationen ja stammten und dem er eigentlich seine Fragen stellen wollte.

»Die beiden haben mit dem Imam über eine Hochzeit gesprochen«, sagte Rashid.

»Hochzeit?«, stieß Perez aus. Das Wort stand bei ihm derzeit nicht hoch im Kurs. »Aber dann muss der Imam den vollständigen Namen des Mannes doch kennen. Und auch den seiner Zukünftigen.«

Der Imam folgte dem Dialog völlig ungerührt.

»Nein«, fuhr Rashid leise fort. »Leider nicht.«

»Mer...« Perez wurde augenblicklich rot. »Und was sind dann die guten Nachrichten?«

»Der Imam hat etwas aufgeschnappt, das Ihnen vielleicht weiterhelfen könnte. Die beiden auf meinem Foto hatten ein Problem. Der Mann, also der vermeintliche Kahil, ist Muslim. Die Frau aber Katholikin. Sie ist wohl bereit, zu konvertieren. Ihre Familie ist allerdings strikt dagegen.«

»Und wie kann mich das auf ihre Spur bringen?«

»Das wissen wir nicht.«

»Ja ... ich im Augenblick auch nicht.«

»Ach ja. Der Imam erwähnte noch, dass es sich laut der Frau bei ihrem Vater um einen bekannten Mann handeln soll, der fürchte, die Verbindung könne seinem Ansehen schaden. Mehr weiß der Imam leider nicht.«

»Schade!« Perez atmete zweimal tief durch. »Eine Frage noch: Machte der Mann einen kranken Eindruck auf Sie?« Die Stirn des Imam kräuselte sich. »Jaaa«, sagte Perez gedehnt. »Krank nicht im Sinne von Malaria oder so was. Ich meine wirkte er suchtkrank?«

Die beiden Männer wechselten einige Worte. Dann standen sie so abrupt auf, dass Perez sich in seiner sitzenden Position etwas dümmlich vorkam.

Als auch er wieder aufrecht stand, sagte Rashid:

»Für den Imam spielen solche Fragen keine Rolle. Aber er denkt nicht, dass Ihr Freund ein Drogenproblem hatte.«

KAPITEL 14

»Also ich fand das so was von seltsam«, sagte Perez und schüttelte zur Unterstreichung des Gesagten seine schwarzen Locken. »Weißt du, wie man sich fühlt, wenn man derart ausgeschlossen wird? Sprache ist wichtig, Haziem.«

Haziem sah Perez etwas mitleidig an.

Perez saß am kleinsten Tisch des Restaurants. Haziem stand hinter der Theke und aß nun selbst eine Kleinigkeit.

»Pass mal auf!«, sagte der Maghrebiner kauend. »Der Imam hätte dir gegenüber überhaupt keine Auskunft geben dürfen. Wie heißt so was bei euch Katholiken? Beichtgeheimnis?«

»Ich bin kein Katholik, und eine Hochzeit fällt nicht unters Beichtgeheimnis. Was redest du? Und überhaupt, was isst du da?«

»Eine kleine Ceviche.«

»Ach ja? Und was steht hier vor mir?«

Haziem tat, als sähe er nach. »Da liegt, wenn ich das von hier aus richtig sehe, bloß deine Kladde. Ich vermute, du bist mal wieder ganz schön im Rückstand mit deinen Bestellungen.«

»Arrête!«, rief Perez. »Im Augenblick ist es die Hölle. Kaum sind die Ferienwohnungen voll, will jeder etwas von mir. Am liebsten sofort. Auf jeden Fall noch am selben Tag. Ich frage dich, Haziem: Bin ich so was wie der Pizzabote von Banyuls?«

»Wenn überhaupt, bist du der Lieferjunge für die Hautevolee«, beantwortete Haziem Perez' rhetorische Frage.

»Das macht's nicht besser, bloß lukrativer«, sagte Perez. »Was ziehst du für ein blödes Gesicht?« Haziem grinste, er hatte seinen Spaß. »Zurück zur Sache. Erstens würde ich dich bitten, mich die Ceviche kosten zu lassen. Welchen Fisch hast du genommen?«

»St. Pierre.«

»Edel!« Perez starrte hinauf zur handgeschriebenen Karte über dem Servierplatz. »Steht aber noch nicht auf dem Menü. Was willst du dafür nehmen?«

»Ich denke so um die neunzehnfünfzig?«

»Bien! Aber mach die Portionen nicht so groß, am St. Pierre ist mehr Abfall als Fleisch. Hundert Gramm pro Portion maximal, besser wären achtzig.«

»Hältst du mich für einen Amateur? Sag mir lieber, ob du die Anchovis endlich bekommen hast?«

Perez krümmte sich, als füge ihm die Frage körperliche Schmerzen zu.

»Dieser verschrobene Dreckskerl ist ein schwieriger Verhandlungspartner. Es hat mich Monate gekostet, bis er mich überhaupt zu sich vorgelassen hat. Du weißt ja, selbst die besten Restaurants der Welt schlagen sich um seine Jahrgangssardinen.«

»Wir wollen aber die Sardellen.«

»Schon. Also eigentlich möchte ich von beidem. Ach Haziem, es gibt keinen anderen Ort auf der Welt, wo diese Arbeit noch von Hand gemacht wird, nur hier an der Côte Vermeille. Les Anchois artisanales! Die Fischchen sind einzigartig. Eustache fängt sie noch mit seinem eigenen kleinen Holzboot. Manchmal, in der Nacht, wenn ich nicht schlafen kann, fahre ich runter zum Strand. Mit etwas Glück sieht man ihn draußen auf dem Wasser, das helle Scheinwerferlicht, mit dem er die Schwärme anlockt. Und nach dem Fang seine fabelhafte Verarbeitung, alles von Hand und alles, wie er es von seiner Mutter gelernt hat und die von ihrem Vater und immer so weiter. Sardellen- und Sardinenfischer seit Generationen, so etwas gibt es doch heute nicht mehr, Haziem. Niemand kennt seine Rezeptur, seine Methode zur Reifung. Er ist der ungekrönte Sardinen- und Sardellenkönig von Collioure. Wenn er bloß nicht so seltsam wäre, ach was, ein halsstarriger Kauz, das ist Eustache. Dass er nicht auf Leute schießt, die sein Hoftor durchschreiten, ist eigentlich ein Wunder.«

»Perez!«

»Was denn?«

»Ich hatte nicht um einen Vortrag gebeten. Ich weiß, dass du deine Produkte liebst wie andere ihre Kinder. Ich wollte bloß wissen, ob ich irgendwann mit den Anchovis rechnen kann oder nicht?«

»Jetzt werd mal nicht pampig. Wenn sie da sind, sind sie da«, antwortete Perez. »Für die Touristen wirst du sie eh nicht brauchen. Ich weiß noch nicht einmal, ob ich überhaupt genug bekomme, um etwas fürs *Conill* abzuzweigen. Vielleicht essen wir beide sie auch ganz allein.«

»Na klar. In Wirklichkeit bedeutet das, dass du deine betuchte Kundschaft schon wieder auf etwas heißgemacht hast, das du noch nicht einmal besitzt.«

»Et alors? Eustache und ich sind demnächst im *Tresor* verabredet. Im Angesicht meiner anderen Spezereien wird der Alte schon weich werden.«

Perez' *Tresor* war ein alter Bunker hinter der Uferpromenade, in dem seine Schätze lagerten. Die ins Land geschmuggelten Schinken aus der Salamanca, sein *Creus*, Manchego aus Spanien, Kirschen aus Céret. Nur das Beste vom Besten. Eine Art Zwischenlager. Von außen war der Bunker nicht zu sehen. Selbst die älteren Einheimischen hatten das unterirdische Gemäuer aus den Zeiten der Résistance längst vergessen.

»Nun sind wir schon wieder vom Thema abgekommen. Haziem! Warum hat der Imam nicht direkt mit mir gesprochen, warum haben dein Freund und er sich vor mir auf Arabisch beraten und warum hat Rashid mir den ganzen Sermon erst hinterher übersetzt. Was war da los?«

»Wie schon gesagt: Ich vermute, der Imam hätte dir gegenüber überhaupt nichts sagen dürfen. Es war ein extremes Entgegenkommen – das wir im Übrigen allein Rashid verdanken –, dass der Imam dich überhaupt empfangen hat und dass er mit dir geredet hat. Indem er in einer Sprache gesprochen hat, derer du nicht mächtig bist, hat er es auf irgendeine vertrackte Art gesagt und zugleich nicht gesagt ... Also, so reime ich mir das jedenfalls zusammen«, schob er nach.

»Kannst du mit deinem Kumpel an der Geschichte dranbleiben? Vielleicht fällt dem Imam ja im Nachhinein noch etwas ein. Machst du das für mich?«

»Klar. Rashid hilft sicher gern. Er fand dich sympathisch ... und er fand deine Locken wunderschön.«

»Ja Haziem, da kannst du mal sehen«, sagte Perez, und eine leichte Röte färbte seine Wangen. »Sag mal, dein Freund, der ist doch nicht etwa ... na los, du weißt schon, also es wäre mir vollkommen egal, jeder nach seinem Geschmack, ich frage nur, weil ...«

Haziem lachte laut. »Perez, du weißt aber wirklich gar nichts über andere Kulturen.«

»Ist doch auch egal. Hör mal: Ich möchte Rashid ein Geschenk machen. Meinst du, er freut sich über ein Fläschchen?«

»*Creus*?«

Perez verzog schmerzhaft das Gesicht. »Ich dachte eher an einen anderen guten Collioure ...« Er zuckte mit den Schultern. »Was siehst du mich so an? Du weißt, dass der *Creus* knapp ist.«

»Wenn du die Polizei nicht von deinem Alten wegbekommst, gibt es vielleicht bald gar keinen mehr. Da könnte die eine Flasche für Rashid gut investiertes Geld sein.«

Perez stöhnte. »Na schön: einen *Creus* für Rashid. Ich notiere es.«

»Er ist gläubiger Muslim.«

»Habe ich gemerkt.«

»Und?«

»Und was?«

»Und trinkt ein gläubiger Muslim Alkohol?«

Haziem grinste. Perez warf den Bleistift nach ihm.

»Na schön, Haziem, selbst schuld ... Eben noch wollte ich dir ein Geheimnis anvertrauen, aber das lass ich dann wohl ...«

Haziem schaute Perez entschuldigend an.

»Na schön, ich will mal nicht so sein.« Perez ließ den goldenen Schlüsselanhänger, den sein Vater im Weinberg gefunden hatte, vor Haziems Augen hin und her pendeln.

»Hoppla, Perez, was ist denn das?«

Perez erzählte, wie er zunächst nur auf das Kettchen gestoßen war. Wie Antonio den fehlenden Anhänger freigegeben hatte und er das Ganze wieder zusammengebastelt hatte. »Verstehst du nun, weshalb ich mir große Sorgen mache?«

»Weiß Boucher von dem Anhänger?«

»Bist du verrückt?«

»Und, irgendeine Idee, was es damit auf sich hat?«

Perez schüttelte den Kopf. »Bisher noch nicht. Warum trägt ein ehemaliger Landarbeiter, der offenbar zu Geld gekommen ist, einen Schlüsselanhänger bei sich, den der Name des Weines ziert, der Grundlage *meines* Geschäfts ist? Das ist die alles entscheidende Frage, Haziem, auf die ich überhaupt keine Antwort weiß. Was ist aus Kahil in den sechzehn Jahren, seit er von hier weg ist, geworden? Ein Drogenhändler? Ein Weinhändler doch sicher nicht. War er überhaupt weg oder hat er die ganzen Jahre über in Frankreich gelebt? Immerhin will er eine Französin heiraten, also wenn er der Mann auf dem Bild ist. Die muss er ja irgendwo kennengelernt haben. Eine Frau im Übrigen, deren Vater eine berühmte Persönlichkeit sein soll. Na ja, der zumindest bekannt sein soll, wie Rashid sich ausgedrückt hat. Und dann noch die Frage: Warum bringt sich einer im Weinberg um, wenn er gerade heiraten will? Ich meine, nur weil seine zukünftigen Schwiegereltern gegen die Ehe sind. Wen kümmert schon noch, was Eltern zur Hochzeit ihrer Kinder sagen? Die Zeiten haben sich längst grundlegend geändert.«

»Bist du dir da so sicher?«, fragte Haziem, ohne jeden Anflug von Ironie.

»Ach hör doch auf, das hat doch ... Schluss damit, das ist ein völlig anderes Thema.«

Nicht nur verbal wischte Perez den Vergleich vom Tisch. Seine Bewegung war so heftig, dass das vor ihm stehende Glas in gefährliche Schräglage geriet. Mit der Bemerkung »Irgendetwas an der Kahil-Geschichte ist faul, das schwöre ich dir« wandte er sich wieder seiner Kladde zu.

Die folgenden Minuten verbrachte er damit, die unaufschiebbaren Kommissionen so zu strukturieren, dass er möglichst viele von ihnen in einer Fahrt zustellen konnte. Alle Bestellungen ohne ermahnendes Ausrufezeichen beachtete er erst gar nicht.

»Irgendwann mache ich auch mal Sommerferien«, seufzte er vor sich hin und erntete dafür einen spöttischen Blick seines Freundes. Perez und Ferien waren wie Hund und Katze. Es vertrug sich einfach nicht. War er weniger gestresst, sagte er gerne: »Weshalb sollte ich das schönste Fleckchen der Welt gegen einen schlechteren Platz eintauschen?« Wann genau er die letzten Ferien außerhalb des Départements verbracht hatte, hätte er nicht einmal sagen können, sicher aber vor seinem dreißigsten Geburtstag. Nun würde er bald schon sechzig.

Er war noch nicht bis zur letzten Seite der Kladde vorgedrungen, als Marie-Hélène die beiden Stufen zum

Restaurant heruntergesprungen kam. Ihm blieb gerade noch Zeit, ihren Namen zu rufen, als ihn die Empörung in ihren Augen auch schon zum Verstummen brachte.

»Kannst du mir erklären, was das sollte?«, sagte seine Tochter deutlich zu laut. Perez setzte fürs Erste ein unschuldiges Gesicht auf. »Du besitzt wirklich die Frechheit, ins *Catalan* zu gehen und rumzuerzählen, dass JeMa und ich heiraten wollen?«

»Mariechen, bitte setz dich. Es tut mir wirklich leid. Ich hab's höchstens vor mich hin gebrabbelt, weil Jean-Martin sich so seltsam benommen hat.«

»So? Und wieso wird JeMa seitdem von allen Seiten darauf angequatscht?«

»Was weiß denn ich? Vielleicht hat's jemand mit angehört. Pierre saß eine Nische weiter. Aber überall rumerzählt – also wirklich nicht.«

»Pierre, welcher Pierre? Doch wohl nicht diese Dumpfbacke von Metzger?«

»Traiteur. Er ist kein Metzger.«

»Du erzählst also mir nichts, dir nichts diesem Alkoholiker von der Hochzeit deiner Tochter.«

»Hab ich nicht«, log er. »Und selbst wenn, chérie, du willst die Hochzeit doch? Ebenso wie dein JeMa. Sie wird also tatsächlich stattfinden. Wo liegt das Problem?«

»Nenn mich bloß nicht chérie!«

»Marie-Hélène, nun setz dich doch endlich und beruhige dich erst einmal wieder«, sagte er um Strenge im Ton bemüht. »Haziem bringt dir etwas zu trinken, und wir unterhalten uns, obwohl es gerade wirklich nicht gelegen kommt.«

»Wann wäre ich dir je gelegen gekommen?«

»Es gibt keinen Grund, mich zu beleidigen«, sagte Perez leise.

Sie sah zu Boden, vor Wut kochend. Aber sie wusste auch, dass sie gerade über das Ziel hinausgeschossen war.

»Tut mir leid«, presste sie hervor und setzte sich Perez gegenüber. »Aber ...«, fuhr sie in einer Lautstärke fort, dass Passanten draußen auf dem Bürgersteig die Köpfe drehten, »was bezweckst du damit? Du tust nie etwas ohne Hintergedanken. Warum stellst du dich meinem Glück in den Weg? Ich dachte du liebst mich?«

Den letzten Satz hatte sie deutlich leiser und mit bebenden Lippen gesagt. Und schon war Perez geschlagen. Er konnte seine Lieben nicht leiden sehen, und schon gar nicht konnte er es ertragen, wenn sie weinten.

»Na komm, Marie, ich habe vielleicht einen Fehler gemacht, aber doch nicht, um dir zu schaden. Ganz ehrlich, ich verstehe nicht, warum das so ein Problem ist.«

»Weil *wir* entscheiden wollen, wann wir es öffentlich machen, und auch, wem wir zuerst davon erzählen. Bestimmt nicht Pierre oder den anderen Idioten, die morgens im *Catalan* hocken und auf Klatsch warten.«

»Du sprichst nicht gerade in höchsten Tönen von deinem neuen Leben. Denn genau dort wirst du den Rest deiner Tage verbringen, das wird eure Existenz sein, Marie. Überleg es dir gut, noch ist Zeit.«

»Lenk nicht ab. Du hast es bloß rumerzählt, weil du weißt, wie labil JeMa ist. Die Situation stresst ihn wahnsinnig. Jeder, der heute ins Café gekommen ist, hat ihn auf die Hochzeit angesprochen. Und dabei sind alle so gehässig. Natürlich nicht vordergründig, da gratulieren sie ihm. Nicht zu der Hochzeit mit mir, damit wir uns recht verstehen. Sondern zu dem Hotel, das er durch mich erben wird. Das ist ekelhaft. Der Arme kommt sich jetzt wie ein mieser Mitgiftjäger aus vergangenen Jahrhunderten vor. Und sag jetzt bloß nicht, es täte dir leid und das hättest du nicht gewollt.«

»Es tut mir leid, das habe ich nicht gewollt!« Marie-Hélène machte Anstalten, sich über den Tisch hinweg auf Perez zu stürzen. »Ehrlich. Das hatte ich so nicht vorausgesehen. Und dabei ist es nicht einmal sicher, dass deine Mutter dir das Hotel vererben wird – nach einer Hochzeit mit JeMa, meine ich.«

Perez holte seiner Tochter ein Glas Wasser, die schob es von sich weg, wie er es tun würde. Haziem, der während des Wortwechsels in Deckung gegangen war, füllte ein Glas mit Wein und stellte es vor die junge Frau auf den Tisch. Dafür erntete er ein Lächeln.

Marie trank, fixierte dann erneut ihren Vater. Sie nahm Anlauf zu einem Monolog, wie Perez ihn nie zuvor von seiner Tochter gehört hatte. Zuerst behutsam nach den richtigen Worten suchend, dann zunehmend kämpferischer. Sie legte Perez in glasklaren Gedankengängen ihre Vorstellung von einem selbstbestimmten Leben auseinander. Die Haltung, die daraus sprach, habe sie sich, wie sie mehrfach betonte, im Wesentlichen von ihrem Vater abgeschaut, weshalb sie auch sicher sei, dass er sie verstehe und unterstütze. Sie habe ein Recht darauf, ihre eigenen Entscheidungen zu treffen, und sie sei bereit, dafür die Verantwortung zu übernehmen.

Am Ende ihrer Rede, die Perez Respekt abnötigte, sprach sie über Glück. Darüber, dass es zwar kein Recht auf Glück gebe, sie aber, wo sie es nun gefunden habe, umso mehr entschlossen sei, es nicht wieder loszulassen.

»Und von denen, die mich lieben«, so schloss sie, »erwarte ich, dass sie mich bedingungslos unterstützen. Wer sich mir in den Weg stellt, den werde ich bekämpfen, selbst wenn das bedeutet, dass ich ihn verliere! Das gilt für dich, für Maman und für jeden anderen.«

Nach Maries Rede kehrte in dem kleinen Restaurant Stille ein. Eine Zeit lang war das leise Surren der Spülmaschine unter der Theke das einzige Geräusch. Bis plötzlich langsames, rhythmisches Klatschen einsetzte. Haziem bezeugte seinen Respekt. Perez drehte sich zu ihm um und nutzte den Moment, um sich schnell eine Träne wegzuwischen.

»Wer ist der Mann da neben Opa?«, hörte er Marie in diesem Moment fragen. Er drehte sich um und sah, dass sie die Fotografien, die auf dem Tisch gelegen hatten, betrachtete.

»Er heißt Kahil und war Antonios erster Erntehelfer. Sicher hast du von dem Toten im Weinberg gehört. Er ist es.« Perez tat sich nicht leicht mit dem Themenwechsel.

»Und warum hast du ein Bild von der hier?« Nun tippte sie auf die Frau, die neben dem vermeintlichen Kahil auf dem Hof der Moschee stand.

Perez sah zuerst zu Haziem, dann zu seiner Tochter. »Du kennst die Frau?«, fragte er ungläubig.

»War an meiner Schule«, antwortete Marie knapp. Leise fügte sie hinzu: »Wer kennt die nicht? Camille heißt sie.«

»Camille«, echoten Haziem und Perez im Chor. »Und sie war in deiner Klasse?«, fragte Perez.

»Wir hatten zwei Kurse gemeinsam.«

»Dann kennst du auch den Mann neben ihr, das ist doch Kahil?«

Sie warf einen erneuten Blick auf die Fotografie. »Ihr meint, der Typ hier neben Camille soll derselbe sein wie der neben Opa?« Sie sah sich das Bild noch mal genau an. Dann schüttelte sie den Kopf.

Perez seufzte. »Vielleicht. Vielleicht nicht. Deine Freundin möchte den Mann auf dem Bild jedenfalls heiraten.«

»Meine Freundin ist sie wirklich nicht«, sagte Marie-Hélène. »Aber wundern tut's mich nicht.«

»Man könnte meinen, du magst sie nicht.«

»Das ist richtig. Ich mochte sie nicht. Aber mir hat sie nichts getan.«

»Und warum wundert es dich nicht? Was willst du damit sagen?«

»Camille hat schon sehr früh angefangen. Mit Jungs, meine ich. Und es waren immer Ausländer.«

»Das ist rassistisch«, sagte Perez ruhig.

»Mag sein, aber es entspricht der Realität. Sie sagte immer: französische Männer ... ach das tut jetzt nichts zur Sache.«

»Nein, tut nichts zur Sache. Wie heißt Camille mit Nachnamen?«, fragte Perez.

»Keine Ahnung.«

»Hast du nicht gesagt, ihr hättet zwei Kurse zusammen gehabt?«

»Ich habe keine Ahnung, wie sie heißt. Man sieht sich,

man geht wieder auseinander. Es ist schon lange her, und wir hatten ansonsten keine Berührungspunkte.«

»Laut dem Imam, den ich heute Morgen in Perpi besucht habe, soll ihr Vater eine berühmte Persönlichkeit sein, jedenfalls eine sehr bekannte Persönlichkeit. Das müsste sich doch eigentlich in eurer Schule herumgesprochen haben.«

»Berühmte Persönlichkeit?« Jetzt war Marie-Hélène wirklich erstaunt. »Das würde mich wundern«, sagte sie. »Bei uns war niemand berühmt.« Perez sah sie auffordernd an. »Was?«, fragte sie. »Warum siehst du mich so an?«

»Kannst du ihren Namen für mich herausbekommen?«

»Ich soll dir helfen? Hilfst du *mir* vielleicht? Du machst mir das Leben schwer und verbündest dich mit meiner Mutter.«

Perez kratzte sich am Bauch. »Dann hilf wenigstens deinem Großvater.«

Perez beantwortete ihren fragenden Blick mit einer kurzen Zusammenfassung der Geschehnisse.

»Oh Gott«, rief Marie-Hélène entsetzt. »Wieso hat mir niemand erzählt, wie schlecht es ihm geht? Das ist ja schrecklich. Der arme Opa. Ich fahre sofort zu ihm.«

»Alles halb so wild. Er ist schon wieder bei bester Gesundheit. Er hatte bloß einen Schock. Hat aber nicht lange angehalten. Du weißt ja, wie er ist.«

»Ja, das weiß ich. Ganz anders, als du immer behauptest.«

»Marie, wenn man dich so hört, könnte man denken, ich sei dein schlimmster Feind. Ich will Antonio nur helfen. Noch steckt er nicht in Schwierigkeiten, aber es könnte bald dazu kommen. Ich hoffe nicht, dass er am Ende doch irgendwas mit dem Tod Kahils zu tun hat.«

»Papa!«, rief Marie-Hélène. »Das kann ja wohl nicht dein Ernst sein!«

»Ich muss mich in jedem Fall darum kümmern, dass die Polizei ihn nicht weiter behelligt. Meine einzige Spur sind derzeit diese beiden Bilder. Du siehst, ich brauche deine Hilfe.«

»Na schön«, sagte sie gedehnt, »ich rufe jemanden an, der vor nicht allzu langer Zeit mal mit ihr zusammen war.«

Nach wenigen Minuten kam Marie zurück ins Restaurant und schrieb den Nachnamen des Mädchens auf eine Serviette.

»Bonnet«, überlegte Perez laut. »Welchen berühmten Bonnet kenne ich?«

Ihm fiel niemand ein. Haziem zuckte ebenso die Schultern. Sei's drum, dachte Perez, eine Camille Bonnet würde doch wohl zu finden sein.

»Sag mal, Marie, was ganz anderes: Hast du schon mal was von einem Drogenhändler in Banyuls gehört?«

Die junge Frau blickte ihren Vater aus großen Augen an. Dann drehte sie sich um und verließ wortlos das Lokal.

KAPITEL 15

Perez musste bis kurz vor dreiundzwanzig Uhr warten, ehe der erste Kunde in der Rue Jean Iché auftauchte. Im Unterschied zur ersten Observierung hielt er sich heute hinter dem Zaun zum Nachbargrundstück versteckt, von wo aus er, durch verfaulte Holzlatten hindurch, einen Blick auf das Geschehen im Haus hatte. Was er dort während der nächsten zwei Stunden beobachtete, stürzte ihn in eine Krise. Es war schon kein schöner Anblick, erwachsenen Männern und Frauen dabei zuzusehen, wie sie sich mittels Drogen binnen Minuten so weit veränderten, dass es ihm Schauder über den Rücken trieb, wobei nicht alle das Zeug direkt konsumierten. Was Perez aber noch mehr zusetzte, war der Umstand, dass solche Art Transaktionen, wie sie Wilhelm Brossard nur wenige Meter von ihm entfernt ungehindert durchführen konnte, überhaupt in Banyuls existierten. Perez hielt sich nicht für weltfremd, aber Drogengeschichten hatte er bis gerade eben noch für ein Problem der Großstädte gehalten. Dass Paris verseucht war – geschenkt. Dass Lyon einen günstigen Nährboden versprach – na klar. In diesem Zusammenhang über Marseille zu sprechen, war ohnehin müßig. Aber ein beschauliches Dörfchen wie Banyuls?

Zwei der Burschen kannte er, das heißt, wie auch schon im Fall von Wilhelm selbst: Er kannte deren Väter. Normale Familienverhältnisse, soweit er es beurteilen konnte. Nicht einmal Scheidungskinder. Sofort dachte er an seine Mädchen – Stéphanie war für ihn wie eine Tochter, auch wenn er nicht ihr leiblicher Vater war. Wusste sie davon, dass hier gedealt wurde? Marie hatte empört reagiert, das konnte alles heißen. Kaum auszudenken, was geschehen würde, wenn die Polizei Wind von dieser Drogensache bekäme. Nachher waren noch mehr Kinder von anständigen Banyulencs in diese Geschichte verwickelt. Das würde ein Skandal, den er seinem kleinen Dorf unbedingt ersparen wollte.

Als das Licht hinter den Scheiben erlosch, machte sich Perez auf den Weg zurück zur Straße. Wilhelm stand mit dem Rücken an die Hauswand gelehnt und rauchte, als Perez aus den Büschen trat.

»Guten Abend«, sagte er laut genug, dass der junge Mann erschrak. »Wie waren die Geschäfte?«

Mit einem Satz stand Wilhelm neben seinem Roller. Doch der Griff nach dem Zündschlüssel führte ins Leere. Panisch sah er über die Schulter. Perez hielt den Schlüssel zwischen Daumen und Zeigefinger und ließ ihn dort hin und her schwingen.

»Du weißt nicht einmal mehr, wer ich bin, stimmt's? Und dabei hast du als Kind auf meinen Knien gesessen. Was ist bloß aus dem netten kleinen Kerl geworden?« Perez setzte eine Kunstpause. »Flucht ist übrigens sinnlos«, sagte er dann. »Ich weiß, wo ich dich finde. Und noch eine weitere wichtige Information: Die Polizei weiß bislang nichts von dem widerlichen Geschäft, das du hier betreibst. Es sollte in deinem Interesse sein, dass das so bleibt. Okay, mein Freund, du schaust zwar gerade ein bisschen blöd aus der Wäsche, aber du hast mich verstanden. Na los, gehen wir rein.«

Der Junge bewegte sich keinen Zentimeter. Er machte den Eindruck, gleich loszuheulen.

»Na mach schon, oder willst du, dass ich dich trage?«

Das Haus war strategisch gut gewählt. Es lag abseits. Angeblich gehörte es einer Person aus Perpignan. Perez erinnerte sich daran, weil es einem ehrgeizigen Projekt des letzten Bürgermeisters im Weg gestanden hatte. Der oder die Besitzer wollten nicht verkaufen, um keinen Preis. Das Areal war nach Ansicht des Ex-Bürgermeisters ideal, um dort ein Luxusquartier zu bauen. In der Tat war der Ausblick von hier oben spektakulär. Perez, und mit ihm nahezu der gesamte Conseil Municipal, waren damals dagegen gewesen. Hier oben war die letzte Stelle, wo jeder Banyulenc noch auf den rohen Felsen des Cap d'Osna hinaustreten und die Aussicht genießen konnte. Das galt es zu bewahren. Das Haus war heruntergekommen und galt seit Jahren als unbewohnt.

Niedergeschlagen schloss Brossard junior die Tür wieder auf. Der Geruch im Inneren des Hauses war derart unangenehm, dass Perez zunächst die Schiebetür zum Garten zu öffnen versuchte.

»Kaputt«, hörte er Wilhelm mit heiserer Stimme sagen.

»Na schön, dann gehen wir raus und setzen uns in meinen Wagen. Hier drinnen möchte ich nicht bleiben.«

Sie saßen kaum im Wagen, als Perez auch schon mit seiner Befragung begann.

»Kahil, was sagt dir der Name?« Wilhelm schüttelte den Kopf. »Sprich!«

»Nichts!« Wilhelms Stimme überschlug sich. »Ich kenne keinen Kahil.«

»Der Tote im Weinberg. Sie haben ihn mit einer Spritze im Arm gefunden. Heroin.«

»Ich verkaufe kein H.«

Perez kratzte sich am Kopf. »Da habe ich aber anderes gehört. Früher hast du nur die weichen Drogen verkauft, aber irgendwann bist du umgestiegen. Und da es außer dir niemanden in Banyuls gibt, der Drogen verkauft, liegt die Vermutung nahe, dass du Kahil den Stoff geliefert hast, der ihn umgebracht hat. Und was das bedeutet, weißt du ja wohl. An dem Fall arbeitet die gesamte Gendarmerie von hier bis Perpignan. Mein Junge, wenn sie dich dafür drankriegen, möchte ich nicht in deiner Haut stecken. Was weiß dein Vater von der Sache?«

Bei dem Wort »Vater« brach Wilhelm Brossard zusammen. Für die nächsten Minuten war nichts mehr aus ihm herauszukriegen. Perez stieg aus dem Wagen, ging zehn Schritte die Straße runter, warf einen Blick auf den Sternenhimmel über dem Meer, drehte um und ließ sich wieder in seinen Sitz fallen. Der Kangoo ächzte beleidigt.

»Na schön«, versuchte er es von Neuem, »dann fahren wir jetzt mal zu deinem Vater. Ich bin es ihm schuldig, dich nicht direkt an die Polizei auszuliefern.«

Wilhelm griff nach Perez' Arm. »Bitte nicht«, presste er hervor. »Bitte tun Sie das nicht, Monsieur.«

»Perez! Ich heiße nicht Monsieur. Perez genügt. Dann

erzähl mir jetzt alles, Wilhelm, danach werde ich entscheiden, was ich tue.«

Der Junge begann stockend. Nachdem Perez ihm erlaubt hatte, eine Zigarette zu rauchen, wurde seine Erzählung flüssiger. Perez spürte, dass es eine Erleichterung für den jungen Mann war, seine Geschichte zu erzählen.

Wilhelm hatte als Vierzehnjähriger in München angefangen zu kiffen. Um zu einer Gruppe Gleichaltriger dazuzugehören, wie er sagte. Es war dann ziemlich schnell gegangen, mit sechzehn war er bereits auf härteren Drogen. Mit achtzehn verließ er Deutschland wieder und schlug sich zunächst in Paris durch. Als alles immer weniger überschaubar wurde, rief er seine Halbschwester an. Die wiederum telefonierte mit ihrem gemeinsamen Vater, der den Jungen zurück nach Banyuls holte. Dort machte er unter Aufsicht seines Vaters einen kalten Entzug, wurde aber schon bald wieder rückfällig, ohne dass der Vater es bemerkte.

Sehr zu dessen Freude schrieb er sich kurz vor seinem zwanzigsten Geburtstag auf der Universität von Perpignan ein. Docteur Brossard bezahlte ihm ein kleines Zimmer und war froh über die Läuterung seines Sohnes. Die Großstadt aber tat Wilhelm nicht gut. Er rutschte weiter ab, und, was schwerer wog, er geriet an die falschen Leute. Um seine Sucht zu finanzieren, begann er mit dem Dealen. Nicht auf eigene Rechnung, sondern auf Rechnung eines Marokkaners, der in Perpignan eine große Nummer im Drogengeschäft war. Perez' Frage nach dessen Namen ließ den Jungen erstarren. Wilhelm hatte große Angst vor den Leuten. Zunächst gaben sie ihm nur weiche Drogen, die er unter seine ehemaligen Mitschüler und Bekannten verteilte. Danach steigerten sie auf Ecstasy, diverse Pülverchen, und schließlich zwangen sie ihn, Heroin zu verkaufen.

»Hast du viele Abnehmer in Banyuls?«, fragte Perez.

»Einige.«

Perez stieß die Luft aus. »Und du?«, fragte er. »Was ist mit dir?«

»Nur noch ganz selten.« Wilhelm sah zu Boden. »Ich könnte aussteigen, ganz bestimmt. Seit ich meine Freundin habe, geht es bergauf. Ich hätte schon längst aufgehört zu dealen ... Ich habe aber noch immer Schulden. Sie zwingen mich weiterzumachen. Und abhauen hat keinen Sinn, die finden mich überall.«

»Dann haben wir also ein dickes Problem.« Perez dachte eine Weile nach. »Pass auf, Wilhelm, du kommst erst einmal mit zu mir. Hast du noch Drogen bei dir?« Er antwortete nicht. »Ich frage noch genau einmal ...«

»Ja.« Er schrie es fast heraus.

»Mist! ... Okay, her mit dem Zeug.«

»Das können Sie nicht machen.«

»Wenn du wüsstest, was ich alles machen kann, mein Junge. Los, holen wir das Zeug und dann nichts wie weg hier.«

Sie gingen zurück ins Haus und kamen nur wenige Minuten später mit einem Koffer zurück. Perez legte den Koffer auf die Ladefläche des Kangoo.

»Auf geht's. Heute Nacht schläfst du bei mir auf der Couch. Morgen früh lernst du eine Frau kennen, die sehr resolut, aber auch sehr verständnisvoll ist. Vielleicht erinnerst du dich an sie, sie war eine gute Freundin deiner

Mutter. Sie wird wissen, was wir mit dir anfangen. Ich habe leider keine Zeit und derzeit gerade eine Menge anderer Probleme. Mir ist nur wichtig, dass ab sofort keine Drogen mehr hier verkauft werden. Ich hoffe für dich, dass du das verstanden hast.«

Perez war schon klar, dass diese kleine Maßnahme die Problematik des Drogenkonsums nicht beheben konnte, aber dafür waren ja auch andere zuständig. Er würde sich um Wilhelm kümmern. Was der Junge ihm erzählt hatte, könnte sich als wertvoll erweisen. Er hielt es immerhin für eine weitere Spur, die zu verfolgen sich lohnte. Vielleicht stieß er ja im weiteren Verlauf auf Kahil.

Zu Hause verfrachtete er Wilhelm auf die viel zu kurze Couch, nicht ohne zuvor die Eingangstür von innen zu verschließen. Noch vor dem Zubettgehen tippte er eine SMS.

KAPITEL 16

Am Morgen schaffte Perez den ziemlich ramponierten Wilhelm Brossard zu Marianne.

Gemeinsam telefonierten sie mit Wilhelms Freundin in Perpignan, während Stéphanie Wilhelm Frühstück zubereitete. Perez hatte ein Auge auf die beiden.

Danach tätigte Marianne einen Anruf bei einer befreundeten Ärztin in einer Suchtklinik. Wie die Geschichte weiterging, würde Perez zu einem späteren Zeitpunkt erfahren.

Ihm blieben zwei Probleme: Docteur Brossard musste über den Verbleib seines Sohnes informiert und Perez musste die Drogen loswerden. Zu Letzterem fehlten ihm Erfahrung und Fantasie, weshalb er den Koffer erst einmal unter sein Bett schob.

Als er kurz darauf aus dem Katasteramt die Information erhielt, um die er seine Bekannte in der Nacht per SMS gebeten hatte, hatte er es nochmals eiliger, sich um die Bonnets in Perpignan zu kümmern.

Zum Namen Bonnet zeigte das Verzeichnis zwölf Einträge in und um Perpignan. Perez sah sich kurz um, riss die Seite aus dem ohnehin schon zerfledderten Telefonbuch heraus, lief zurück zu seinem Wagen und fuhr die

Départementale 914 so lange in Richtung Cerbère, bis rechter Hand ein geteerter Weg abbog, der weiter oben zu einer staubigen Piste wurde. Steil ansteigend führte er zum Col de Gran Bau, von wo aus er sich in drei Himmelsrichtungen verzweigte.

So weit fuhr Perez jedoch nicht. Oberhalb des Hotel Thalacap steuerte er den Wagen an den Straßenrand. Von hier übersah man die nahezu perfekt geschwungene Bucht von Banyuls. Dahinter schoben das Cap Castell de Vello, das Cap d'Ullastrell und das Cap Béar mit seinem mächtigen Leuchtturm ihre Felsnasen zunehmend weiter in den Wind, als gelte es, in einem Schönheitswettbewerb um die höchstmögliche Aufmerksamkeit zu buhlen.

Perez kam nicht der Aussicht wegen, er hatte einen Platz gesucht, um in Ruhe seinen Job erledigen zu können. Und der bestand darin, die zwölf Einträge nacheinander abzutelefonieren. Er stieß beide Türen des Kangoo auf, damit die Brise vom Meer hereinkam, und legte los. Gab es das Gesetz tatsächlich, wonach alles, was schiefgehen konnte, auch tatsächlich schiefging, so traf es ihn zunächst mit Wucht.

Perez gab sich als Mitarbeiter von *France Télécom* aus und bat darum, mit Mademoiselle Camille Bonnet sprechen zu dürfen – es seien Fragen hinsichtlich ihres Vertrags aufgetaucht, die es zu klären gälte. Obwohl er sich noch rechtzeitig vor dem zweiten Anruf daran erinnerte, dass es die *France Télécom* schon eine geraume Zeit lang nicht mehr gab – die Firma hatte sich in *Orange* umbenannt, als könne allein dieser Unsinn das Milliardendefizit verringern, das das ehemalige Staatsunternehmen seit Jahren einfuhr –, war die Antwort bei den folgenden zehn Versuchen doch stets die gleiche: »Es tut uns leid, Monsieur, aber es gibt in unserem Haushalt keine Camille Bonnet.«

Bei der allerletzten Nummer hatte er endlich Glück. Die Frau am anderen Ende der Leitung gab monoton zu Protokoll, ihre Tochter sei derzeit nicht zu Hause, sie sei verreist.

Perez, vom plötzlichen Erfolg mitgerissen, schwang sich behände wie ein Jüngling aus dem Wagen und gab sich zu erkennen.

»Hören Sie, Madame Bonnet, bitte legen Sie nicht auf. Meine Name ist Perez aus Banyuls-sur-Mer. Ich habe Sie gerade angeschwindelt. Ich habe nichts mit der Firma *Orange* zu tun, es geht um etwas ganz anderes, um etwas sehr viel Wichtigeres. Madame? ... Sind Sie noch dran?« Perez nahm das Telefon vom Ohr und sah es beschwörend an.

»Oui«, sagte die leise Stimme.

»Ah, Gott sei Dank, Madame, sehen Sie, der Grund meines Anrufs ist folgender: Hier in Banyuls ist vor wenigen Tagen ein toter Mann gefunden worden, vielleicht haben Sie davon gehört oder darüber gelesen ...«

Keine Reaktion.

»Also dieser Mann ... wir haben Grund zu der Annahme, dass es sich bei ihm um den Verlobten – oder vielleicht waren sie gar nicht verlobt – jedenfalls um den Freund oder zumindest um *einen* Freund Ihrer Tochter handelt. Und deshalb wäre es äußerst wichtig, dass ich mit Camille spreche ...«

Zumindest hörte er die Frau am anderen Ende atmen.

»Könnten Sie mir vielleicht sagen, wann und wo ich Ihre Tochter erreichen kann? Und wenn sie tatsächlich verreist sein sollte, ihre Handynummer täte es fürs Erste auch. Kommen Sie, Madame, machen Sie es mir doch bitte nicht so schwer, es ist wirklich wichtig. Versetzen Sie sich mal in die Lage der Eltern des jungen Mannes. Ihr Sohn Kahil ist soeben ... Madame? Madame!«, brüllte er in den Hörer. »Aufgelegt«, stammelte er ungläubig.

Er ließ sich zurück in den Autositz fallen, zog die Füße nach und starrte geradeaus durch die Windschutzscheibe; Hunderte zermatschte Insektenkörper besudelten das landschaftliche Paradies jenseits der Scheibe.

Es dauerte eine Weile, bis Perez seinen Optimismus wiedergefunden hatte. Er schaltete die Rufnummernunterdrückung ein. Erst dann wählte er erneut. Es nahm niemand ab.

Fest entschlossen, sich nicht so einfach abspeisen zu lassen, wendete er den Wagen und raste zurück ins Dorf. Auf Höhe des Hafens erblickte er Monsieur Maugin, der mit seiner Geliebten aus einem Restaurant getorkelt kam.

»Monsieur Maugin!« Er winkte den Staatsanwalt aus Bordeaux zu sich.

In der Hoffnung, dass Perez seine Meinung geändert habe und ihm nun doch noch seine Spezialitäten verkaufen wolle, kam dieser auch prompt über die Straße. »Monsieur Perez! Ichbinerfreut ... Siezusehen«, lallte er.

»Monsieur«, rief Perez, »es handelt sich um einen Notfall! Könnte ich wohl mal ganz kurz Ihr Handy ausleihen?«

Ratlos, was diese Wendung bedeuten mochte, reichte der stämmige Mann Perez das Telefon. Nach sechsmaligem Klingeln ertönte bei Madame Bonnet das Besetztzeichen.

»Vielen Dank, Monsieur, Sie haben mir sehr geholfen«, sagte Perez, in Gedanken längst woanders. Er gab dem Mann das Handy zurück, nicht ohne vorher die gewählte Nummer aus dem Verzeichnis ausgehender Anrufe gelöscht zu haben.

Ohne ein weiteres Wort legte er einen Kavalierstart hin und ließ einen völlig verwirrten Ex-Staatsanwalt in der Gluthitze des Augusttages zurück.

Perez wiederholte das Spielchen noch von zwei weiteren Apparaten aus. Als er es danach erneut versuchte, erwartete ihn das Besetztzeichen unmittelbar. Madame Bonnet hatte wohl entschieden, nicht mehr gestört werden zu wollen, von wem auch immer.

Nur dass ihr Verhalten Perez erst recht herausforderte. Er rief Stéphanie an. Die fand für ihn im Internet die Adresse zur Telefonnummer heraus, womit er sich, nachdem er einige nicht länger aufschiebbare Warenlieferungen abgearbeitet hatte, erneut in Richtung Perpignan aufzumachen gedachte.

Die tief stehende Sonne tauchte das ausgedehnte Industriegebiet von Cabestany in ein gnädiges Licht, als Perez an der langen Reihe von Großmärkten, Tankstellen und Schnellrestaurants vorbei in Richtung Perpignan fuhr. Sein Ziel lag hinter Cabestany, eingeklemmt zwischen zwei Problemvierteln, die sich lediglich graduell in ihrer Gefährlichkeit unterschieden. Waren die Wohnblocks von Champs de Mars nur als *Zone problématique* klassifiziert, galt das Viertel Saint-Jacques, im Osten des Palais des Rois de Majorque gelegen, ganz offiziell als *Zone très difficile*. Stadtverwaltung und Polizei rieten gleichermaßen dringend vom Betreten des Viertels ab. Bei Nacht wurde sogar davor gewarnt, es mit dem Auto zu durchqueren. Würden sich diese beiden Bezirke eine Schlacht liefern, die Front verliefe entlang des Boulevard Anatole France.

Dahinter, im Viertel Las Corbas, lagen einige Straßen, die man als weniger angespannte Wohnlagen bezeichnen konnte.

Perez fand die Gegend, gemessen an dem, wo er auf dem Weg hierher überall durchgekommen war, gar nicht einmal so übel. Die Rue Théodore Aubanel bestand aus einfachen, aber sauberen Einfamilienhäusern. Einige der Häuser hatten sogar grüne Vorgärten.

Er parkte seinen Wagen vor der angegebenen Hausnummer. Das Haus war etwas kleiner als die übrigen und stach durch seine rote Fassade und einen kleinen Schmuckerker hervor.

Ohne langes Überlegen legte Perez den Zeigefinger auf den Klingelknopf. Den Vorgang wiederholte er so oft, bis er einsehen musste, dass ihm niemand öffnen würde. Entweder war die Dame nicht zu Hause, oder sie hatte nicht nur das Telefon abgeschaltet.

Perez war sauer, aber nicht der Typ, der sich an einem heißen Tag in sein Auto quetschte, die fünfunddreißig Kilometer in die Stadt fuhr, nur um nach mehrmaligem Klingelknopfdrücken enttäuscht wieder abzurauschen. So schnell gab er sich nicht geschlagen.

Er ging hinüber zum einzigen Mehrfamilienhaus der Straße, das direkt an das Grundstück der Bonnets grenzte. Das Tor zum Parkplatz war unverschlossen. Immer das Gleiche, dachte Perez, bei Häusern mit mehr als einem Bewohner verließen sich die Leute stets auf die anderen. Schnell huschte er hinein. In der hinteren Ecke befanden sich die Müllcontainer. Etwas umständlich kletterte er auf einen von ihnen, drückte sich hoch, schwang die Beine über die Mauer und sprang auf der anderen Seite wieder hinunter. Außer Atem richtete er sich auf. Er klopfte sich den Dreck von den Klamotten und grinste wie ein Lausbub.

»Gar nicht so schlecht für einen fetten, alten Mann«, sagte er halblaut und machte sich daran, das Haus der Bonnets zu umrunden.

An der hinteren Ecke hielt er inne, spähte zuerst zur einen, dann zur anderen Seite und trat erst aus dem Häuserschatten, als er niemanden sah, der Fragen zu seinem Eindringen stellen konnte. Wie die Handtücher am Strand von Argelès-sur-Mer lagen die kleinen Gärten dicht an dicht hinter den Häusern. Zwischen den wenigsten standen Zäune, zumeist grenzte man sich durch Hecken vom Nachbarn ab.

Auf der überdachten Terrasse des roten Hauses, drei Stufen über dem vertrockneten Rasen, fand er die Frau, nach der er suchte. Sie war etwa fünfzig Jahre alt und vermutlich früher einmal sehr schön gewesen. Früher meinte die Zeit, als der Alkohol seine warmen Schwingen noch nicht über sie ausgebreitet hatte.

Sie trug einen Jogginganzug aus violett gefärbter Baumwolle. Ihre von dicken Socken geschützten Füße steckten in kanariengelbfarbenen Crocs. Ein dicker Winterschal schützte ihren Hals. Das Thermometer in Perez' Wagen hatte um halb neun Uhr abends noch zweiunddreißig Grad angezeigt.

Vor der Frau, deren Blick starr auf einen Punkt über

der gegenüberliegenden Häuserzeile gerichtet war, standen zwei Flaschen klarer Schnaps.

Ohne zu zögern, zwängte sich Perez an einem dornigen Rosenbusch vorbei und lief die letzten Meter auf die Frau zu.

»Bonjour Madame«, rief er vom Fuß der Treppe aus. Dabei zeigte er sein freundlichstes Lächeln. »Mein Name ist Perez aus Banyuls-sur-Mer. Wir haben telefoniert. Sicher erinnern Sie sich, dass Sie mich gebeten hatten, vorbeizukommen, weil Sie nicht so gerne am Telefon über Ihre Tochter sprechen wollten. Nun, ich habe mich sofort auf den Weg gemacht, wie Sie sehen.«

Mit diesen Worten erklomm er die Terrasse und setzte sich, ohne ihre Aufforderung abzuwarten, auf den Gartenstuhl aus Aluminium, direkt gegenüber von Madame Bonnet.

Anstatt ihn für sein Eindringen oder seine freche Lüge zu rügen, sah sie ihn bloß aus wässrigen Augen an. Ihre Lippen bewegten sich kurz, aber es drang kein Laut aus ihrem Mund.

Noch viel trauriger als ihre Kleidung waren die Reste des Lippenstifts und die verlaufene Wimperntusche in ihrem Gesicht. Perez sah förmlich, wie sie an jedem Morgen versuchte, sich zurechtzumachen, wie sie sich vermutlich sagte: »Heute wird alles anders. Heute trinke ich nicht. Das wird ein guter Tag.« Wie sie sich herrichtete, sich anzog und um die Flasche herumschlich, bis die Sucht gnadenlos obsiegte. Sie erst ein Glas, dann ein zweites und schließlich die ganze Flasche Wodka auf den Tisch stellte. Sich die guten Sachen wieder auszog und es sich mit ihrem russischen Freund gemütlich machte.

Bei den ersten Schlucken noch ein kurzer glücklicher Moment, bevor die Depression sie tiefer und tiefer hinabzog. Abschminken würde sie sich vor dem Zubettgehen nicht mehr.

Als hätte sie seine Gedanken erraten, beugte sie sich in diesem Moment über den Tisch, griff nach der Flasche und goss sich das Likörglas ohne zu zittern randvoll. Sie führte es an die Lippen, kippte es in einem Zug runter und suchte erneut nach ihrem Bezugspunkt im Abendrot von Perpignan.

In diesem Augenblick wurde Perez klar: Er könnte an dieser Stelle für den Rest seines Lebens sitzen bleiben, die Frau würde sich nicht an ihm stören, ob sie ihn überhaupt bemerkte oder er ihr schlichtweg egal war, was machte das für einen Unterschied?

Er beschloss, ihr die ganze Geschichte zu erzählen. So, wie sie sich wirklich zugetragen hatte. Angefangen bei dem Toten im Weinberg. Ein wenig über seinen Vater – vielleicht brachte es ihm ihr Vertrauen ein, wenn er Persönliches verriet. Der Fund der ersten Fotografie, schließlich das zweite Foto, der Imam und am Ende die Überraschung, die Marie-Hélène ihm beschert hatte, als sie Camille auf dem Bild identifiziert hatte. Camille sei ihre Freundin gewesen, log er. Die Geschichte mit dem Haus in der Rue Jean Iché, das laut Katasteramt auf ihren Namen eingetragen war, sparte er sich zunächst auf.

Seine gesamte Erzählung hielt er in einem ruhigen Tonfall und einem fast schon einschläfernden Rhythmus. Er wollte der Frau jede Aufregung ersparen. Und während die Sonne hinter den Häusern niedersank, vermied er es peinlichst, den Namen Kahil zu erwähnen. Denn diesbezüglich war er sich sicher: Sie hatte am Nachmittag erst aufgelegt, nachdem er den Namen des Toten erwähnt hatte.

Perez wog seine Chancen ab. Er hatte alles vor Madame Bonnet ausgebreitet, was ihm zur Verfügung stand. Sie reagierte auf alles, wie sie auch auf ihn reagiert hatte: mit völliger Apathie. Wollte er, dass bei diesem Besuch etwas heraussprang, musste er jetzt in ihr Allerheiligstes vordringen.

»Madame Bonnet. Ich weiß aus den Erzählungen des Imam, dass Ihre Tochter heiraten wollte und dass sie ihren Zukünftigen aufrichtig liebte. Vielleicht sucht sie in diesem Augenblick nach ihm, ich weiß es nicht. Ich weiß nur, dass Camille helfen kann, den Mord an Kahil aufzuklären ...«

Weiter kam er nicht. Die bis gerade ausdruckslos auf ihrem Stuhl verharrende Frau wurde urplötzlich zur Furie.

Ansatzlos schmiss sie das Likörglas nach Perez.

Er griff sich entsetzt an die Stelle seiner Stirn, wo das Glas ihn getroffen hatte, und rief:

»Was soll das denn?«

Als er die Hand wieder sinken ließ, war sie voller Blut. Er sprang auf, der Alustuhl stürzte hinter ihm in den Garten.

»Sind Sie völlig verrückt geworden?«, stammelte er.

Doch als er sah, dass sie ebenfalls aufstand, schwer schwankend die leere Schnapsflasche über den Kopf hob, um auch diese in seine Richtung zu schleudern, machte er, dass er davonkam. Die Hand auf die blutende Wunde gepresst, stürzte er die Stufen hinab und war in drei Sätzen über den Rasen und am Dornbusch vorbei außer Reichweite.

Wer wusste schon, wozu diese Frau noch imstande war?

»Sie sind ja bescheuert«, rief er über die Schulter, während er davoneilte.

Völlig frustriert machte er sich auf den Heimweg. Er hatte nichts erreicht, gar nichts. Nicht einmal einen Millimeter hatte ihn dieser Ausflug nach vorne gebracht, und er war selbst schuld daran. Weder hatte er die Bonnet nach dem Drogenhaus befragt noch war es ihm gelungen, die Rede auf ihren Mann, Camilles berühmten Vater, zu lenken. Wo war der Typ überhaupt? Seine Frau gab sich dem Alkohol hin und er? Wahrscheinlich lebten sie getrennt.

Perez schlug auf das Lenkrad. Ihm war elend zumute. Da er mit einer Hand schalten und lenken musste – die andere presste ein Taschentuch auf die Wunde –, verlief die Fahrt langsamer als gewöhnlich. Besonders auf dem kurvigen Teil der Strecke von Port-Vendres hinüber nach Banyuls musste er achtgeben, die Kontrolle über den Kangoo nicht zu verlieren.

Er parkte seinen Wagen auf dem abschüssigen Boulevard Lassus, oberhalb der Arkaden, und schleppte sich hinüber in die Altstadt mit ihren vielen steilen Treppen. Er erklomm die Rue Napoleon, wo Marianne mit ihrer Tochter an der Ecke Rue Frédéric Mistral wohnte, und klingelte an ihrer Tür.

»Wie siehst du denn aus?«, fragte Marianne, nachdem es eine Ewigkeit gedauert hatte, bis sie geöffnet hatte.

»Warst du etwa schon im Bett?«

»Perez ...«

»Schon gut, frag nicht. Ich hatte einen beschissenen Abend. Und das hier oben ...« Er deutete sich an die Stirn. »War ein Schnapsglas, das eine Alkoholikerin nach mir geschmissen hat. Sag mal, darf ich etwa nicht hereinkommen?«

»Perez ...«

Die Erkenntnis traf ihn wie ein Tiefschlag: unvorbereitet und schmerzhaft: Marianne hatte bereits Besuch.

»Merde«, flüsterte er, drehte sich weg und schlich von dannen.

»Bitte sei mir nicht böse«, hörte er Marianne in seinem Rücken noch sagen. »Ich konnte ja nicht wissen, dass ...«

Perez schleppte sich hinüber ins *Conill*. Haziem genügte ein Blick auf seinen Freund. Erst schob er ihn in die Vorratskammer, wo er sich Gesicht und Hände waschen konnte, dann stellte er eine Flasche Wein vor ihn hin und versorgte ihn mit dem besten Essen, das er zuzubereiten imstande war. Sie sprachen den ganzen Abend über kaum ein Wort.

Nach einer zweiten Flasche, weit nach Mitternacht, torkelte Perez nach Hause. Dort ließ er sich aufs Bett fallen und schlief sofort ein.

KAPITEL 17

Äußerlich einigermaßen wiederhergestellt, trat Perez am nächsten Morgen auf die Straße und steckte sich eine Zigarette an. Er nahm zwei Züge, bevor er den Glimmstängel angewidert in den nächsten Gully warf.

Als er dann auch noch Jean-Martin vor dem *Catalan* auf und ab patrouillieren sah, überfiel ihn eine Art Fluchtreflex, dem er nur mit größter Mühe widerstehen konnte. Er brauchte Kaffee – dringender als alles andere.

»Jean-Martin, bitte«, sagte Perez, bevor der Dürre den Mund aufmachen konnte. »Mach bitte Platz und lass mich rein. Ich bin nicht in Stimmung.«

Jean-Martin tat, was er noch niemals zuvor getan hatte –, er fasste Perez bei den Schultern. »Du musst mir zuhören, Schwiegerpapa, ich habe wirklich wichtige und sehr geheime Informationen für dich.«

Was die frische Meeresbrise und auch das gleißende Morgenlicht nicht geschafft hatten, gelang Jean-Martin mühelos. Perez war mit einem Schlag hellwach. Er packte nun seinerseits die Bohnenstange am Kragen, wofür er sich auf die Zehenspitzen stellen musste, und zog dessen langen Hals zu sich herunter.

»Pass auf«, zischte er. »Ich sag dir jetzt mal was, und das schreibst du dir hinter die Ohren, klar?« Hätte der Dürre genickt, hätte er Perez einen Kopfstoß versetzt.

»Was auch immer passiert ist«, fuhr Perez fort, und seine Augen verschossen Giftpfeil auf Giftpfeil, »oder in der Zukunft passieren wird. Egal, was du mir mitzuteilen hast ... gestern, heute, morgen ... scheißegal ... und auch scheißegal, ob du irgendwann ein entferntes Mitglied meiner Familie werden solltest – hör mir gut zu, Jean-Martin! Niemals, nicht heute, nicht morgen und auch nicht in hundert Jahren, wenn ich längst verfault unter der Erde liege, wirst du mich je wieder *Schwiegerpapa* nennen. Hast du das verstanden?«

Er schüttelte ihn wie ein Zitronenbäumchen. Schüttelte ihn so stark, dass, wenn er ein Baum gewesen wäre, er all seiner Früchte verlustig gegangen wäre.

»Ja, aber ...«, hob Jean-Martin an.

»Ob du das verstanden hast?«, zischte Perez.

Der Juniorwirt des *Catalan* sah ihn aus traurigen Augen an. Perez ließ ihn unvermittelt los und eilte nach drinnen, um sich auf seinen Stammplatz zu setzen.

Kaum hockte er auf der Bank, als ihn auch schon sein schlechtes Gewissen peinigte. Wie hatte er sich so gehen lassen können? Der Dürre konnte weder etwas für seinen misslungenen Ausflug nach Perpignan, noch dafür, dass Marianne gestern Abend einem anderen Mann den Vorzug gegeben hatte. Und auch den Kater hatte Perez sich selbst angesoffen.

Jean-Martin war ihm in gebührendem Abstand gefolgt und schlich sich gerade hinter den Tresen. Er kochte Kaffee, klaubte dann die Tageszeitungen zusammen und brachte alles mit einem Korb frischer Croissants zu Perez' Tisch.

»Tut mir leid, Jean-Martin«, nuschelte Perez vor sich hin.

»Ich wollte dir nur sagen, dass sie eine weitere Leiche gefunden haben«, sagte dieser, den Blick gen Boden gerichtet.

Perez fuhr hoch. »Was?«, rief er so laut, dass die übrigen Gäste sich nach ihm umdrehten. »Und das sagst du mir erst jetzt?«

»Psssst«, machte Jean-Martin. »Sprich bitte leise. Davon darf niemand etwas wissen. Deshalb habe ich doch draußen auf dich gewartet. Leblanc hat mir aufgetragen, es dir zu stecken, sobald du auftauchst.«

»Wann? Wo?«

Jean-Martin ließ sich an Perez' Seite nieder.

»Er war auf dem Weg zum Tatort. Aber für einen kleinen Schwarzen hat man doch immer Zeit. *Die Leiche ist ja schon tot,* hat er gesagt. Muss so kurz nach sieben gewesen sein. Du weißt, wie es bei ihm zu Hause zugeht. Seine Alte ...«

»Jean-Martin!«, sagte Perez scharf.

»Er hat gleich nach dir gefragt. Ich hab ihn ausgelacht. *Perez um kurz nach sieben?,* habe ich zu ihm gesagt, *Alex, bist du noch zu retten. Mein Schw... Er kommt nie vor zehn, also ganz, ganz selten. Dann richte ihm das hier aus,* hat er geantwortet. *Der Mord soll im Zusammenhang mit dem Toten im Weinberg stehen* ...«

Erst in diesem Augenblick fiel Perez ein, dass er am Vorabend bei Madame Bonnet davon gesprochen hatte, dass Kahil eventuell ermordet worden war. Es war ihm einfach so rausgerutscht, ohne groß darüber nachgedacht zu haben.

»... Schussverletzung. Loch im Kopf. Muss wohl ziemlich übel ausgesehen haben«, fuhr Jean-Martin fort. *Alles Matsche,* hat Leblanc gesagt. Genaueres wusste er natürlich noch nicht. Er war ja erst auf dem Weg dorthin. Jedenfalls meinte Leblanc, das könnte dich interessieren.«

In diesem Moment betrat Marianne, begleitet von ihrer Tochter Stéphanie, das *Catalan*. Marianne im gebatikten Wallekleid und das Mädchen in Shorts und einem bauchfreien Top. Stéphanie kam jeden Morgen, bevor sie zur Schule ging, hierher, um ihre heiße Schokolade bei Jean-Martin zu trinken. Sie mochte den Dürren gerne, die beiden hatten einander immer etwas zu erzählen. Im August hatte sie allerdings Schulferien und schlief normalerweise gerne bis zum frühen Nachmittag.

»Ich dachte mir, dass du hier bist«, begrüßte Marianne ihn. Perez hob nicht einmal den Blick.

Stéphanie rutschte neben ihn auf die Bank und drückte ihm einen Kuss auf die Wange.

»Salut Perez.«

»Na, meine Kleine, wie laufen die Ferien?«, fragte er.

»Langweilig.«

»Ach ja?«

»Alle meine Freunde sind verreist. Und ich ...«

»Du hättest zu deinen Großeltern nach Deutschland fahren können«, sagte Marianne.

»Jaaaa, nach Titisee, in den dunklen Wald. Ist furchtbar da und langweilig.«

»Steph!«

»Was denn? Mann ... Perez ... Sag doch auch mal was.«

Er zog einen Zehn-Euro-Schein aus der Tasche und hielt ihn dem Mädchen vor die Nase.

»Hellt das deine Laune etwas auf, ma belle?«, fragte er. »Geh zum Strand und lass es dir gut gehen. Sind viele nette Jungs im Dorf. Die kommen vermutlich auch aus Itti ... wie heißt der Ort am Nordkap?«

»Ich dachte, wir wollten zusammen nach Perpignan fahren, Steph?«, sagte Marianne.

»Ich hab's mir gerade anders überlegt. Fahr du mal schön allein. Ich geh zum Strand. Perez hat recht. Man kann auch in Banyuls seinen Spaß haben. Au revoir, Maman.«

Mit diesen Worten verließ sie das Café. Perez schaute ihr hinterher. So musste er nicht Marianne ansehen, die den Platz von Stéphanie einnahm.

»Wir waren schon bei dir zu Hause.«

»Mmh. Ich war gestern Abend auch bei dir zu Hause.«

»Ich weiß, deshalb suche ich ja nach dir. Du sahst schrecklich aus. Es tut mir leid, Perez. Wirklich. Ich konnte ja nicht wissen ... es ging einfach nicht.«

»Ich nehme mal an, dass ich nicht erfahren soll, wegen wem es nicht ging?«

»Nein«, sagte sie leise, »das möchte ich nicht.«

Perez nahm sich ein weiteres Croissant, obwohl er längst keinen Hunger mehr verspürte, und rührte damit in seinem Kaffee herum.

Marianne und er waren Freunde. Kein Paar. Auch wenn er sie liebte und sie ihn wohl auch. Marianne war sechsundvierzig, er selbst würde bald sechzig. Er war klein und dick, Marianne war hochgewachsen und wunderschön. In Perez' Augen standen ihr die paar Pfund mehr, die sie in den letzten Jahren zugelegt hatte, immer noch sehr gut. Sie mochte es nicht, darauf angesprochen zu werden.

Gekannt hatten sie sich eigentlich schon immer. Schon als Perez noch mit Marielle zusammen gewesen war. Marianne war als junges Hippiemädchen nach Banyuls gekommen und hier hängen geblieben. Ihr Ruf bei der Dorfbevölkerung war schnell und nachhaltig beschädigt gewesen. Sie war eine unabhängige, lebenslustige Frau und scherte sich einen Dreck um Konventionen oder das, was man über sie sagte. Als sie schwanger wurde, nahmen manche böse Worte in den Mund. Perez interessierte sich nicht für den Klatsch der Banyulencs. Er sah das Einzigartige in Marianne und genoss jeden Augenblick, den er mit ihr verbringen konnte.

Als sie sich näherkamen, hatten sie sich versprochen, niemals aufeinander eifersüchtig zu sein und selbst, wenn es mit ihnen mehr würde als ein flüchtiges Geplänkel, dem anderen stets seine Freiheit zu lassen. So hatte man es damals gemacht.

Alles lief auch so lange gut, wie keiner von ihnen seine zugestandene Freiheit in Anspruch nahm. Geschah es doch, wie am Vorabend, wackelte die Übereinkunft bedenklich.

»Du bist gestern zu mir gekommen, um mir etwas zu erzählen?« Marianne nahm einen zweiten Anlauf. »Ich würde dir jetzt gerne zuhören.« Sie legte ihm die Hand auf den Arm. Er zog ihn zurück.

»Nun ja, es hätte mich schon interessiert, welchen Eindruck du von Wilhelms Freundin hattest, wie ihr es angestellt habt, dass er so schnell einen Therapieplatz erhalten hat, und wie es ihm geht.«

Marianne legte den Kopf schief. »Sag, was dich wirklich interessiert. Um Wilhelm und Docteur Brossard kümmere ich mich schon.«

»Ich habe rausgefunden, wer die Frau auf dem Foto ist«, knurrte er. Es half ja nichts. Es war bloß so ungeheuer schwer, zur Normalität zurückzufinden.

»Das ist doch ein Fortschritt ...«

»Marie-Hélène hat sie erkannt. Sie sagt, das Mädchen sei ... nun ja, wie sagt man so was? Sie sei etwas frühreif gewesen und habe Männer mit nicht französischen Wurzeln bevorzugt.« Er wurde rot. »Schon während der Schulzeit«, fuhr er fort. »Marie und dieses Mädchen hatten zwei Kurse zusammen.«

»Und weiter ...«

»Bonnet heißt sie. Camille Bonnet.«

»Sagt mir nichts.«

»Ihr Vater soll berühmt sein.«

»Wofür?«

»Keine Ahnung. Ich habe ihre Mutter ausfindig gemacht.« Er erzählte von dem Besuch.

Marianne schaute nachdenklich. »Diese Frau ... vielleicht hat sie nur schlechte Erfahrungen mit Männern gemacht. Vielleicht kann ich sie zum Reden bringen. Manche Frauen öffnen sich eben nur anderen Frauen.«

»Willst du allein hinfahren?«

»Nicht unbedingt. Lass es uns gemeinsam versuchen. Miss Marple und Mister Stringer.« Als sie sah, dass ihn die Idee nicht zum Lachen brachte, fügte sie schnell hinzu: »In unserem Fall sollte es besser heißen: Mister Marple und Miss Stringer. Und jetzt sei nicht so brummig und mach mal wieder ein freundliches Gesicht. Wann fahren wir?«

Noch bevor Perez sich eine angemessene Antwort überlegen konnte, klingelte sein Telefon. Ein rascher Blick aufs Display verriet, dass es sich bei dem Anrufer um Boucher handelte. Er bekam einen kurzen Schweißausbruch, nahm das Gespräch aber schon deshalb an, weil es einen Ausweg aus seinem emotionalen Dilemma mit Marianne darstellte und ihm zumindest eine kurze Atempause verschaffen konnte.

Ein Trugschluss.

KAPITEL 18

Im Kern hatte Boucher Perez exakt das erzählt, was er zuvor bereits von Leblanc beziehungsweise Jean-Martin erfahren hatte.

»Stellen Sie sich vor, Perez«, hatte er gesagt, »der zweite Tote innerhalb einer Woche. Und das in unserem beschaulichen Banyuls. Dabei bläst nicht einmal der Tramontane.« Er setzte eine Pause, um ihn auf das Stichwort reagieren zu lassen. »Sagen das nicht immer alle hier unten, der Tramontane mache die Menschen verrückt? Jetzt, mein lieber Perez, scheinen die Menschen auch ohne Wind verrücktzuspielen. Zwei Tote in einer Woche.« Wieder eine dieser Kunstpausen.

»Kennen Sie die Identität des Toten?«, fragte Perez.

»Oh weh. Sie hätten den Mann sehen sollen. Moskowicz hat sich noch an Ort und Stelle übergeben. Ein Schuss mitten ins Gesicht. Das Gehirn über die Felsen verteilt, alles Matsche.«

»Und warum rufen Sie mich an?«, fragte Perez vorsichtig.

»Hat gar nichts mit diesem Toten zu tun, ich dachte bloß, es könnte Sie interessieren. Nein, ich wollte an unser Gespräch von neulich anknüpfen. Der Tote im Weinberg war gar kein Drogensüchtiger. Obwohl wir eine

Nadel in seinem Arm gefunden haben und auch eine nicht eben kleine Menge Heroin in seiner Jackentasche.«

Dass sie bei Kahil weiteres Heroin gefunden hatten, hatte Perez nicht gewusst. Boucher spielte nicht mit offenen Karten, so viel stand fest.

»Die Gerichtsmediziner haben den Mann inzwischen untersucht«, fuhr der Kommissar fort. »Bei der Haaranalyse ist eindeutig festgestellt worden, dass er nicht drogenabhängig war. Aber, jetzt halten Sie sich fest, er hatte Schmauchspuren an der rechten Hand.«

»Schmauchspuren?«

»Er hat eindeutig eine Waffe abgefeuert, kurz zuvor. Und nun zählen Sie mal eins und eins zusammen. Die Leiche, die wir in der Nähe dieser Ferienanlage gefunden haben, wurde erschossen. Wir untersuchen jetzt den Todeszeitpunkt. Die beiden Fälle hängen vermutlich zusammen. Wenn bloß die Identifizierung endlich vorankäme. Die Fingerabdrücke haben bislang keine Treffer ergeben.«

»Capitaine Boucher, ich freue mich ja, dass Sie mir das alles erzählen. Ich verstehe bloß nicht so ganz, wie ich Ihnen helfen kann?«

»Entschuldigen Sie. Eigentlich habe ich Sie angerufen, um Ihnen mitzuteilen, dass ich nicht mehr länger um eine Befragung Ihres Vaters herumkomme. Und da ich nichts von Ihnen gehört habe ... Ich nehme doch an, dass er inzwischen wieder vernehmungsfähig ist?«

Perez räusperte sich. »Ich denke schon ...«, sagte er vorsichtig.

»Zwischen Ihnen steht es nicht zum Besten, ich erinnere mich. Ich kenne so was, Perez. Glauben Sie mir, in meiner Familie ist auch nicht alles comme il faut. Was halten Sie davon, wenn wir uns vor dem Haus Ihres Vaters treffen?«, hatte er schließlich gefragt. »Auch wenn Sie sich nicht immer grün sind, so wird es den alten Herrn vielleicht weniger aufregen, wenn beim Besuch der Polizei ein Angehöriger anwesend ist.«

»In Ordnung«, hatte Perez geantwortet, während sein Hirn raste. »Und wann?«

»Ich stehe vor dem Haus und gehe jetzt sofort rein.«

Verbissen saß Perez nun hinter dem Steuer des Kangoo und hupte alles von der Straße, was die Dreistigkeit besaß, seine Fahrt zu verlangsamen.

Bouchers Schachzug hatte seine Pläne von einem Moment zum nächsten durchkreuzt. Wenn es schlecht lief, hätte sein schwachsinniger Vater bereits alles ausgeplaudert, bevor er selbst in Mas Atxer eintraf.

Er brachte seinen Wagen auf Rekordgeschwindigkeit, trieb ihn durch die engen Kurven des Baillaury-Tals wie ein Nachfahre des legendären Rennfahrers Jacques Laffite und überholte an so unübersichtlichen Stellen, dass die passierten Verkehrsteilnehmer vermuten mussten, da suche einer den Tod auf der Straße.

Beim Mas Paroutet knallte er mit dem Kopf gegen das Wagendach. Sofort tat ihm die Wunde, die ihm Madame Bonnet zugefügt hatte, wieder weh. Er schaute kurz in den Rückspiegel – kein Blut. Fleißige Straßenarbeiterhände hatten offenbar über Nacht drei kurz hintereinanderliegende Bodenwellen auf die Fahrbahn betoniert, die dafür gesorgt hatten, dass sein Wagen fast in zwei Teile zerbrochen wäre.

Nachdem er die Kontrolle über sein Fahrzeug wiedergewonnen hatte, heizte er weiter, bis er hinter der Brücke abbiegen konnte.

Zwölf Minuten nach dem Anruf erreichte er die väterliche Wohnung. Mit einem »Bonjour Messieurs« stürmte er in die Küche, wo die beiden Männer an dem groben Holztisch saßen und Kaffee tranken. Eine Weinflasche und Gläser standen ebenfalls auf dem Tisch, man war schließlich bei einem Winzer. Louane war nirgends zu sehen.

Boucher sah auf die Uhr, als Perez über die Schwelle trat. Er hob freundlich grüßend die Hand. Als wüsste er nicht allzu gut, dass er Perez mit diesem kleinen Taschenspielertrick ausgehebelt hatte wie einen Amateur.

»Ein Viertelstündchen! Respekt«, sagte Boucher und tippte überflüssigerweise auf seine Armbanduhr. »Ich muss annehmen, dass Ihre Geschwindigkeit etwas oberhalb der vorgeschriebenen gelegen hat. Sie haben Glück, dass unser mobiler Radar heute auf der 914 kurz vor Cerbère im Einsatz ist. Erst gestern haben wir uns vor Mas Paroutet aufgebaut, da haben die Leute immer zu viel Tempo drauf.«

»Es ist wie immer im Leben«, antwortete Perez mit einem dünnen Lächeln. »Man muss sich nur gut genug auskennen.«

»Sie sind durch die Weinberge gekommen, nicht wahr? In dieses Labyrinth traue ich mich nicht.«

»Natürlich durch die Weinberge«, log er, obwohl es keinen vernünftig zu befahrenden Weg zwischen Banyuls und Mas Atxer gab, der durch die Berge führte. »Meinen Sie etwa, ich hätte Lust, mich hinter die Touristen zu klemmen und beim Mas Paroutet durchs Dach zu fliegen?«

Boucher lachte laut auf. »Wissen Sie, wie viele Beschwerden ich über die Speedbreaker erhalten habe? Einen ganzen Aktenordner voll in nicht einmal achtundvierzig Stunden. Das zeigt mir nur, dass wir völlig richtigliegen mit dieser Maßnahme. Und wir stehen noch ganz am Anfang.«

Antonio Perez machte sich durch ein Brummen bemerkbar.

»Vater, wie geht es dir?«, rief Perez lauter als nötig. »Ich sehe, schon viel besser!« Er sah Antonio durchdringend an.

»Mmh«, murrte der Alte bloß.

»Das ist schön. Nun kannst du die Fragen des Kommissars beantworten. Und bitte entschuldige, wenn ich gestern nicht nach dir sehen konnte. Hat Louane dir ausgerichtet, dass ich angerufen habe? Da ging's ihm noch nicht wirklich gut, Monsieur Boucher«, fügte er an den Kommissar gewandt hinzu. Der ließ seinen Kopf leicht genervt hin und her pendeln.

»Na schön, Perez, setzen Sie sich«, sagte der Kommissar und deutete in der Manier des Hausherrn auf den Stuhl am Tischende. »Ihr Vater und ich haben schon mit der Unterhaltung begonnen.«

»Dem Verhör«, stellte Perez fest.

»Ich ziehe das Wort Unterhaltung vor. Ihr Vater muss nicht verhört werden, sonst hätte ich ihn ins Präsidium bestellt.«

Das wäre dir auch nicht gelungen, dachte Perez. Sein Vater ließ sich von niemandem vorladen. Das hatten schon ganz andere versucht – vor langer Zeit.

»Ich bin sehr froh«, fuhr Boucher fort, »dass Ihr Vater sich so gut von dem Schock erholt zeigt.«

Perez fixierte seinen Vater erneut. Der hielt dem Blick stand. Ein Katalane durch und durch. Noch im größten Unrecht würde er derart herausfordernd schauen, das bedeutete rein gar nichts. Wie sich bestätigte, als Boucher weitersprach.

»Wussten Sie eigentlich schon, dass der Tote ... Also der aus dem Weinberg, damit keine Verwirrung aufkommt. Dass der, kurz bevor er sich den goldenen Schuss gesetzt hat, Ihren Vater angerufen hat?«

Perez erstickte fast an dem, was er am liebsten gesagt hätte. Mühsam brachte er »Dann hätte ich Sie doch wohl informiert« über die Lippen.

Endlich nahm er auf dem ihm angebotenen Stuhl Platz. Griff über den Tisch nach der Weinflasche und goss sich ein Glas ein. Er trank einen zu großen Schluck und widerstand dem Impuls, den Wein auszuspucken, nur mit Mühe. Wie es seine Angewohnheit war, hatte Antonio zur Feier des Tages seinen schlechtesten Wein für die Gäste aus dem Keller geholt. Diese Plörre war so miserabel, sie konnte einfach nicht von ihm stammen. Perez wäre nicht überrascht gewesen, wenn sein Vater diesen Fusel extra für solche Gelegenheiten gekauft hätte. So wurde dem Besuch jederzeit unmissverständlich zu verstehen gegeben, wie unwillkommen er war.

Perez schob das Glas weit von sich. Der leise Spott in den Augen seines Vaters blieb ihm dabei keineswegs verborgen.

»Das dachte ich mir. Auf Sie ist Verlass, das habe ich Ihrem Vater auch schon gesagt. Aber verrückt ist das

Ganze schon, nicht wahr. Also der Typ ruft Ihren Vater an. Voll wie eine Haubitze – wussten wir ja –, aber er sagt ihm nicht, was er von ihm will. Ruft einfach so an und lallt rum. Ihr Vater denkt erst einmal über den Anruf nach – hätte ich, unter uns gesagt, nicht anders gemacht. Sie doch sicher auch?« Perez nickte heftig. »Dann aber musste der Hund raus, war doch so, Monsieur Perez. Wie heißt der Bursche noch mal?«

Pomme heißt er, dachte Perez. Erstaunlich bei einem so spröden Mann wie Antonio war, dass der Hund nicht einfach Hund hieß, sondern tatsächlich einen hübschen Namen bekommen hatte. Einer Geschichte nach, die sich jeder Überprüfung entzog, weil ihr Ursprung in grauer Vorzeit lag, hatte Antonio vor Pomme schon einmal einen Hund besessen, der Poire geheißen hatte. Poire, weil eine Birne angeblich das Erste gewesen war, was der Welpe gefressen hatte. Und als Poire dann eingeschläfert werden musste, hatte sich Antonio gleich den nächsten Straßenköter ins Haus geholt und ihn Pomme genannt. Wenn die Geschichte stimmte, hätte er damit einen gewissen Humor bewiesen.

Antonio antwortete nicht.

»Also, Monsieur Perez ist mit Pomme raus in die Weinberge. Irgendwann hat der Hund wie verrückt an der Leine gezogen, bis die beiden vor der Leiche standen. Der Schock darüber hat zu der Starre geführt – verständlich. Immerhin hat Monsieur es noch geschafft, die Polizei zu informieren, danach waren seine Kräfte aufgebraucht. Das alles ist doch so weit korrekt, Monsieur Perez, n'est-ce pas?«

»Sí«, hauchte Antonio, während seine Kinnspitze theatralisch in Richtung Brustbein sank.

»Capitaine Boucher ...«, sagte Perez.

Der Alte hob ruckartig den Kopf. »Capitaine?«, fragte er und schien überrascht.

»Klar, Tonio«, sagte Perez. »Monsieur Boucher ist bei der Gendarmerie, nicht bei den Municipales, also ist er ein Capitaine. Glaubst du etwa, ein Toter im Weinberg sei eine Sache für Leblanc oder Moskowicz? Die schreiben Knöllchen und leeren die Parkautomaten. Nein, nein, das hier ist eine wirklich ernste Untersuchung. Ein Fall für Capitaine Boucher, den neuen Chef der Gendarmerie. Nimm dich also in Acht, Tonio, du sprichst mit dem Militär, die schießen sogar auf Spatzen mit Panzern.«

Er versuchte die Spitze gegen Boucher durch ein freundliches Gesicht abzuschwächen.

»Ist es nicht so, Capitaine?«, fragte er an diesen gewandt.

»Wenn es sein muss.« Jetzt lachte auch Boucher.

Perez war natürlich längst bewusst, dass Bouchers Aktion eine Antwort auf seine Verzögerungstaktik darstellte. Es war dessen Art, ihm mitzuteilen, dass er es war, der die Spielregeln bestimmte. Boucher hatte Perez einen Vorteil verschafft, indem er seine Untersuchungen erst einmal auf andere Möglichkeiten konzentriert hatte. Perez hatte sich dafür nicht erkenntlich gezeigt, was in den Augen Bouchers ein schwerer Fehler gewesen war.

Antonio schien der Kleinkrieg zwischen den Männern zu entgehen, oder, was wahrscheinlicher war, er war ihm herzlich egal.

»Sie wollten etwas sagen, Perez?«, setzte Boucher nach.

»Was ist nun mit dieser zweiten Leiche? Antonio, hat

er dir davon erzählt? Sie haben einen gefunden, der mit einem Kopfschuss getötet wurde. An einem abgelegenen Strandstück, unterhalb vom Cap d'Abeille. Der Capitaine vermutet, dass die beiden Vorfälle irgendwie zusammenhängen könnten.«

»Habe ich nichts mit zu tun.« Antonios Antwort kam etwas zeitverzögert.

»Da hat er recht«, sagte Boucher. »Damit steht Ihr Vater nicht in Verbindung. Bislang jedenfalls nicht.«

»Die beiden Fälle hängen zusammen, das sagten Sie mir doch vorhin am Telefon. Die Schmauchspuren.«

»Ich rede zu viel. Wir wissen noch zu wenig, ich muss abwarten. Es ist übrigens eigenartig, dass Sie von Mord sprechen, Perez.«

»Ich meinte den Mann vom Strand.«

»Aaah, da bin ich mir nicht so sicher bei Ihnen. Sie haben für so was ein Näschen. Doch, doch. Steht hinter ihrem Gedanken eine Theorie?«

Perez winkte ab.

»Sie würden mir doch sagen, wenn Sie etwas herausgefunden hätten, was der Polizei weiterhelfen könnte?«

»Hundert Prozent.«

»Na schön. Nun, wenn wir wenigstens Namen zu den beiden Toten hätten, dann wären wir schon ein ganzes Stück weiter«, stöhnte Boucher. »Und damit kommen wir wieder zu Ihnen, Monsieur Perez. Haben Sie eine Idee, weshalb der Tote Sie angerufen haben könnte?«

»No!«

»Nicht ... aber der Tote hatte Ihre Telefonnummer. Finden Sie das nicht seltsam?«

»No!«

»Ach nicht?«, stieß Boucher aus und zog die Augenbrauen in die Höhe.

»Ich habe seit dreißig Jahren dieselbe Telefonnummer.«

Boucher lächelte dünn. »Und was wollen Sie mir damit sagen?«, fragte er.

»Dass es nicht seltsam ist.«

»Damit es nicht seltsam wäre, Monsieur, müsste der Tote ja Ihre Telefonnummer irgendwann einmal besessen haben.« Boucher sprach jetzt wie mit einem Kind.

»Sí!«

Boucher nahm einen Schluck Wein und hustete in der Folge heftig. Antonio sah zu Perez rüber, der schüttelte kaum merklich den Kopf. Obere und untere Zahnreihe verbissen sich ineinander. Antonio reagierte nicht.

»Mein Vater meint ...«, startete Perez einen Versuch, das Gespräch aus der deutlichen Schieflage herauszumanövrieren.

»Sag du nicht, was ich denke«, unterbrach ihn der Alte unwirsch. »Kahil hatte meine Nummer, na und?«

»Kahil?«, fragte Boucher.

Perez machte einen runden Rücken. Seine Kiefer verbissen sich noch stärker ineinander.

»Natürlich! Ich erinnere mich an jeden Erntehelfer. Glauben Sie, ich wäre senil?«

»Auf keinen Fall, Monsieur. So erlebe ich Sie nicht. Erzählen Sie! ... Alles! ... Die ganze Geschichte!«

Was folgte, war etwas, das man höchst selten von Antonio Perez serviert bekam: eine fast vollständige Geschichte, in ganzen Sätzen erzählt.

Der junge Mann namens Kahil war vor sechzehn Jahren aufgetaucht. Wie aus dem Nichts stand er eines Tages vor der Tür und fragte nach Arbeit. Bis zu jenem Tag hatte Antonio aus Überzeugung stets alleine gearbeitet. Er mochte es nicht, zu erklären, wie er die Dinge erledigt haben wollte, er machte es lieber gleich selbst. Kurz bevor Kahil aufgetaucht war, hatte er sich allerdings entschlossen, es mit einem Helfer zu probieren, weil ihm langsam alles zu viel wurde. Er wusste nur nicht, was man anstellen musste, um einen Mann zu finden, der bereit war, für wenig Lohn, bei Kost und Logis, hart zu arbeiten. Denn die Arbeit in den steilen Hängen der Côte Vermeille war nichts für Weicheier. Was der Boden und die Hänge nicht an Kraft raubten, nahm den Männern die unbarmherzig stechende Sonne. Und so kam Kahil Antonio gerade recht. Er schickte ihn schon am nächsten Tag in den Weinberg und richtete ihm einen Schlafplatz in der Scheune her.

Beim gemeinsamen Mittagstisch und freitags, wenn der gläubige Mohammedaner sich weigerte, zu arbeiten, unterhielten sie sich. Das allermeiste, worüber sie damals gesprochen hätten, habe er vergessen, gab Antonio zu Protokoll.

So wie mit Kahil sei er mit all seinen folgenden Erntehelfern verfahren. Mit Nichtmohammedanern habe er mittags und am Sonntag gesprochen, aber auch diese Gespräche seien ihm nicht mehr in Erinnerung. »Worüber Männer halt so sprechen.« Den Satz streute er gleich dreimal in seine Erzählung ein.

Er beschäftige die Helfer in der Regel von Mitte August bis Ende September, in jüngerer Zeit auch schon mal über den Jahreswechsel, um die Weinberge säubern zu lassen.

Kahil sei nach der Lese verschwunden. Eines Morgens sei er einfach fort gewesen. Und bevor Boucher frage, ob der Mann Papiere gehabt habe oder nicht, daran erinnere er sich nicht mehr. Vor allem deshalb nicht, weil er nicht danach gefragt habe. Er, Antonio Perez, habe Arbeit zu vergeben. Menschen, die arbeiten wollten, seien ihm willkommen. Ob Schwarze, Weiße oder Silberne – genau so drückte er sich aus, und weder Perez noch Boucher konnten sich darauf einen Reim machen –, das sei ihm völlig gleichgültig, solange sie taten, was getan werden musste.

Die Telefonnummer, meinte er am Ende der Geschichte, habe sich Kahil wohl irgendwann einmal aufgeschrieben, wie sonst hätte er ihn vor vier Tagen anrufen können.

»Und wenn die Herren sonst keine Fragen mehr haben«, schloss Antonio, »wäre ich Ihnen sehr dankbar, wenn Sie jetzt verschwinden würden. Ich fühle mich schwach und habe keine Lust mehr auf Gesellschaft. Falls Sie sich bei mir umsehen wollen, Capitaine Boucher, nur zu. Das stört mich nicht. Sollten Sie zu einem späteren Zeitpunkt mein Haus durchsuchen müssen, so können Sie jederzeit wiederkommen. Mein Haus steht immer offen.« Das hätte Perez nicht bestätigen können. »Sie können sich jederzeit – auch ohne mich – hier umsehen. Aber wehe, Sie hinterlassen Unordnung ... ich habe keine Lust, wegen Ihnen Krach mit Louane zu bekommen.«

Perez trat neben Boucher aus dem quietschenden Holztor hinaus auf die schmale Gasse. »Ich setze mein Fahrzeug zurück, damit Sie rauskommen«, sagte er.

»Danach muss ich noch mal zu dem sturen Hund rein. Ich will nachsehen, ob er alles hat, was er braucht. Er ist fix und fertig, und Louane scheint länger wegzubleiben. Wahrscheinlich haben die beiden wieder mal gestritten.«

»Ihr Vater ist wirklich etwas sonderbar«, sagte Boucher, verabschiedete sich und stieg in den Wagen.

Perez verharrte einige Minuten im stillen Innenhof, nachdem der Capitaine verschwunden war. Antonios Hof war ein einziges Durcheinander. Da stand ein alter Trecker, der zum letzten Mal in den Tagen vor Kahils Auftauchen im Einsatz gewesen war. Durchgerostet. Und doch behauptete der Alte, ihn als Ersatzteillager für seinen derzeitigen Traktor nutzen zu können. In den Ecken auseinandergebrochene Eichenfässer, Metallringe, Strohballen. Eine Hundehütte, die Pomme noch niemals von innen gesehen hatte, Teile eines Hundezwingers, um den Antonios altersschwacher Geselle selbst heute noch einen beleidigten Bogen schlug, obwohl die Idee und der Baubeginn ein Jahrzehnt zurücklagen. Laub, Zeitungsstapel, die zum Papiercontainer gebracht werden müssten, und eine gefühlte Hundertschaft Flaschen fürs Altglas.

Und mittendrin Antonios klappriger R4, dessen ehemals blaue Farbe sich inzwischen der Gesichtsfarbe seines Besitzers angeglichen hatte: ein fahles Grau.

Der Hof spiegelte Antonios Wesen. Vielleicht wurden Menschen ganz allgemein so, wenn sie über Jahrzehnte hinweg das Leben eines verstockten Eremiten führten, dachte Perez.

Er bahnte sich seinen Weg zum Haupthaus zurück und betrat zum zweiten Mal an diesem Tag die Küche.

Antonio saß vor einem Glas Wein. Perez war sich absolut sicher, dass es nicht der gleiche Tropfen war, der zuvor auf dem Tisch gestanden hatte.

»Das gilt auch für dich«, raunzte ihn der Alte an. »Ich brauche meine Ruhe.«

»Ich freue mich auch, dass ich dir den Kommissar vom Hals schaffen konnte. Und darüber, dass es dir wieder besser geht. Ich hatte für den Moment doch tatsächlich geglaubt, dir hätte die Sache zugesetzt.«

Perez setzte sich auf denselben Platz, den er während des Verhörs innegehabt hatte, stützte die Ellenbogen auf die raue Holzplatte, legte die Hände übereinander und bettete das Kinn darauf.

»So war's auch«, sagte Antonio.

Perez bekam einen Lachkrampf. »Du wirst dich nicht mehr ändern. Gib mir ein Glas Wein, und zwar aus der Flasche, die neben deinem Stuhlbein steht.«

»Hat dir wohl nicht geschmeckt, der Wein vom Engländer?« Der Alte grinste.

»Mach schon, schieb ihn rüber.«

Perez goss sich ein, nippte aber erst einmal am Glas. »Geht doch«, sagte er. Der Wein war trinkbar, gut trinkbar sogar.

»Dann trink aus und fahr zurück, ich will mich hinlegen.«

»Wo ist Louane?«

Antonio gab keine Antwort.

»Hast du Boucher gegenüber den *Creus* erwähnt?«

Antonio schaute ihn empört an. »Hältst du mich für einen Verräter? Ich halte mein Wort, immer ...« Er senkte die Stimme. »Und noch was, den Nachnamen von Kahil habe ich ihm auch nicht verraten, deinem Kommissar-Freund. Madouni hieß das arme Schwein. Und auch nicht, dass er gehetzt geklungen hat, wie eine Sau auf der Flucht hat er sich angehört. Und es war auch nicht Pomme, der mich auf die Leiche aufmerksam gemacht hat, sondern ein lauter Knall. Und was verursacht hier draußen einen lauten Knall? Was erkennen selbst die Kinder am Geräusch? Einen Schuss. Wie bei der Treibjagd hat es geklungen. Deshalb bin ich raus, weil es nicht die Zeit für die Jagd ist.«

»Ein Schuss?«

Antonio schwieg.

»Kahil ist nicht erschossen worden ... Wohl aber hatte er Schmauchspuren an der Hand«, überlegte Perez. »Erklärt das vielleicht den Schuss? Bloß, dass hier im Weinberg niemand erschossen wurde, sondern unten am Strand. Kannst du mir sagen, was das alles soll?«

Antonio schwieg.

Perez bemerkte das Fehlen einer Antwort nicht einmal. Er sah die Szene draußen auf dem Feld bildlich vor sich. Sooft er sie auch abzuspielen versuchte, immer stockte das Bild, sobald der Schuss fiel.

»Die Sache stinkt«, sagte er laut. »Ach übrigens, der Schlüsselanhänger, wie bist du an den gekommen? Weißt du, dass ich das dazugehörige Kettchen gefunden habe?«

»Lag direkt neben ihm im Berg. Ich wollte nicht, dass die Polizei ihn findet.«

»Ach ja?«

»Ich wollte nicht, dass sie auf den Wein stoßen. Was denkst du denn?«

Perez war überrascht. Antonio klang aufrichtig.

»Na schön«, sagte er zaghaft. »Und warum hast du dann die Bullen angerufen anstatt mich?«

»Eine Leiche ist eine Sache für die Polizei«, entgegnete Antonio mit fester Stimme.

»Eins noch ...« Perez stockte, wusste nicht richtig, wie er es sagen sollte. »Diese Starre, ich kann mir nicht vorstellen ... Egal. *Creus,* warum hast du immer wieder *Creus* gemurmelt?«

»Könnte ich mich daran erinnern, würde ich dir deine Frage beantworten.«

»Na schön, Tonio, ich hau dann mal wieder ab. Ach ja, vielleicht weißt du es auch längst. Deine geliebte Enkeltochter, Marie-Hélène, sie wird heiraten. Hat sie es dir schon erzählt?«

Der Alte schreckte hoch. »Marie-Hélène? Nein!«, stieß er aus. »Davon hat sie nichts gesagt. Sie hat heute Morgen angerufen, wollte unbedingt vorbeikommen. Warum musstet ihr das Kind beunruhigen mit dieser blöden Geschichte. Aber davon ...«

»Ja, ja, die Kleine hat sich verliebt. Und sie wird heiraten. Wer der Auserwählte ist, willst du sicher wissen. Du kennst ihn. Es ist Jean-Martin, der Wirt des *Catalan.* Du kannst also schon mal deinen mottenzerfressenen Anzug lüften. Wird sicher eine schöne Hochzeit. Adéu, Antonio, adéu!«

KAPITEL 19

Zurück in Banyuls folgte Perez der Uferstraße in Richtung Cerbère. Kurz vor dem Cap Rédéris bog er von der Straße ab. Die von den Regenfällen des Frühjahrs und dem fortwährenden Tramontane ausgewaschene Piste führte in spitzen Kehren hinunter zur Plage Rédéris. Kurz vor dem Strand bog er erneut vom Weg ab. Der nochmals schlechtere Weg endete nach einhundert Metern vor einem Tor. Perez stieg aus und stieß das Gatter auf, bevor er den Wagen auf den Weinberg fuhr. Er platzierte zwei dicke Steine direkt hinter den Hinterreifen, damit der Kangoo sich auf dem steilen Gelände nicht selbstständig machte.

Für einen langen Augenblick stand Perez aufrecht neben seinem Fahrzeug und ließ den Blick über die Weinstöcke gleiten. Dann schritt er in die Reihe der Stöcke hinein, bückte sich und pflückte eine Traube von der Rebe. Er schob sie sich in den Mund, schloss die Augen und spürte ihre Süße. Welch eine Kraft, welch ein Jahrgang. Noch zehn Tage, und er würde mit der Ernte beginnen. Die Männer von Alain Pereira würden das übernehmen, denn schließlich hatte er die Ernte ja nach Spanien verkauft. Offiziell würden sie schlechte Qualität ernten, erst im Geheimen würde das Wunder geschehen – Essig wurde zu Wein.

Perez lächelte selig. Das tat er immer, sobald er den Fuß auf seinen Berg setzte. Hier, an einem der schönsten Orte der Erde, fünfzig Meter über dem Meer. So groß wie ein halbes Fußballfeld, etwas mehr als ein halber Hektar. Ein Hang mit dreitausendachthundert Stöcken bepflanzt. Sie zogen sich bis fast zur Abbruchkante der Steilküste. Eine absolut außergewöhnliche Lage für den außergewöhnlichsten Wein der Côte.

Neunzig Prozent Grenache Gris, mit zehn Prozent Grenache Blanc durchsetzt – das war die Mischung des *Creus*. Mit seinen stark zurückgeschnittenen Stöcken erzielte Perez durchschnittlich zwölf Hektoliter Qualitätswein pro Jahr. In Flaschen ausgedrückt, das Stück zu derzeit 222 Euro, standen ihm bei jedem Jahrgang zwischen 1500 und 1700 Flaschen vom Mythos der Côte Vermeille zur Verfügung.

Er lief einige Schritte den Hang hinab zu einem wilden Olivenbaum, der die Mitte der Parzelle markierte. Ein Baum, dessen rissige Borke, ähnlich wie die Haut eines alten Mannes, von Lebenslinien durchzogen war. An ihnen konnte man das Alter des Baumes ablesen und, wie Perez meinte, auch die vielen Geschichten, die sich unter ihm abgespielt hatten. Im Betrachten der tiefen Furchen und Wellen konnte man sich verlieren. Schon bald erkannte man darin Gesichter, Figuren, Fabelwesen. Kein Sturm hatte diesem majestätischen Baum je etwas anhaben können. Sah man genauer hin, entdeckte man auch, weshalb. Es handelte sich in Wahrheit um eine Vielzahl unterschiedlicher Bäume, die mit den Jahrhunderten zusammengewachsen waren. Ihre Stämme hatten sich umeinandergelegt wie die Strähnen in einem geflochtenen Zopf. Ganz so, als wüssten sie, dass nur Zusammenstehen an einem stürmischen Ort wie diesem ihr Überleben sichern konnte.

Der gewaltige Baum mit seinen silbergrauen, in der Sonne funkelnden Blättern spendete Schatten. Eine Oase auf ansonsten kahlem Fels. Perez hatte ihn mit einer niedrigen Steinmauer umsäumen lassen, auf der man sitzen und die Natur bestaunen konnte. Oder auch nur ausruhen, eine Zigarette rauchen, ein Glas Wein trinken. Ein Ort, an den er kam, wenn allzu vieles durch seinen Kopf raste und er die Übersicht zu verlieren drohte.

Perez setzte sich auf die Mauer. Es war ein strahlend klarer Tag. Die azurblaue Wasserfläche des Mittelmeers lag friedlich unter einem lichtblauen Himmel. Die weißen Segel der Boote trieben wie Dreiecke durchs Bild. Selbst die rasenden Motorjachten konnten, aus der Höhe betrachtet, der kontemplativen Kraft dieser majestätischen Natur nichts anhaben.

Ein Kondensstreifen markierte den Horizont. Links und rechts ragten die Ausläufer der Pyrenäen wie die Finger einer Hand ins Meer. Ein Cap folgte dem anderen. Dazwischen Strände von rauer Schönheit. Die meisten von ihnen von Land aus unzugänglich.

Lange Zeit saß Perez einfach nur da.

Ob die polizeilichen Ermittlungen rund um Antonio und den *Creus* mit Bouchers Blitzverhör vom heutigen Nachmittag ihr Ende gefunden hatten, war unmöglich zu sagen. Im Augenblick konnte Perez nichts weiter tun. Er musste sich um andere Dinge kümmern: Marie und die

Hochzeit. Außerdem hatte er seine Arbeit vernachlässigt. Selbst Haziem murrte schon, von seinen Kunden ganz zu schweigen.

Doch Perez konnte nicht loslassen. Kahil Madouni ... er lächelte bei der Erinnerung an den freundlichen Erntehelfer. Und er war erleichtert, dass sich herausgestellt hatte, dass er nicht drogensüchtig gewesen war.

Ihn interessierten derartige Verbrechen viel zu sehr, als dass er einfach aufs Tagesgeschäft hätte umschalten können. Aus dem Schuss, den Antonio gehört haben wollte, wurde er nicht schlau. Und dann auch noch die Drogengeschichte rund um den jungen Brossard. Schließlich war da auch noch die alkoholkranke Madame Bonnet mit ihrem angeblich berühmten Ehemann. Die geplante Hochzeit von Kahil und Camille.

Er kramte den Schlüsselanhänger aus den Tiefen seiner Hosentasche hervor. Am ausgestreckten Arm ließ er das goldene Schiffchen eine Weile in der Sonne glitzern.

KAPITEL 20

Perez parkte seinen Wagen und ging die letzten Meter zu Fuß. Das alte Haus auf dem Cap d'Osna lag verlassen da. Er drückte gegen Fenster und Türen und fand tatsächlich eine morsche Kellertür unverschlossen. Vorsichtig hob er sie an und lehnte sich mit seinem ganzen Gewicht dagegen. Schon stand er in dem, was einmal die Waschküche gewesen war. Ein Zuber aus Blaustein ließ daran keinen Zweifel.

Perez besah sich die hölzerne Treppe hinauf ins Erdgeschoss. Er wog die Chancen ab, sein Gewicht hinaufzubringen, ohne dass eine der Stufen brach. Dann stieg er entschlossen aufwärts.

Oben zwängte er sich durch den vollgemüllten Flur in den einzig bewohnbaren Raum, in dem Wilhelm seine Kunden empfangen hatte. Er hielt sich das Taschentuch auf Nase und Mund gepresst. Der Gestank war wirklich bestialisch. Wahrscheinlich vermoderten unter dem ganzen Unrat irgendwelche Lebensmittel. Perez beeilte sich mit der Durchsuchung des spärlichen Mobiliars. Er zog die Schubladen einer Kommode auf und wühlte sich durch deren Inhalt, fand aber nichts, was Rückschlüsse auf die Identität von Wilhelms Hintermann, den großen Boss aus Perpignan, zugelassen hätte. In dieser Frage war der Junge eisern geblieben. Auch im Gespräch mit Marianne. Die Furcht vor seinen Auftraggebern war zu groß.

Nachdem Perez alles durchsucht hatte und auch in der Küche auf nichts gestoßen war, was ihm weitergeholfen hätte, ging er zurück nach draußen und sog seine Lungen voll mit der reinen Luft der Côte Vermeille. Erst danach ging er wieder ins Haus und stieg die Treppe in den ersten Stock hinauf. Gott sei Dank war diese aus Stein und relativ intakt.

Oben befanden sich ein Badezimmer und zwei Schlafräume. In einem davon lagen bloß Teppichreste und leere Flaschen neben ein paar aufgeweichten Kartons. Die Gardinenstange mit zerfetzten Textilresten hing herab. Es roch feucht wie in der Waschküche. Wahrscheinlich war das Dach undicht.

Im Nebenraum standen ein Bett, ein Nachttisch und ein schmaler Schrank, in dem außer ein paar Drahtbügeln nichts hing. Das Bett war allerdings bezogen und schien in letzter Zeit benutzt worden zu sein.

Perez öffnete die Nachttischschublade. Neben einem halb vollen Paket Zigaretten lagen ein Streichholzbriefchen und eine Rasierklinge. Er überlegte, nahm die Streichhölzer und ging damit rüber zum Fenster. Die Frontseite des Streichholzbriefchens zeigte das Bild eines angestrahlten Hauseingangs bei Nacht. Der Leuchtreklame über dem Eingang nach handelte es sich um ein Etablissement mit dem zauberhaften Namen *Mauvais Endroit*. Davor eine Menschenschlange auf einem roten Teppich. Perez dachte einen Augenblick darüber nach, was die Leute an den *Falschen Ort* locken mochte, bevor er das Briefchen umdrehte. Auf dem Rücken stand eine Adresse aus Perpignan.

Perez hätte sich aufs Ohr legen und sich später nach dieser Bar erkundigen können. Stattdessen stand er kurz vor zweiundzwanzig Uhr mit den Streichhölzern in der Hand vor dem *Mauvais Endroit* und verglich das Bild mit dem Original. Es war nicht einmal geschönt. Inmitten dieser schäbigen dunklen Gegend strahlte der Nachtklub wie die Kerze auf der Schokoladentorte.

Perez ging über die Straße. Die Tür war verschlossen. Er suchte vergeblich nach einem Klingelknopf, hämmerte gegen das Metall, was unmittelbar Erfolg zeigte. Ein Mann öffnete und musterte den Störenfried von oben bis unten.

»Was kann ich für Sie tun?«, fragte der stämmige Bartträger, der seine langen Haare zu einem dünnen Zopf geflochten hatte.

»Ich würde gerne einen Drink nehmen. Bin auf der Durchreise und suche nach etwas Entspannung.«

Wieder sah der Türsteher an Perez hinunter. Der verstand nicht so richtig, was an seiner Erscheinung nicht stimmte. So sahen doch alle Menschen im Sommer aus. Shorts, Slipper, ein gestreiftes Oberhemd. Dem Mann schien nicht zu gefallen, was er sah.

»Ist nicht Ihre Art von Klub, Monsieur«, brummte der Schrank. »Außerdem öffnen wir erst, wenn Sie schon im Bett liegen.«

»Sie haben noch geschlossen?« Perez sah zur Sicherheit noch mal auf seine Armbanduhr. »Kann doch wohl nicht wahr sein«, sagte er gegen die nun wieder geschlossene Tür.

Perez ging ein paar Meter die Straße hinab in ein Café, in dem nur wenige Gäste saßen. Dort bestellte er ein Glas Wein und hockte sich an den Tresen.

»Sie sind nicht von hier«, stellte der Wirt fest.

»Stimmt. Bin zu Besuch bei meiner Schwester. Hat sich verändert, die Gegend.«

»Nicht zum Guten.«

»Mmh.«

»Der Klub nebenan hat einen seltsamen Namen.«

Der Wirt drehte sich zu einem Laptop um, drückte ein paar Tasten, und Musik erklang. Perez hörte zu, bis der Song geendet hatte. »Kenn ich nicht«, sagte er dann.

»Sie hören wohl kein Radio, lief vor einigen Jahren rauf und runter. Calogero heißt der Typ. Oben aus Grenoble. Sie haben den Klub nach dem Lied benannt.«

»Hören Sie, einen Klub als *Mauvais Endroit* zu bezeichnen, ist doch wohl ziemlich bescheuert. Wem gehört der Laden? Sicher so einem Kanaken.«

Die Miene des Mannes hellte sich auf. Die restlichen Gäste nickten stumm mit dem Kopf. Treffer, dachte Perez betrübt. So traurig es auch war, in manchen Vierteln Perpignans konnte man mit Rassismus punkten.

»Dem *Marokkaner*«, sagte der Wirt und machte einen entsprechend angeekelten Eindruck.

Perez war augenblicklich hellwach. »Sag ich ja«, fuhr er fort, ohne sich seine Erregung anmerken zu lassen. »Wahrscheinlich verseuchen sie da drüben unsere Jugend. Nicht nur mit dieser Sozialarbeitermusik, sondern mit noch weitaus Schlimmerem. Drogen und so ein Mist. Wer verkehrt denn da so?«

»Frank Darrieux ist weißer als mein Hemd. Und französischer als wir alle zusammen. Man nennt ihn nur den *Marokkaner*. Keine Ahnung, wieso!«

»Wie lange geht's da drüben normalerweise so?«

»Die ganze Nacht. Wenn ich hier aufschließe, kommen die Letzten da raus. Und die meisten von denen sehen nicht gut aus. Also wenn meine Tochter da reeinginge, ich würde die Bude abfackeln.«

»Kommt wahrscheinlich auch nicht jeder rein, oder?«

»Keine Ahnung, hab's nie versucht. Warum interessieren Sie sich so für den Laden?«

Perez zog Kahils Foto aus der Tasche und legte es auf den Tresen. »Ihr habt mich überführt«, sagte er. »Bin wohl doch kein so guter Detektiv, wie ich dachte. Kennen Sie vielleicht diesen Mann?«

Der Wirt schüttelte den Kopf.

»Er hat meine Schwester sitzen lassen, nachdem er sie geschwängert hat. Ich will den Burschen finden. Ich hab ihr damals noch gesagt, lass die Finger von den pieds-noirs, aber sie hat ja nicht hören wollen. Trotzdem, so billig kommt er mir nicht davon. Hab erfahren, dass er öfters im *Mauvais Endroit* sein soll. Er soll sogar ein Freund von dem *Marokkaner* sein. Ich muss an den Typen rankommen, unbedingt, versteht ihr?«

Der Wirt sah ihn lange an. Dann umrundete er die Theke und zog Perez hinter sich her nach draußen auf den Bürgersteig.

Die Gasse neben dem Klub war düster. Perez rutschte das Herz in die Hose. Die anfängliche Entschlossenheit wich einem leichten Zaudern.

Mindestens zweimal pro Stunde träte der *Marokkaner*

hinaus in die Dunkelheit, um seine Sucht zu befriedigen. Durch eine Stahltür, die die Gasse direkt mit seinem Büro verband. Ein starker Raucher sei er, so der Wirt, der aber den Geruch nach Rauch in seinen Klamotten nicht abkönne. Sollte Perez also tatsächlich den persönlichen Kontakt suchen, wovon der Wirt ihm allerdings aufgrund des Bodyguards nur dringend abraten konnte, so wäre die Gasse der richtige Ort. Der *Marokkaner* sei leicht zu erkennen, hatte ihm der Wirt zum Abschluss mit auf den Weg gegeben, denn er trage zum Rauchen einen Kittel.

Vorsichtig einen Fuß vor den anderen setzend, ging Perez tiefer in die Gasse hinein. Plötzlich flog direkt vor ihm eine Tür auf. Im letzten Moment sprang Perez hinter einen Müllcontainer. Er rang um Luft.

Es war, wie der Wirt beschrieben hatte. Der kalkweiße, sehr dünne Mann, in eleganten Zwirn gehüllt und mit dazu unpassenden weißen Turnschuhen, trat hinter dem Aufpasser auf die Straße. Dort wurde ihm ein giftgrüner Gummikittel gereicht, den er sich mühsam über den Anzugstoff zog. Er knöpfte den Kittel sorgfältig zu, bevor er die angebotene Zigarette nahm und sie anzündete. Ein so bizarres Ritual, dass Perez trotz seiner Angst an sich halten musste, nicht lauthals loszuprusten. Der Anflug von Belustigung währte nicht lange. Als er etwas an seinem Bein spürte, zuckte er zusammen. So stark, dass dadurch der Müllcontainer ins Rollen geriet und der Aufpasser mit zwei Sätzen neben ihm stand.

Einen Augenblick später lag Perez im Dreck. Er hatte die Hände des Mannes nicht einmal an seinem Körper gespürt. Ihm waren bloß irgendwie die Beine weggerutscht, und schon war ein Schlag gefolgt. Jetzt schmerzte sein Bein, während der Mann, der offensichtlich andere Methoden kannte, als mit purer Muskelmasse zu überwältigen, seelenruhig zu dem *Marokkaner* rüberrief:

»Alles gesichert, Chef.«

»Dreh ihn um«, hörte er nun zum ersten Mal dessen Stimme. Sie war weder laut noch leise. Aber in ihr lag etwas, das Perez mulmig zumute werden ließ.

Mit einem Handgriff wurde er auf den Rücken katapultiert. Ängstlich schaute er in zwei Gesichter.

Der Bodyguard hätte einem Männermagazin entstiegen sein können. Volles zurückgekämmtes Haar, an den Schläfen schon leicht grau. Ein ebenmäßiges Gesicht mit vollen Lippen. Der Kontrast zum *Marokkaner* in seinem grünen Kittel hätte nicht größer sein können. Dünnes blondes Haar hing ihm bis auf die Schultern. Die Augen waren wässrig, von der linken Braue fehlte aufgrund einer Narbe ein Stück. Er schielte so stark, dass Perez sich nicht sicher war, ob er ihn ansah oder an ihm vorbei das Pflaster der Straße.

»Frag ihn, was er hier zu suchen hat«, sagte der *Marokkaner*.

»Was willst du hier?«, fragte der Schönling.

»Hab mich verlaufen«, stammelte Perez.

»Stell ihn auf die Beine«, sagte der *Marokkaner*.

Sekunden später stand Perez wieder auf eigenen, zittrigen Beinen und sah an sich hinab. Sein rechtes Knie blutete.

»Sag ihm, er soll abhauen, ist sicher nur ein Penner.«

»Na los, verschwinde«, sagte der Beschützer.

Bevor Perez den guten Rat in die Tat umsetzen konnte, flog ein »Was ist das denn?« durch die Nacht.

Der Aufpasser bückte sich und hielt seinem Chef das Foto von Kahil hin, das Perez aus der Hosentasche gerutscht sein musste.

Der *Marokkaner* nahm das Bild und betrachtete es. Dann ließ er es sinken. Im Schein seiner Zigarette blitzte eine Messerklinge, die Sekundenbruchteile später Perez' Kinn ritzte.

Der Mann stand jetzt so nah vor Perez, dass sich ihre Nasenspitzen fast berührten. Seine Augen waren zu Schlitzen verengt, das Messer immer noch an Perez' Kehle.

»Alter Mann«, sagte der *Marokkaner* sehr leise. »Heute ist dein Glückstag. Du bist an einen Menschenfreund geraten. Ich habe keine Ahnung, was du hier tust. Aber ich weiß, dass es gesünder für dich ist, wenn du dich jetzt sehr schnell aus dem Staub machst. Vielleicht überlege ich es mir sonst anders. Und steck deine Nase nie wieder in Dinge, die dich nichts angehen. Und vor allem, denk daran: Ich sehe dich. Immer und überall. Solltest du noch mal versuchen, dich mit mir anzulegen ...«

Er ließ die Konsequenz seiner Drohung offen. Das schönste Geräusch, das Perez jemals gehört hatte, war das Einschnappen des Springmessers. Er hätte sich vor Erleichterung fast in die Hose gemacht.

Der *Marokkaner* richtete sich auf, warf einen letzten verächtlichen Blick auf Perez und zerriss das Bild von Kahil in kleinste Stücke.

Zurück in seinem Wagen wurde Perez übel. Das hätte er nicht tun dürfen. Auf gar keinen Fall. Er war zu weit gegangen und der *Marokkaner* hatte in einem Punkt recht: Das war hier nichts für einen alten Mann. Es dauerte lange, bis er sich imstande sah, langsam zurück nach Banyuls zu fahren.

KAPITEL 21

Kurz bevor Perez das *Catalan* betrat, um nach den Aufregungen der vergangenen Nacht zu frühstücken, ereilte ihn ein Anruf von Marielle Fabre.

»Du bist ein Schuft«, hörte er sie zur Begrüßung sagen. In ihrem Tonfall lag kein Vorwurf. Vielmehr meinte er, Anerkennung herauszuhören. Er war sich auch keiner Schuld bewusst, und nachdem er die Begegnung des Vorabends überlebt hatte, konnte ihm eine Marielle Fabre keine Angst mehr machen.

»Marielle. Bonjour. Was gibt es? Ich bin müde und ein wenig in Eile.«

»Es gibt weiß Gott vieles, was mir an dir nicht gefällt, aber das ... alors chapeau!«

Sie hatte fast bewundernd geklungen. Trotzdem lehnte er sich vorsorglich schon einmal gegen die Hauswand des Gemüseladens in der Rue St. Pierre. Bei Marielle war man besser auf alles vorbereitet. Ihm tat das Knie weh, und obwohl er nur eine Schramme davongetragen hatte, griff er sich nicht zum ersten Mal an diesem Morgen an die Stelle, wo das Messer seinen Hals berührt hatte.

»Die Idee mit deinem Vater war wirklich großartig«, hörte er Marielle sagen.

»Danke«, stammelte er, ohne die geringste Ahnung zu

haben, welche Idee mit Antonio er gehabt haben könnte. »Du meinst ...«, sagte er.

»Ja! Er war hier.« Ihre Stimmung ließ Perez an Champagner am Morgen oder andere Drogen denken. »Du bist ein Genie. Nie im Leben wäre mir das eingefallen. Grandios, wirklich, Perez. Wenn du damit meine Tochter ...«

»Unsere Tochter!«, unterbrach er sie. Wenn's schon mal gut lief, sollte man das ausnutzen.

»Meinetwegen. Wenn du also durch diesen Coup *unsere* Tochter umstimmen konntest, dann hast du wirklich etwas gut bei mir.«

»Und Antonio ist tatsächlich gekommen?«, fragte Perez, sich vorsichtig auf das Eis hinauswagend.

»Sag ich doch. Ins Hotel. Meines Erachtens war das überhaupt das allererste Mal, oder kannst du dich daran erinnern, dass der alte Zausel mir schon mal einen Besuch abgestattet hätte.«

Nein, dachte Perez, ganz sicher nicht. Er hat dich nämlich noch nie gemocht.

»Nein«, antwortete er pflichtschuldig.

»Eben! Er stand da unten an der Rezeption in seinen vor Dreck starrenden Klamotten und verlangte, mit seiner Enkeltochter zu sprechen. Ich hatte ihn schon kommen sehen, ihn und seine Klapperkiste. Natürlich hat er sie so vor dem Hotel abgestellt, dass keiner unserer Gäste den Parkplatz verlassen konnte. Du hättest mir übrigens ruhig vorher Bescheid geben können ...«

»Ich wusste ja nicht, ob mein Plan funktioniert«, sagte Perez. Inzwischen konnte er sich natürlich alles zusammenreimen.

»Und wie es funktioniert hat. Jedenfalls habe ich aus sicherer Entfernung zugeschaut, wie Marie-Hélène ihrem geliebten Großvater um den Hals gefallen ist. In diesen Momenten erkennst du ihn aber auch nicht wieder. Er lacht, spricht, nimmt Körperspannung auf. Würde man ihn nicht besser kennen, würde man ihn für herzlich halten.«

»Und was ist dann passiert?«

Perez drückte sich von der Wand ab und stieß dabei fast mit einem Mann zusammen, der ihn seltsam eindringlich ansah. Während er weiter zuhörte, humpelte er in Richtung *Catalan*.

»Sie sind Arm in Arm rausspaziert und haben sich auf eine Bank gegenüber gesetzt. Zwei geschlagene Stunden haben sie miteinander geredet.«

»Et bien, Marielle. Jetzt aber zum Ergebnis!«, rief Perez. Er stand vor dem Café.

»Nun, dein Vater hat immerhin erreicht, dass Marie noch mal nachdenken will. Das hat sie mir glaubhaft versichert. Womit der Alte sie umgestimmt hat, wollte sie mir nicht sagen. Aber, ganz ehrlich, es ist mir auch schrecklich egal. Das war genial, Perez, einfach nur genial. Danke!«

Mit dem zweifelhaften Vergnügen dieser überschwänglichen Achtungsbezeugung im Ohr betrat Perez gegen elf Uhr das *Catalan*. Kaum hatte er auf den roten Polstern aus Lederimitat Platz genommen und einen Blick hinauf zu den beiden riesigen Bildschirmen geworfen, auf denen – wie an jedem anderen Tag des Jahres – Pferderennen und spanischer Fußball ohne Ton liefen, stand auch schon eine seiner momentanen Schwierigkeiten in Gestalt von Jean-Martin vor ihm.

Der Dürre baute sich vor ihm auf, als machte er sich bereit für einen unmittelbar bevorstehenden Fight. Bloß dass ihre beiden Gewichtsklassen niemals die Erlaubnis der World Boxing Association erhalten würden, gegeneinander anzutreten.

»Salut! Wie geht's dir, mein Lieber?«, sagte Perez und schenkte Jean-Martin eines seiner seltenen morgendlichen Lächeln. Im Lichte der Gesellschaft vom Vorabend wurde jeder Banyulenc zum Engel.

Le grand échalas ließ die Luft aus dem Brustkorb entweichen, die Schultern sackten nach unten, der Blick senkte sich. Fast in Zeitlupe schob er sich neben Perez auf die Bank.

Das wird doch wohl nicht zur Gewohnheit werden?, fragte sich Perez. »Nimm ruhig Platz, Jean-Martin«, sagte er. »Heute kann mir ja auch mal einer deiner Mitarbeiter den Kaffee bringen. Was ich dich schon immer mal fragen wollte: Wieso beschäftigst du eigentlich so viele Männer? Nun, das wird sich ja demnächst ändern, wenn Marie erst das Regiment führt. Oh, là, là«, führte Perez noch im Gefühl des sicheren Sieges an, bevor er sich genüsslich in die Rückenpolster drückte und die Arme nahezu buddhistisch vor dem Körper verschränkte.

»Du weißt von nichts, oder?«, sagte Jean-Martin.

»Was meinst du?«, fragte Perez scheinheilig.

»Dein Vater. Er hat versucht, einen Keil zwischen Marie-Hélène und mich zu treiben. Jetzt haben wir nicht bloß Madame Fabre gegen uns, sondern auch den Verrückten.«

»Antonio?«, stieß Perez aus.

»Dabei sagt Marie immer: *Er ist der Einzige, der mich wirklich versteht.*«

Das tat Perez weh, sehr weh. Sein schönes Spiel wandte sich gegen ihn.

»Soll ich eigentlich noch lange auf dem Trockenen sitzen?« Sein Tonfall war jetzt mürrisch.

»Entschuldige«, antwortete Jean-Martin und war auch schon hinter der Bar. Umgehend kam er zurück. Mit einem dampfenden Café au Lait, einem Korb voller Croissants und den üblichen Zeitungen: *La Vanguardia,* das Hausblatt aller Katalanen. *L'Indépendant,* die regionale Tageszeitung, und die von Jean-Paul Sartre in den Siebzigerjahren gegründete linksliberale *Libération.*

Leider nahm Jean-Martin daraufhin erneut Platz.

»Der Alte ist unzurechnungsfähig, ein richtiges Ekel. Ich werde ihm Hausverbot erteilen.«

»Er war noch nie hier.«

»Trotzdem.«

»Finde ich gut. Kannst du tun. Ist richtig.«

Perez stippte das Hörnchen in seinen Café und ließ das fette Gebäck auf der Zunge schmelzen. Herrlich, wie konnte man bloß ohne Croissants in den Tag starten? Auch wenn die hier nicht die besten waren, die man an der Côte finden konnte, genießbar waren sie allemal.

»Hör mal«, nuschelte Perez mit vollem Mund, »was genau hat Antonio denn gesagt?«

»Er hat mich beleidigt!«

»Ach ja? Und Marie hat dir davon erzählt?«

»Wir erzählen uns alles.« Stolz schwang in seinen Worten mit.

»Also? Was hat er gesagt?«

»Dass sie sich nicht mit einem Kneipenwirt einlassen soll. Überhaupt sollte sie nicht hierbleiben. Sie gehöre nach Paris, wenigstens aber nach Lyon.«

»Das hat er gesagt?« Perez war ehrlich erstaunt. »Und Marie erzählt dir das auch noch? Also diese Frauen ... als ob es nicht reichen würde, die Verlobung zu lösen, sie müssen einen auch noch demütigen.«

Jean-Martin riss entsetzt die Augen auf. »Sag nicht ...«, flüsterte er.

Jetzt war es an Perez, die Augenbrauen aufzustellen.

»Du weißt nicht, dass sie mit dir Schluss gemacht hat?«

»Seid ihr jetzt alle verrückt geworden?«, stieß Jean-Martin aus. »Marie hat nicht mit mir Schluss gemacht! Wer sagt denn so was. Sie hat dem Verrückten zwar versprochen, dass sie es sich noch mal überlegen wolle, aber doch nur, um ihn nicht vor den Kopf zu stoßen. Sie liebt ihn. Gott weiß, warum.«

Perez traute seinen Ohren nicht. Hatte die Kleine ihre Mutter etwa hinters Licht geführt? Oder hatte die nur gehört, was sie hatte hören wollen? On verra, dachte er. Man wird sehen.

Jean-Martin erhob sich und trottete zurück zum Tresen. Seine letzten Worte waren Perez entgangen. Er aß brav alle Hörnchen und hatte sich gerade einen zweiten Café au Lait bestellt, als er auf eine Meldung im *L'Indépendant* stieß.

Familientragödie in Banyuls-sur-Mer aufgeklärt

Er las den Artikel noch ein zweites Mal und besah sich die Bilder, so genau es seine Augen zuließen. Unmittelbar nach der Lektüre bestellte er einen Pastis. An der Theke stand der Mann, mit dem er nach dem Telefonat auf der Rue St. Pierre zusammengestoßen war.

Jean-Martin, der offenbar dachte, all das hätte mit Marie-Hélène und ihm zu tun, servierte Perez das Glas mit den Worten: »Es tut mir sehr leid, dass du mit einem solchen Mann als Vater gestraft bist. Ich weiß, dass du auf unserer Seite stehst.«

Perez nickte mechanisch und bedankte sich für die Anteilnahme mit einem so kurzen wie unsinnigen »Merci«.

Er kippte den Pastis in einem Zug runter und verfluchte erst sich dafür, dass er das scharfe Zeug überhaupt bestellt hatte, und dann Jean-Martin, dass der ihm das Glas so vollgegossen hatte.

Das Ende des Hustenkrampfs wartete er nicht ab. Hastig drückte er die Schnellwahltaste seines Telefons.

»Marianne«, krächzte er, »hast du schon Zeitung gelesen?«

»Warum fragst du? Ich bin beschäftigt.«

»Dann lies sie jetzt sofort.«

»Ich bereite mein Referat für heute Abend vor. Schon vergessen, ich bin Teil einer Veranstaltung gegen Fremdenhass. Ich habe keine Zeit, dieses Käseblatt zu lesen.«

»Lies den *L'Indépendant* sage ich, ich komme zu dir rüber.«

»Ich bin nicht zu Hause, sondern im Hotel.«

»Bin sofort da.«

KAPITEL 22

Perez steuerte in die Sackgasse, an deren Ende das Hotel lag, in dem Marianne seit über zehn Jahren arbeitete. Nichts an dem Gebäude wies darauf hin, dass müde Besucher ihr Haupt hier betten konnten. Keine Leuchtreklame, kein Hotelschild neben der Eingangstür. Und eigentlich war es nach Perez' Definition auch gar kein richtiges Hotel, weil es oft wochenlang leer stand und keiner der seltenen Gäste jemals eine Rechnung sah, jedenfalls schrieb Marianne keine. Das von außen völlig schmucklose Haus gehörte Viggo Ekengren, einem reichen Schweden, von dem Perez wenig mehr als den Namen kannte.

Marianne war die Chefin des Luxusresorts und gleichzeitig die einzige Angestellte. Ihr Job bestand darin, das Haus mit seinen zwölf Zimmern und dem großen Außenbereich mit Pool, Bar und Olivenhain in einem Topzustand zu halten. Hatte sie tatsächlich einmal viele Gäste, suchte sie sich Hilfe unter ihren Bekannten im Ort.

Kam der Schwede in seinem Privatjet nach Girona eingeflogen, was zwei- bis dreimal im Jahr der Fall war, veranlasste sie seine Abholung und hatte für die Dauer seines Aufenthalts frei. Die Kommunikation verlief über seinen Sekretär. Mit ihm telefonierte oder mailte Marianne regelmäßig.

Überließ Ekengren das Anwesen Freunden oder Bekannten, war Marianne dafür zuständig, dass es den Gästen an nichts mangelte. Sie bediente somit, wie Perez, um sie zu necken, gerne sagte, eine Klientel, die sie ansonsten an allen Fronten bekämpfte.

»Stéphanie, was machst du denn hier?«, fragte er überrascht, als er die Sechzehnjährige im Büro ihrer Mutter entdeckt hatte. »Es ist viel zu schön draußen, um hier drinnen zu hocken.«

»Was ist mit dir passiert?«, fragte Marianne.

»Was denn?«, versuchte Perez auszuweichen.

»Du siehst völlig fertig aus«, sagte nun auch Stéphanie.

»Ist nichts, bin hingefallen. Ich habe mich ungeschickt angestellt, kann doch mal passieren. Bloß das Knie.«

»Und das da am Kinn?« Stéphanie deutete auf die Stelle, wo ihn das Messer geritzt hatte.

»Das? ... Das ist beim Rasieren passiert«, antwortete Perez und bemühte sich, es beiläufig klingen zu lassen.

Mutter und Tochter sahen, dass Perez an diesem Morgen unrasiert war. Doch sie entgegneten nichts. Es war eindeutig, dass Perez nicht darüber sprechen wollte.

»Also Steph«, sagte er, »warum bist du nicht draußen?«

»Sie hilft mir bei meinen Recherchen«, antwortete Marianne. Stéphanie verzog ein wenig den Mund. Sie half wohl eher unfreiwillig.

»Lass mich raten«, sagte Perez. »Maman hat mal wieder Probleme mit dem Internet.« Marianne war zwar vertrauter mit heutigen Kommunikationsmethoden als Perez, aber ein Genie machte das noch lange nicht aus ihr.

»Das sagt der Richtige«, warf Marianne ein.

»Keine Probleme«, bestätigte Stéphanie gedehnt. »Bloß öde Recherche für heute Abend.« Nach einer Pause fuhr sie in vorwurfsvollem Ton fort: »Was soll ich sonst machen? Meine Freundinnen sind alle weg, und einen Fernseher haben wir ja nicht.«

»Also was ist los?«, ging Marianne dazwischen. »Ich habe echt nicht mehr viel Zeit. Mein Referat ist noch völlig ungeordnet, und außerdem muss ich Viggos Ankunft vorbereiten ...«

»Und zu Hause ist der Kühlschrank leer«, ergänzte Stéphanie.

»Jawohl, Tochter, und zu Hause ist der Kühlschrank leer. Daran könntest du zum Beispiel ganz schnell etwas ändern.«

»Keine Zeit«, sagte Stéphanie. Zur Untermauerung deutete sie mit dem Zeigefinger auf den Bildschirm.

»Läuft ja mal wieder bestens zwischen euch beiden«, knurrte Perez. »Hast du den Artikel gelesen, Marianne?«

»Ich habe dir doch gesagt, dass ich gerade keine Zeit habe.«

»Steph, kannst du mal schnell zu Jean-Martin rüberlaufen und dir den *L'Indépendant* ausleihen? Ich habe gerade mit Müh und Not einen Parkplatz gefunden«, sagte Perez.

Auf die Idee, selbst die wenigen Meter die Straße hinunterzulaufen, wäre er nicht gekommen. Parkplatz war zudem ein etwas zu großes Wort. Er hatte den Wagen einfach mitten auf der Straße stehen lassen. Wen sollte das in einer Sackgasse schon stören. Die Einheimischen würden den Kangoo erkennen und wissen, wo der Besitzer zu finden wäre, falls sie vorbeimüssten. Die anderen interessierten Perez nicht sonderlich.

Anstatt seinem Wunsch Folge zu leisten, hörte er Stéphanies Finger über die Tastatur flitzen.

»Um was ging es?«, fragte sie.

»Die Schlagzeile lautet *Familientragödie in Banyuls-sur-Mer aufgeklärt*. Es geht um die beiden Toten. Bitte Steph, tu mir doch den Gefallen, du bist doch sicher mit deinem Board unterwegs.«

Seit ein paar Wochen fuhr Stéphanie, wie viele ihrer Freunde, Skateboard. Sehr zum Leidwesen von Perez hatten sich die jungen Leute die Place Paul Reig, direkt vor dem *Catalan*, als Übungsgelände ausgesucht. Die Dinger verursachten auf dem Pflaster einen Höllenlärm, er hatte schon versucht, den neuen Bürgermeister mit der Sache zu betrauen. Hinten am Campingplatz gab es genügend Freifläche, Perez sah keinen Grund, eine weitere Belästigung mitten in der Stadt zu erdulden.

»Ich hab's!«, rief das Mädchen.

»Was hast du?«

»Deinen Artikel. Er steht schon online.«

Stéphanie drehte den Bildschirm in seine Richtung, als sie bemerkte, mit welch konfusem Blick er sie ansah.

»Du Neandertaler«, sagte sie, während er sich hinabbeugte. »Heute muss man nicht mehr irgendwohin gehen, um Zeitung zu lesen. Du solltest dich endlich mal zu einem Computerkurs anmelden. Schließlich bist du noch nicht scheintot! Frag JeMa, der kann dir helfen.«

»Stéphanie«, sagte Perez kleinlaut. »Könntest du vielleicht vorlesen? Deine Mutter hat ja anderes zu tun. Wichtigeres. Diese Bildschirmdarstellung ist noch kleiner als die Zeitungsschrift.«

Stéphanie ließ resignierend die Schultern fallen und begann laut vorzulesen.

Familientragödie in Banyuls-sur-Mer aufgeklärt

Eine Familientragödie hat sich in Banyuls-sur-Mer zugetragen. Zwei spektakuläre Leichenfunde halten das kleine Badestädtchen an der Côte Vermeille seit einer Woche in Atem.

Nachdem zuerst ein unbekannter Mann mit einer Spritze im Arm tot in einem Weinberg aufgefunden worden war, wurden die Einsatzkräfte zwei Tage später zu einem weiteren Opfer gerufen. Unterhalb der Straße nach Cerbère, an einem schwer erreichbaren Strandstück, das selbst den meisten Einheimischen unbekannt war, hatten Taucher einen Mann gefunden, der offenbar Opfer eines Gewaltverbrechens wurde. »Der Mann wurde«, so der ermittelnde Beamte Capitaine Jean-Claude Boucher, »mit einem Kopfschuss regelrecht hingerichtet.«

Überraschend lud die Gendarmerie von Banyuls am gestrigen Abend zu einer Pressekonferenz, nachdem der Tathergang offensichtlich binnen kürzester Zeit aufgeklärt werden konnte.

»Aufgrund der vorliegenden Auswertung«, so Capitaine Boucher in seiner Erklärung, »gehen wir davon aus, dass es sich um ein Verbrechen in der Familie handelt. Den Grund für die Auseinandersetzung zwischen den beiden Brüdern Kahil und Aatif Madouni kennen wir noch nicht.«

Es handelt sich um ein marokkanisches Geschwisterpaar, das vor einigen Wochen in Lyon einen Antrag auf französische Staatsbürgerschaft gestellt hatte. Die beiden Fotos in unserem Artikel zeigen die Gebrüder Madouni. Es ist davon auszugehen, dass die Bilder jüngeren Datums sind. Es handelt sich um die Passfotos, die sie ihrem Antrag beigefügt hatten.

Zum Hergang der Tat nochmals der leitende Beamte Boucher:

»Bei dem Toten im Weinberg, Kahil Madouni, konnten die Gerichtsmediziner Schmauchspuren an der rechten Hand nachweisen. Aufgrund dieser Spuren und der aufgefundenen Tatwaffe kann mit an Sicherheit grenzender Wahrscheinlichkeit davon ausgegangen werden, dass Kahil Madouni seinen Bruder Aatif Madouni erschossen hat. Den Grund für die Fehde kennen wir noch nicht. Dass weitere Personen Zeugen der Tat oder gar an dieser beteiligt waren, kann nicht ausgeschlossen werden. Der felsige Untergrund am zweiten Tatort macht die Spurensuche äußerst kompliziert, zumal er regelmäßig vom Meer überspült wird. Im Weinberg wurden ebenfalls keine brauchbaren Spuren entdeckt. Wir gehen derzeit davon aus, dass der Täter, Kahil Madouni, vor oder nach seiner Tat größere Mengen Alkohol zu sich genommen hat. Nach dem Mord an seinem Bruder nahm er Kontakt zu einem Mann auf, für den er einst als Erntehelfer gearbeitet hatte. (Name der Polizei bekannt.) Der Winzer fand den Mann schließlich tot in seinem Weinberg, als er seinen Hund ausführte. Wie die Obduktion ergab, hatte sich Madouni dort eine tödliche Überdosis Heroin injiziert. Die folgende Untersuchung machte deutlich, dass es sich bei Kahil Madouni nicht um einen Heroinabhängigen handelte. Wohl aber fanden meine Kollegen eine größere Menge reinstes Heroin in seiner Brusttasche. Wir gehen davon aus, dass er sich den Schuss setzte, der ihn letztlich umbrachte. Wir gehen von einem Suizid aus. Ob die beiden Brüder im Drogenhandel tätig waren, ist derzeit noch Gegenstand weiterer Ermittlungen. Damit gilt der Mordfall, trotz der noch fehlenden Details, als weitestgehend abgeschlossen.«

Ob damit alles, was die Ermittler tatsächlich herausgefunden haben, ans Licht der Öffentlichkeit gedrungen ist, darf bezweifelt werden. Die verschiedenen an der Untersuchung beteiligten Ressorts werden noch einige Zeit mit der vollständigen Aufklärung der Umstände, die zu dieser Tragödie geführt haben, beschäftigt sein. Zumindest jedoch scheint der Ablauf des Tages sauber recherchiert zu sein. Das ist nicht zuletzt wichtig für die Bevölkerung von Banyuls-sur-Mer, bei der nach dem vorgelegten Bericht etwas Ruhe einkehren dürfte.

»Wie schrecklich!«, rief Marianne, nachdem Stéphanie geendet hatte. »Und so was in Banyuls.«

»Ist das alles, was du dazu zu sagen hast?«, fragte Perez. Er saß vornübergebeugt auf einem Klappstuhl, der Notfällen vorbehalten war, Notfällen mit weniger Gewicht. Der Stuhl schwankte bei jeder Bewegung bedrohlich hin und her. »Ich sage euch, die ganze Geschichte stinkt zum Himmel.«

»Selbst wenn es so wäre, kann es dir doch egal sein. Du wolltest Antonio aus der Schusslinie bringen, und das ist dir gelungen. Dein Wein ist gerettet.«

»Ich habe Kahil gekannt und ich habe ihn gemocht«, sagte Perez wütend.

»Entschuldige«, sagte Marianne und gab ihm einen Kuss. »Ich bin im Stress. Tut mir leid, ich wollte dich nicht beleidigen.«

»Hast du nicht, schon in Ordnung. Aber noch mal: Da erschießt der seinen Bruder unten am Strand. Dann klettert er den ganzen Küstenweg hoch, rennt nach Banyuls runter und dann noch mal sechs Kilometer den Baillaury hoch. Irgendwo unterwegs haut er sich noch ein paar Flaschen Wein rein und ruft, als er ordentlich voll ist, Antonio an. Dann entscheidet er sich um. Er hockt sich in den Weinberg und ist deprimiert. Gott sei Dank hat er ein Paket reinsten Heroins in der Tasche, und da denkt er sich, drück ich mir doch noch was davon in die Vene, mal sehen was dann ist. Wer soll eine solche Geschichte bitte glauben?«

»Die Polizei«, sagten Mutter und Tochter wie aus einem Mund.

»Wenn ihr das glaubt, seid ihr verrückt. Ich habe nicht die leiseste Ahnung, was Boucher mit dieser Pressekonferenz bezwecken wollte. Der verdammte Elsässer weiß viel mehr, als er zugibt, das sage ich euch. Mir gegenüber hat er zum Beispiel erst ziemlich spät den Heroinfund in Kahils Tasche erwähnt. Und dass sie die Schusswaffe sichergestellt haben, das hat er auch erst gestern Abend in der Pressekonferenz ausgepackt.«

Die beiden Frauen sahen ihn verständnislos an.

»Wir wissen doch noch einiges über das Geschriebene hinaus.« Perez ließ sich nicht beirren. »Wir wissen zum Beispiel, dass Kahil alle Anstrengungen unternommen hat, um seine geliebte Camille ehelichen zu dürfen. Ich denke sogar, dass er deshalb französischer Staatsbürger werden wollte. Aber vielleicht«, fuhr er mit spöttischem Unterton fort, »war sein Bruder Aatif ja dagegen. Also hat er ihn schnell weggeballert? Non, mes chers amis, das stinkt gewaltig. Und ihr wisst, dass ich dafür ein feines Näschen habe. Das hier ist bloß die Oberfläche, das spüre ich genau.«

»Wenn's tatsächlich so stinkt, braucht man dafür kein feines Näschen«, sagte Stéphanie.

»Pass mal auf, Fräulein Finken, es wird Zeit, dass deine Schule wieder anfängt. Mon dieu.«

»Und wenn es tatsächlich so ist, wie du glaubst«, sagte Marianne, »was willst du dann tun?«

»Das Erste habe ich gestern schon getan.« Fragende Blicke. »Ich war gestern Nacht in Perpignan. In einem Klub mit dem bescheuerten Namen *Mauvais Endroit*.«

»Wo warst du?«, rief Marianne. Stéphanie bekam einen Lachanfall.

»War überhaupt nicht komisch«, sagte er ernst.

»Perez, du warst im *Mauvais Endroit*?«, sagte Stéphanie immer noch prustend. »Bist du dafür nicht schon zu alt?«

»Kennst du den Laden etwa?«

»Wer nicht?«, sagten Mutter und Tochter nahezu zeitgleich. Jetzt lachte auch Marianne. »Es ist schließlich der angesagteste Klub in ganz Perpignan. Steph und ich waren sogar mal zusammen dort, hat sie sich zum sechzehnten Geburtstag gewünscht.«

»Als Geburtstagsgeschenk in eine Drogenhöhle – na prima!«, nörgelte Perez und wirkte konsterniert. Wieder lachten Mutter und Tochter um die Wette.

Mit seinem Bericht vom Vorabend brachte Perez die beiden allerdings zum Verstummen. Nachdem er geendet hatte, hielt die Stille noch eine Weile an. Dann schüttelte Marianne verärgert den Kopf.

»Und wie geht's jetzt weiter?«, fragte sie.

»Ich bitte dich darum, mich zu Madame Bonnet zu begleiten. Ich werde das Gefühl nicht los, dass dort der Schlüssel zu allem liegt. Frag mich nicht, warum.«

»Neulich habe ich dir angeboten, dass wir zusammen hinfahren. Da musstest du plötzlich weg.«

»Ich bitte dich ...«

»Du konntest nichts dafür, ich weiß. Aber sieh mal, ich kann auch nichts dafür, dass ich heute Abend diesen Vortrag zugesagt habe.«

Perez dachte nach.

»Dann aber direkt morgen früh. Ich mache dir einen Vorschlag. Ich interessiere mich für deinen Vortrag und du dich danach für Madame Bonnet. Einverstanden?«

»Du bist eine Nervensäge.«

»Zeigst du mir den Film, den ihr da zusammengeschnitten habt?«

Stéphanie klappte den Rechner auf und startete den Film. Marianne schob ihm die Seiten über den Tisch, auf denen ihr Vortrag stand. Perez konzentrierte sich auf die kurzen Filmsequenzen und las danach aufmerksam die Ausführungen über die Flüchtlingsströme.

»Was mir nicht ganz klar ist«, sagte er nach einem Moment des Innehaltens, »du schreibst hier, dass diese armen Menschen zehntausend Euro für eine Überfahrt bezahlen, oder von mir aus auch nur fünftausend, wenn sie es auf einem Seelenverkäufer versuchen. Woher sollen die das Geld haben? Kann es sein, dass jemand anderes das Geld für sie aufbringt?«

Marianne machte ein verdutztes Gesicht. »Du hast vollkommen recht, innerhalb der Prostitution läuft es anders«, sagte sie nach einem Moment des Nachdenkens. Frauen und Kinder werden gegen ihren Willen nach Europa verschleppt und dort zur Prostitution gezwungen. Natürlich zahlen die dafür nicht. Also könnte es theoretisch tatsächlich Leute geben, die die Flüchtigen in Nordafrika aufgreifen und sie übers Mittelmeer bringen, um sie hier ... was genau sollen die hier machen?«

»Die Frage muss lauten: Wer hätte hier bei uns eine Verwendung für Illegale?«, sagte Perez.

»Wenn schon, dann: Wer könnte aus diesen Menschen einen gewinnbringenden Nutzen ziehen?«

»Genau.«

Perez lief raus in den Garten und rauchte eine Zigarette. Marianne gesellte sich zu ihm.

»Was denkst du?«, fragte sie und fuhr ihm kurz über den Arm.

»Stell dir vor, es ist tatsächlich so. Am Leid von anderen Menschen verdienen – so ungewöhnlich wäre es nicht ... Sag mal Marianne, meinst du, es wäre möglich, mit einem dieser Flüchtlinge zu sprechen?«

»Wen genau meinst du?«

»Während ich das hier las«, er tippte auf den Ausdruck

ihres Vortrags, den er mit in den Garten genommen hatte, »musste ich immerzu an die Leute in Rivesaltes denken. Die leben dort in der Scheiße und sollen dafür zehntausend hingeblättert haben? Ich würde mich wahnsinnig gerne mal mit einem von denen unterhalten. Du müsstest doch eigentlich wissen, wo die Bullen sie hingebracht haben, nachdem das Lager ausgehoben wurde. Oder wenn du es nicht weißt, weiß es doch sicher einer deiner Genossen.«

»Die Behörden werden sie erst mal in eins der Aufnahmezentren gesteckt haben. Ich nehme mal an, in dieses Hochhaus an der Peripherie. Du weißt schon, der hässliche Klotz, der eigentlich abgerissen werden sollte. Da wurden jedenfalls die Letzten untergebracht, nachdem sie das offizielle Zeltlager wegen unhaltbarer Zustände auflösen mussten. Allerdings«, sie lächelte ihn an, »in den Komplex reinzukommen oder besser gesagt, lebend wieder rauszukommen, ist keine einfache Sache. Und die Menschen dann auch noch zum Sprechen zu bewegen, das ist noch mal eine ganz andere Aufgabe.«

»Lass mal«, sagte Perez, und machte Anstalten zu gehen. »Da habe ich vielleicht eine Idee. Jetzt wünsche ich euch erst einmal viel Erfolg an der Uni. Ich muss ein paar Sachen im Tresor erledigen. Wir sehen uns später, und morgen früh geht's zu Madame Bonnet. Kein weiterer Aufschub.«

KAPITEL 23

Perez schreckte hoch. Das Klingeln stammte nicht von einem Wecker. Er brauchte einige Sekunden, um sich zu orientieren, und griff eher mechanisch zu seinem Telefon.

Während er versuchte, herauszufinden, wie spät es war, knurrte er seinen Namen in den kleinen Apparat. Immerhin drang Licht durch die Lamellen der hölzernen Läden, die Nacht war also vorüber.

»Perez«, hörte er eine aufgekratzte Stimme, »hier spricht Capitaine Boucher. Einen wunderschönen guten Morgen.«

Menschen, die morgens schon so positiv waren, konnten nicht seine Freunde werden, in hundert Jahren nicht.

»Boucher«, sagte er. »Wissen Sie, wie spät es ist?«

Der Kommissar bat um eine Sekunde und nannte ihm dann tatsächlich die genaue Uhrzeit, dieser Idiot. »Schlafen Sie im Elsass nie?«, knurrte Perez.

»Mein Dienst hat längst begonnen. Hören Sie«, sagte Boucher. »Ich wurde gerade darüber informiert, dass im Morgengrauen in französischen Hoheitsgewässern, genauer gesagt kurz vor Cerbère, ein Schnellboot aufgebracht wurde. An Bord zweiundzwanzig Personen.

Flüchtlinge aus Afrika. Einen Kapitän hatte das Schiff nicht. Verstehen Sie, was ich sage?«

Beim Wort Schnellboot war Perez wie elektrisiert hochgefahren. Er kehrte der im Schlaf murmelnden Marianne den Rücken zu.

»Das alles geht mich im Grunde nichts an.« Boucher fuhr auch ohne eine Antwort auf seine Frage fort. »Die armen Teufel werden jetzt erst einmal versorgt und kommen dann ...« Er stockte, als hätte er keinen Schimmer, was mit Flüchtlingen nach ihrer Ergreifung geschah. »Tja, ich weiß auch nicht so genau, aber irgendwo wird man sie schon hinbringen.« Sein Lachen hörte sich an wie der Schrei einer Möwe. Perez kratzte sich den Bauch. Plötzlich juckte es ihn überall. »Wie gesagt: ist nicht meine Baustelle.«

»Und warum wecken Sie mich um diese unchristliche Uhrzeit?«

»Diese Leute nutzen immer die Nachtstunden, um übers Meer zu kommen«, antwortete Boucher, als ob die Ankunftszeit eines Flüchtlingsboots irgendeine Erklärung dafür lieferte, warum er Perez um sechs Uhr in der Früh aufweckte. »Aber darum geht es natürlich nicht.« Natürlich nicht, dachte Perez, wann wäre es je um das gegangen, was du kurz zuvor ausgesprochen hast. Der Elsässer machte ihn noch wahnsinnig. »Vielmehr habe ich in unserem internen Netz, Intranet nennt man das, falls Sie es nicht kennen ...«

»Boucher!« Perez schlug an wie eine scharfe Dogge.

»Ja. Im Intranet habe ich jedenfalls ein Foto dieses Schnellboots gesehen, und wissen Sie was?«

»Was?«

»Der Name des Boots lautet *Creus*. ... *Creus*, Perez, ist das nicht ein verrückter Zufall? *Creus!* Nicht etwa Deus«, fügte er süffisant an.

Perez war aufgesprungen und begann in dem engen Raum auf und ab zu laufen. Sein Verstand lief auf Hochtouren.

»Was ist denn mit dir los?« Marianne sah ihn aus verquollen Augen an. Dass Perez telefonierte, bemerkte sie erst bei seinem nächsten Satz.

»Wie Sie schon sagten, Capitaine Boucher ...« *Capitaine Boucher* sagte er besonders laut und deutlich und an Marianne gerichtet. »Ein verrückter Zufall, vermutlich. Ich weiß immer noch nicht, wie ich Ihnen helfen kann. Denken Sie, mein Wein steckt in diesem Boot? Dass mein *Creus* am Ende eine gepanschte Plörre aus Nordafrika ist, die ich als Beifang in Schlepperbooten übers Mittelmeer schippern lasse? Boucher, es ist mitten in der Nacht, und Sie wecken mich wegen so einem Mist?«

»Entschuldigen Sie bitte, ich dachte, es könnte Sie interessieren.« Boucher klang seltsam defensiv und fast ein wenig beleidigt. »Aber wenn ich es mir genau überlege, warum sollte es Sie interessieren? Da haben Sie recht. Bitte nochmals um Entschuldigung. Und nichts für ungut, mein lieber Perez, nichts für ungut.«

»Schon gut«, murmelte Perez.

»Ach ja, bevor Sie auflegen, das hier könnte Sie vielleicht noch interessieren. Die Sache mit den Madouni-Brüdern verhält sich doch seltsamer als gedacht. Die Behörde, die den Antrag auf Staatsbürgerschaft der Brüder bearbeitet, hat mitteilen lassen, dass dieser Kahil Ma-

douni tatsächlich ein ziemlich reicher Mann gewesen sein soll. Antonio Perez' Erntehelfer hat im Laufe der Jahre richtig was aus sich gemacht. Denn das überprüfen die natürlich als Erstes, ob derjenige, der den Antrag stellt, dem französischen Steuerzahler irgendwann auf der Tasche liegen könnte. Und das konnte bei Madouni und seinem Bruder ausgeschlossen werden.« Er machte eine Pause und schob dann hinterher: »Zumindest erklärt das die Piaget.«
»Wie bitte?«
»Die Uhr, Perez. Ich sagte Ihnen doch, der Tote trug eine sehr teure Uhr. Eine Piaget Altiplano, um genau zu sein. Nicht unter zwanzigtausend zu haben, so ein Stück.«
»Alte Francs?«
Boucher lachte. »Eigentlich eher was für neureiche Angeber.«
»Monsieur Boucher, wenn Sie nichts dagegen haben, werde ich versuchen, noch etwas Schlaf zu finden, bevor in einer Stunde der Wecker klingelt.«
»Wieso sollte ich etwas dagegen haben? ... Ach ja ... wissen Sie, was noch seltsam ist? Unter den Sachen des toten Bruders, also dieses Aatif Madouni ...«
»Ja«, sagte Perez gedehnt.
»Bei ihm haben wir einen Schlüsselanhänger gefunden. Achtzehn Karat, zu fünfundsiebzig Prozent reines Gold. In der Form eines kleinen Schiffchens. Und auf einer Seite war ebenfalls der Name eingraviert. Also nicht der des Toten, sondern der Name, der auch auf der Wand des Schnellboots stand, das heute Morgen aufgebracht wurde: *Creus* stand auf dem Anhänger. Feinste Handarbeit, wirklich, ich kenn mich mit so was aus. Selt-

sam! Nun ja, einen echten Reim kann ich mir noch nicht darauf machen, aber das wird schon noch.«

Perez starrte noch eine Weile das Telefon an, nachdem Boucher aufgelegt hatte, als überlegte er, das Gerät mit seinen Fußsohlen im Staub zu zerquetschen, wie er es gerne mit dem Anrufer getan hätte. Dann aber schritt er zur Tat.
»Marianne! Wir holen Haziem ab und fahren nach Perpignan. Wir müssen handeln.«

KAPITEL 24

»Mon dieu!« Perez stöhnte, als sie auf die Straße traten. »Schon wieder über vierunddreißig Grad. Um sieben Uhr morgens, wo soll das noch hinführen?«

Das Thermometer war auch in der Nacht nicht unter dreißig Grad gefallen, für die Côte Vermeille eine Seltenheit.

Sie kletterten in den Wagen und fuhren rüber zum Puig del Mas, um Haziem einzuladen, den Perez zuvor mittels eines kurzen Anrufs ebenfalls aus dem Tiefschlaf gerissen hatte. Für eine ausführliche Erklärung wäre auf der Fahrt noch immer Zeit. Im Rückspiegel sah Perez einen blauen Nissan Qashqai. Den Fahrer konnte er nicht erkennen.

Haziem stand brav, wenn auch ein wenig zerknittert, im Schatten des Zitronenbaums. Marianne, die kleiner als Haziem war, bestand darauf, dass dieser auf dem Beifahrersitz Platz nahm, während sie selbst auf die Rückbank kroch. Der Kangoo wirkte größer, als er tatsächlich war. Platz für die Beine bot er aber auch vorne nicht. Perez kannte das Problem nur vom Hörensagen.

Zu dieser frühen Tageszeit waren bis auf die Lkw und die öffentlichen Ein-Euro-Busse nur wenige Fahrzeuge unterwegs, was die scharfen Kehren bis Port-Vendres um einiges erträglicher machte. Der Qashqai war nicht mehr hinter ihnen. Perez entspannte sich.

Im Wagen warteten alle, bis sie hinunter ins breite Tal des Têt gelangt waren, wo sie auf der Vierspurigen im vorgeschriebenen Tempo Richtung Perpignan rollten, bevor die drängenden Fragen aufs Tapet kamen.

»Mal was Grundsätzliches.« Marianne ergriff als Erste das Wort, nachdem Perez von Bouchers Anruf berichtet hatte. »Müssen wir eigentlich verstehen, weshalb du immer noch ermittelst?«

»Ja!«, antwortete er.

»Und das könntest du uns auch erklären?«

»Kahil trug das hier bei sich.« Zur Untermauerung zog er den goldenen Schlüsselanhänger aus der Tasche, den er bislang nur Haziem gezeigt hatte. »Sein toter Bruder Aatif trug den gleichen Anhänger bei sich, wie mir Boucher heute Morgen gesteckt hat. Warum hat er das wohl getan ... Boucher meine ich?«

Er sah zu Haziem rüber, der den Horizont fixierte. Als Beifahrer im Auto wurde ihm schnell übel. Auch Marianne im Fond machte nicht den Eindruck, sonderlich an der Antwort interessiert zu sein. Perez fuhr trotzdem fort.

»Weil er annimmt, ich hätte irgendwie mit dieser Sache zu tun. Mit einem Mord und einem Drogentoten soll ich in Verbindung stehen! Und das alles bloß, weil mein Name ...« Mit einem Lachen unterbrach er sich selbst. »Ihr wisst schon, was ich sagen wollte«, hob er erneut an. »Das alles bloß, weil der Name meines Weins auf deren Boot steht.« Haziem schwieg. Marianne nahm den Anhänger und besah ihn sich genau.

»Das ist in der Tat mehr als seltsam. Hast du eine Erklärung dafür?«

»Nein. Überhaupt keine. Die Ansage dieses bescheuerten Elsässers lautet also: *Du steckst irgendwie in der Sache mit drin, Perez. Und ich werde herausfinden, wie.* Und genau deshalb muss ich wissen, was es mit der ganzen Geschichte auf sich hat.«

Haziem nickte. Marianne umarmte Perez von hinten und drückte ihm einen Kuss auf die Wange.

»Ist ja schon recht, mein Dickerchen. Der Quark stinkt. Und stinkender Quark gehört in die Tonne. Einer muss den Müll ja runtertragen.«

»So ist es. Und wisst ihr, was noch stinkt? Und zwar bis zum Himmel? Diese Verlautbarung von Boucher im *L'Indépendant*, dass Kahil seinen Bruder erschossen hat. Ihr könnt mich für verrückt halten, aber ich sage es gerne noch mal, wir kratzen da an einer großen Sache, einer riesigen Schweinerei, das spüre ich.«

»Darf ich jetzt vielleicht mal erfahren, was meine Rolle in dem Spiel ist?«, fragte Haziem. »Und könntest du etwas weniger am Steuer reißen, Perez.«

Perez neigte dazu, seine innere Erregung in Fahrbewegungen umzusetzen. Er klopfte Haziem freundschaftlich auf den Oberschenkel.

»Ich bitte dich, mir jetzt nicht an die Gurgel zu gehen. Ich möchte dich nämlich um einen Gefallen bitten, obwohl ich ahne, wie du dazu stehst. Ich frage dich als Freund, der in Algerien geboren wurde, der Arabisch spricht und sich unter seinen Schwestern und Brüdern unauffälliger bewegen kann als unsereiner ...«

»Perez, ich muss zwar gleich kotzen, aber ich bin kein

Kleinkind. Was faselst du da von Brüdern und Schwestern? Was willst du von mir?«

»Ich würde dich bitten, deinen Freund Rashid anzurufen. Jetzt gleich. Vom Auto aus. Du musst ihn überreden, noch mal zum Imam zu fahren ... mit dir zusammen.«

»Das ist kein Freundschaftsdienst, Perez. Das ist eine Gemeinheit!«

»Du könntest doch Rashid reingehen lassen. Es gibt eine Teestube unten im Haus«, schob er nach und griente. »Rashid seinerseits muss den Imam überzeugen, dass er uns in dieses Auffanglager, oder wie die Dinger heißen, bringt.«

»Aufnahmezentrum!«, sagte Marianne.

»Von mir aus. Ich muss mit einem von denen sprechen, die auf der *Creus* gehockt haben. Und wenn nicht mit denen, dann mit den Leuten aus Rivesaltes. Gestern haben Marianne und ich so eine Theorie entwickelt ...« Er erklärte sie Haziem in knappen Worten. »Und nach dem Telefonat von heute Vormittag dachte ich plötzlich, was, wenn die Höhlenleute auch auf der *Creus* rübergekommen sind? Wäre immerhin möglich. In jedem Fall müssen wir da rein und nur du und Rashid und der Imam können uns dort sicher rein- und wieder rausbringen. Ich habe den Imam als sehr angenehmen und sehr aufrechten Mann kennengelernt. Ich glaube, er wird uns helfen. Bitte, Haziem?«

Warum sein Freund nicht antwortete, sah Perez, als er sich zu ihm drehte. Er war blass geworden.

»Soll ich anhalten?«

»Ein Auffanglager?«, fragte Haziem tonlos.

Haziem war mit seinem Vater unter dramatischen Umständen vor dem Bürgerkrieg in Algerien geflohen. Immer wieder wurde er seither Opfer von Panikattacken, die auf die Gräueltaten zurückzuführen waren, die er als Kind hatte mitansehen müssen. Nach der Flucht waren sie in einem Lager für Kriegsflüchtlinge gelandet, auch das keine Zeit, an die Haziem erinnert werden wollte.

»Haziem, mein Freund. Die Leute dort stecken in einer ähnlichen Situation wie du damals. Wir wollen ihnen ja nicht schaden, ganz im Gegenteil. Du musst natürlich nicht mit in das Zentrum kommen. Überhaupt nicht. Es ist nur so, dass ich dich als Verbündeten brauche, der den Imam und Rashid auf unsere Seite bringt.«

»Versprich mir, dass ich da nicht mit reinmuss.«

»Ich schwöre es!«

»Und was macht ihr in der Zeit?« Sein Widerstand schien gebrochen.

»Marianne und ich besuchen derweil Madame Bonnet. Danach treffen wir uns wieder.«

Sie schwiegen, bis eine Geschwindigkeitsreduzierung das Ende der Schnellstraße ankündigte. Während Perez durch die sich anschließenden Kreisverkehre preschte, telefonierte Haziem mit Rashid. Nach dem Telefonat teilte er Perez mit, wo er ihn absetzen sollte.

Während sich Haziem aus dem Kangoo schälte, hielt Perez im Rückspiegel Ausschau nach dem Qashqai. Da waren allerdings so viele Fahrzeuge, dass er unmöglich sagen konnte, ob der Wagen ihm immer noch folgte.

Kaum stand Haziem auf der Straße und Marianne saß

auf dem Beifahrersitz, fädelte sich Perez auch schon wieder in den stockenden Berufsverkehr ein.

»Kannst du dir eigentlich einen Reim darauf machen«, fragte er, »wie ein Boot ohne Kapitän sein Ziel ansteuern kann? Ich erinnere mich an etwas Ähnliches in deinem Vortrag. Große Schiffe mit Autopilot. Läuft das tatsächlich so?«

»Es könnte auch so gelaufen sein, dass der Kapitän genauso gekleidet war wie die anderen an Bord. Also in ganz einfachen, von der langen Reise zerschlissenen Klamotten. Dazu eine Sporttasche, ein kleiner Koffer oder Ähnliches und natürlich kein Ausweis. Keiner der Flüchtlinge hat irgendwelche Dokumente dabei, weil er im Falle, dass sie aufgebracht werden, mit einem gültigen Dokument viel leichter wieder abgeschoben werden könnte. Der Kapitän macht es genauso. Und wenn das Boot dann von der Küstenwache gestellt wird, mischt sich der Kapitän einfach unter die Flüchtlinge.«

»Unglaublich! Aber die anderen, die tatsächlichen Flüchtlinge, die kennen den Kapitän doch.«

»Werden ihn aber niemals verraten.«

»Nicht?«, fragte Perez ehrlich überrascht.

»Das ist bei Todesstrafe verboten. Nicht gegen den Denunzianten, sondern gegen die zurückgebliebene Familie richtet sich die Drohung. Das wissen alle, sie bekommen es vor der Abfahrt eingebläut. Und inzwischen hat sich unter den Flüchtlingen herumgesprochen, dass die Schlepper keine leeren Drohungen ausstoßen.«

»Dann wandert der Kapitän auch mit den anderen Flüchtlingen in ein Aufnahmezentrum?«

»Genau! Und dort verhelfen ihm seine Leute bei der

erstbesten Gelegenheit zur Flucht. Ein anderes Schiff bringt ihn zurück in die Heimat. Alles ist bestens organisiert. Schließlich werden mit Schlepperei Milliarden verdient.«

»Das heißt, bei dem Schiff, das heute Nacht aufgebracht wurde, war vielleicht ein Schiffsführer an Bord, der jetzt zum Schein mit den anderen Asyl beantragt?«

»Davon gehe ich aus.«

»Wahnsinn!«

KAPITEL 25

»Wie bist du beim letzten Mal reingekommen?«, fragte Marianne. Sie wirkte ein wenig ratlos, nachdem sie bereits mehrfach geklingelt hatte und Perez sie bei jedem erneuten Versuch darauf hinwies, dass Madame Bonnet nicht zu den Frauen gehörte, die die Tür öffneten, bloß weil es klingelte.

Die Gegend wirkte wie ausgestorben. Kein Mensch auf der Straße. Die leeren Parkplätze deuteten möglicherweise darauf hin, dass viele derjenigen, die hier wohnten, immerhin noch Arbeit hatten. Die Arbeitslosenquote in Perpignan lag bei nahezu fünfundzwanzig Prozent. Um über die Runden zu kommen, arbeiteten bei den restlichen fünfundsiebzig Prozent zumeist beide Elternteile. Während der Ferien wurden die Kinder in Jugendeinrichtungen untergebracht. Oder die Familien hatten ausreichend finanzielle Mittel und waren jetzt, Mitte August, verreist.

»Hintenrum«, antwortete Perez.

»Na dann los, worauf warten wir?«

»Moment«, sagte Perez.

Es handelte sich um den Tag der Müllabfuhr, und so brauchte er nicht wieder den Umweg über den Parkplatz des Nachbarhauses zu wählen. Er rollte sich einen der

Container, die am Straßenrand standen, vor das Tor von Madame Bonnets Haus. Während er hinaufkrabbelte, wackelte die bereits geleerte Tonne bedenklich. Marianne grinste.

»Du bist ja doch noch ganz schön gelenkig«, sagte sie, als er oben stand.

Mit einem Satz war er auf der anderen Seite und drückte den Knopf, der das Tor öffnete. Er hatte ihn bei seiner überstürzten Flucht neulich Abend entdeckt, was ihm immerhin auf dem Rückweg die Mauerkletterei erspart hatte.

»Madame Finken, bitte einzutreten«, sagte er und vollführte eine einladende Geste.

»Und jetzt?«, fragte Marianne.

Perez schritt den betonierten Weg an der Hausseite entlang. Als sie die Gärten erreichten, deutete er mit dem Daumen nach rechts.

»Hinter dem spärlichen Rosenstrauch liegt die Terrasse.«

Entschlossen ging Marianne voran. Perez folgte im Abstand von zwei Metern. Madame Bonnet saß im Morgenmantel auf demselben Stuhl wie bei Perez' erstem Besuch. Vor sich eine hohe Kaffeetasse, daneben eine Flasche Wodka.

»Bonjour, Madame Bonnet«, rief Marianne mit glockenheller Stimme. »Mein Name ist Marianne Finken. Hätten Sie vielleicht einen Moment Zeit für mich? Ich würde gerne mit Ihnen über Ihre Tochter Camille sprechen.«

Mit leerem Blick schaute Madame Bonnet zu Marianne und Perez, die am Fuß der Treppe warteten. Nichts in ihrer Mimik deutete darauf hin, dass sie den Mann vor sich als den Eindringling von neulich Abend wiedererkannte.

Marianne überwand ihre Scheu, ging langsam die letzten Stufen hoch und setzte sich direkt neben Madame Bonnet. Perez lehnte sich an die Wand. Der einzig übriggebliebene Stuhl war von Vogelkot verunreinigt und hatte, im Gegensatz zu den beiden anderen, keine Auflage.

Marianne streichelte den Arm der Frau und brachte das Gesicht vor ihres. Sie lächelte sie warmherzig an und nickte gleichzeitig, als wollte sie sagen: Das kommt schon alles wieder in Ordnung. Wir kümmern uns um alles. Es schien zu funktionieren, denn Madame nickte ebenfalls, wenn auch nicht allzu merklich.

»Madame Bonnet«, begann Marianne. Sie sprach bewusst unaufgeregt und bemühte sich um ein angenehm weiches Timbre in der Stimme, was sie, wie Perez fand, ohnehin besaß. »Wir wollen Sie nicht lange stören. Es geht um Folgendes: Freunde von mir, sehr enge Freunde, sind so außer sich vor Sorge um ihren Sohn, dass sie mich gebeten haben, ihnen bei der Suche nach dem jungen Mann behilflich zu sein. Er lebt hier in Frankreich, und meine Freunde leben in Marokko. Ich habe ein Foto, das den Sohn zusammen mit Ihrer Tochter zeigt. Und nur deswegen stören wir Sie, Madame Bonnet, Sie sind unsere letzte Hoffnung.«

Perez kratzte sich verdutzt am Bauch. Meine Marianne, dachte er nicht ohne eine Portion Stolz. Eine Lüge, ohne auch nur im Ansatz zu erröten.

Die Frau hingegen reagierte nicht wie gewünscht. Auch nicht wie von Perez erwartet und schon einmal erlebt. Sie reagierte einfach gar nicht.

»Würden Sie sich vielleicht das Foto ansehen, Madame?« Wieder streichelte Marianne ihren Unterarm, kurz unterhalb eines markanten blauen Flecks. Vermutlich die Folge eines Sturzes. Sie hob das Bild so vor die Augen der Frau, dass es deren gesamtes Blickfeld ausfüllen musste. Um es nicht zur Kenntnis zu nehmen, hätte sie die Augen schließen müssen.

»Bitte sagen Sie mir doch, wo ich Ihre Tochter finden kann, vielleicht kann sie mir ja sagen, wo der junge Mann geblieben ist.«

Sie vermied es strikt, Kahils Namen auszusprechen. Perez war sehr zufrieden mit seiner Partnerin, Miss Stringer. Außerdem hatten sie den Zustand von Madame Bonnet richtig eingeschätzt. Obwohl die Zeitungen die Fotografien der toten Brüder veröffentlicht hatten und diese sicherlich auch im Fernsehen zu sehen gewesen waren, hatte sie offenbar keine Kenntnis von deren Ableben.

Und plötzlich, Perez traute seinen Ohren nicht, sprach Madame Bonnet. Es war eher ein Krächzen, so als ob die Stimme lange nicht mehr benutzt worden wäre.

»Weg«, sagte sie.

»Ihre Tochter meinen Sie? Oder der junge Mann?«

Sie nickte, goss sich einen Schluck Wodka in die Tasse und trank.

»Ihre Tochter!«, sagte Marianne.

Wieder nickte Madame Bonnet. »Schwanger«, flüsterte sie und legte dabei den Finger auf die Lippen.

»Von ihm?«, juchzte Marianne und klatschte gleich mehrfach hintereinander in die Hände. »Aber das ist ja herrlich! Darf ich den Eltern die frohe Kunde überbringen? Schwanger, mein Gott, was für eine glückliche Wendung. Dann turteln die beiden wohl in irgendeinem Liebesnest, und alles ist in bester Ordnung!«

Madame Bonnet nahm noch einen Schluck, schüttelte den Kopf und sackte wieder in sich zusammen.

»Der Mann ist dagegen«, krächzte sie.

»Welcher Mann?«, fragte Marianne.

»Ihr Vater.«

Also der Mann, der einen gewissen Bekanntheitsgrad hatte. War der Mann mit seinem künftigen Schwiegersohn aneinandergeraten? War dieser Konflikt eskaliert? Beide Morde von Banyuls ließen sich damit wohl nicht erklären. Er hätte wohl kaum die gesamte Familie Madouni ausrotten wollen, nur weil einer davon seine Tochter geschwängert hatte. So was passierte nur in schlechten Mafiafilmen. Obwohl, die Bonnets waren immerhin die Besitzer des Drogenhauses in Banyuls ...

»Ihrem Mann hat die Schwangerschaft also nicht gefallen«, sagte Marianne. »Verdammte Männer, warum wollen sie auch noch beim Kinderkriegen über uns Frauen bestimmen?«

Obwohl Marianne Madame Bonnet dafür ausreichend Zeit ließ, erhielt sie keine Antwort. Die Bonnet schien ihnen überhaupt wieder von der Fahne gegangen zu sein. Denn auch auf weitere Nachfragen zu Camilles Erzeuger reagierte sie nicht. Perez ließ die Frau während der gesamten Zeit nicht aus den Augen. Seit Marianne über Camilles Vater sprach, verkrampfte Madame Bonnet und machte den Eindruck, als wolle sie sich unter Mariannes Fragen hinwegducken.

Perez zog die Kladde aus seiner Hosentasche, leckte den Bleistift an und schrieb *Sie hat Angst* auf eine leere

Seite. Er hielt Marianne das Heft hin. Die blickte ihm kurz in die Augen. Ihre nächste Frage überraschte ihn.

»Sagen Sie, Madame Bonnet, kann es sein, dass wir beide uns kennen? Sind wir uns vielleicht schon einmal begegnet? Mir ist so.«

Madame Bonnet sah auf ihre Füße.

»Helfen Sie mir. Könnte ich Sie schon mal auf einer Demo getroffen haben?«

Perez hatte den Eindruck, als schäme sich die alkoholkranke Frau. Ihre graue Gesichtsfarbe war einer leichten Röte gewichen. Marianne fuhr mit den Mutmaßungen darüber fort, wo man sich vielleicht begegnet sein könnte. Im Supermarkt, bei einem Elternabend – schließlich waren Stéphanie und Camille auf derselben Schule gewesen –, irgendwo im Ort. Ob sie vielleicht Verkäuferin gewesen sei, im Café gearbeitet hätte, Friseurin gar. Madame Bonnet ließ das Stakkato an Mutmaßungen an sich abperlen, bis es ihr auf einmal zu reichen schien.

»Hören Sie auf!«, brüllte sie mit hysterisch brechender Stimme. »Ich kann nicht!« Es war offensichtlich, dass ihr dieser Ausbruch alles abverlangte, was ihr an Kraftreserven geblieben war. »Sie sehen doch«, fuhr sie sehr leise fort. »Ich trinke und möchte in Ruhe weitertrinken. Allein.«

»Was hat man Ihnen angetan, Madame Bonnet?« Marianne ließ ihre Hand auf dem Arm der Frau ruhen.

»Camille hat das Kind abtreiben müssen.«

»Und ihr Vater hat sie dazu gezwungen?«

»In der Rue Mailly«, hauchte sie mit Tränen in den Augen, bevor sie endgültig in ihren Schmerz versank.

»Was tun wir bloß?«, fragte Perez. Sie waren die Treppen wieder hinabgestiegen, nachdem Marianne die Frau nach drinnen begleitet hatte, wo sie sie erst einmal auf die Couch gelegt und zugedeckt hatte. »In ihrem Zustand dürfen wir sie auf keinen Fall allein zurücklassen.«

»Wenn wir sie ihrem Schicksal überlassen, kannst du binnen kürzester Zeit ihre Todesnachricht im *L'Indépendant* lesen, so viel steht fest«, bestätigte Marianne. »Ich rufe meine Freundin Lou an. Die schickt jemanden vom sozialen Dienst raus. Die Behörden finden den Ehemann dann hoffentlich. Oder andere Familienangehörige, die sich vielleicht um sie kümmern können.«

Marianne rief ihre Freundin an. Es waren nicht viele Worte nötig, um sie vom Ernst der Lage zu überzeugen.

»Und?«, fragte Perez

»Sie schicken gleich einen Krankenwagen. Dann wird sie notversorgt. Danach rollt die Maschinerie an.«

Während sie warteten, setzten sie sich auf die unterste Stufe der Terrassentreppe. Perez rauchte eine Zigarette, Marianne schickte eine SMS an ihre Tochter.

»Der eigene Vater«, sagte Perez schließlich. »Monsieur Bonnet. Er hat seine Tochter Camille zu einer Abtreibung überredet, und jetzt hockt die junge Frau in der Psychiatrie!«

»Ja, in der Rue Mailly, so habe ich es auch verstanden«, bestätigte Marianne. »Ob er sie allerdings lediglich überredet oder sie doch vielleicht eher bedrängt hat, das wissen wir nicht.«

»Weil er nicht wollte, dass seine Tochter überhaupt heiratet? Oder vielleicht, weil der Vater seines Enkelkindes Muslim ist? Ihm seine spitze Nase nicht gepasst hat? Was treibt einen Vater zu einem solch eklatanten Verhalten? Hat er sich was Besseres für seine Tochter vorgestellt? Dabei war Kahil Madouni offenbar reich, eine gute Partie also. Daran kann es nicht gelegen haben. Dass es eine solche Scheiße heute noch gibt!«

»Wir geraten gerade ins Reich der Spekulation. Aber vielleicht ist es ja tatsächlich so gewesen. Die Gesellschaft rückt nach rechts. Je schlechter die wirtschaftliche Lage, desto weniger Bereitschaft, sich gesittet zu verhalten. Und zusätzlich gilt heute: Muslim gleich Terrorist. Muslim gleich Problem. Schwere Zeiten gebären gefährlich simple Lösungsansätze.«

In diesem Augenblick hörten sie das Martinshorn.

»Sie kommen«, sagte Perez. »Ich muss mich bei Haziem melden und hören, wie es bei ihm läuft ... Ich kann dir gar nicht sagen, was es mir bedeutet, dass er heute mitgekommen ist. Ich hätte auch ohne ihn mit dem Imam in Kontakt treten können, das ist es nicht. Aber ich sage ihm schon so lange, er soll sich endlich seinen Ängsten stellen, dass das seine einzige Chance ist, die Dämonen loszuwerden.«

»Steht dir gut, wenn du gerührt bist, mein Dickerchen.«

Sie übergaben Madame Bonnet in die Obhut der Ärzte und zogen sich zurück. Vom Wagen aus telefonierte Perez mit Haziem. Marianne hörte schweigend zu.

»Sieht gut aus«, sagte er, nachdem das Gespräch beendet war. »Die beiden warten noch auf den Imam. Am Telefon war er schon mal nicht strikt ablehnend, sagt Haziem. Ich fahre zu ihnen. Kommst du mit?«

»Weißt du, worüber ich nachdenke, Perez?«

»Sag's mir.«

»Halt mich nicht für verrückt. Jetzt habe ich ausnahmsweise mal so ein Gefühl ...«

»Ja, Miss Stringer?«

»Kannst du mich bitte am Krankenhaus absetzen? Ich würde gerne versuchen, mit Camille Bonnet zu sprechen. Wegen einer Abtreibung landen heute nicht mehr viele Frauen in der Psychiatrie. Da steckt mehr dahinter, das spüre ich. Und außerdem ... ich habe das eben nicht nur so dahergesagt, ich kenne Madame Bonnet. Sicher sah sie anders aus, als sie noch nicht dem Alkohol verfallen war. Vielleicht hatte sie eine andere Haarfarbe, was weiß ich ... Aber ich kenne sie. Ich werde mir immer sicherer. Und wenn ich sie kenne, dann kenne ich vielleicht auch ihre Tochter. Irgendwas klingelt da bei mir, und leider nichts Gutes. Bitte fahr los, Perez. Ins Centre Hospitalier nach Thuir.«

»Thuir?«, rief Perez.

»Camille wird in Thuir sein, die Rue Mailly ist nur ein kleiner Ableger der Klinik hier in der Stadt. So eine Art Erstversorgung für akute Fälle. In Thuir sind sowohl die Tagesklinik als auch die geschlossene Abteilung.«

»Na schön«, sagte er. Marianne gab ihm einen Kuss. »Ich sag Haziem Bescheid, dass wir noch einen Abstecher machen.«

KAPITEL 26

Vierundvierzig Minuten später stoppte Perez vor dem Centre Hospitalier Léon-Jean Grégory in der Avenue Roussillon, außerhalb von Thuir. Das psychiatrische Krankenhaus war an dieser Stelle erst vor wenigen Jahren neu erbaut worden. Ein Vorzeigeprojekt des Départements. Eine Spezialklinik mit über sechshundert Betten.

Sie kämpften sich zum Empfang durch. Alles war schlechtestens ausgeschildert. Der im Herzen immer noch sehr deutsch denkenden Marianne Finken entwichen ob dieser Schlamperei markige Flüche.

»Tut mir leid«, stellte die Dame am Empfang ohne echtes Bedauern in der Stimme fest, nachdem sie ihren Computer befragt hatte, »aber eine Mademoiselle Bonnet haben wir hier nicht.«

»Sie muss aber hier liegen«, sagte Marianne mit Nachdruck in der Stimme.

»In welchem Verhältnis stehen Sie zu ihr, sagten Sie?«
»Dazu habe ich noch gar nichts gesagt.«

Perez, der sich dezent im Hintergrund hielt, bewunderte Marianne für die stolze und gradlinige Art. Sie duldete bei wichtigen Sachen kein langes Geplänkel, wie es hier im Süden gern gepflegt wurde, und machte der Frau hinter dem Schalter deshalb gleich klar, dass man hier auf Augenhöhe und ernsthaft miteinander sprechen würde.

»Ich bin eine Freundin und Monsieur Perez ist mein Begleiter. Ich weiß, dass Camille Bonnet nach einer Abtreibung hier eingeliefert wurde. Sie ist vermutlich sehr allein und braucht dringend Hilfe. Wir kommen gerade von ihrer Mutter, die sich ebenfalls aufgrund der Ereignisse in einem sehr schlechten körperlichen wie seelischen Zustand befindet. Wir haben dafür gesorgt, dass sie medizinisch erstversorgt wird. Nun, einer muss sich um Camille kümmern, und deshalb sind wir hier.«

Die Frau begann erneut ihren Computer zu befragen.

»Abtreibung sagten Sie?«

»Abtreibung. Und vielleicht eine erzwungene …«

Wir haben drei Frauen hier, auf die das zutreffen könnte. Und tatsächlich heißt eine von ihnen mit Vornamen Camille. Aber nicht Bonnet.«

»Sondern?«

Die Frau sah Marianne prüfend an.

»Hören Sie, ich bin nicht befugt, Ihnen Auskunft zu geben. Aber ich versuche Docteur Malherbes zu erreichen. Wenn der mit Ihnen sprechen will … Er wäre jedenfalls befugt, Ihnen Details mitzuteilen.«

»Danke!«, sagte Marianne und ging hinüber zum Wartebereich.

Docteur Malherbes war klein, drahtig und nahezu haarlos, was das Schätzen seines Alters schwierig machte. Marianne pflegte in ähnlichen Fälle zu sagen *Ich glaube, er ist jünger, als er aussieht.* Er trug eine aus der Mode gekommene Nickelbrille, Modell John Lennon.

»Was kann ich für Sie tun?«, fragte er in geschäftsmäßigem Ton und streckte Marianne die Hand entgegen. »Claire sagte, Sie wollten zu Camille Oriol. Das tut mir leid. Wir haben ihr eben ein Beruhigungsmittel gespritzt. Ihr Zustand ist immer noch besorgniserregend, die Abtreibung ist erst knappe zwei Wochen her. Ich hätte Sie gerne zu ihr gelassen. Und es ist mir auch egal, dass Sie ganz offensichtlich nicht zur Familie gehören. Egal welcher Besuch, jede menschliche Nähe täte Mademoiselle Oriol gerade gut. Sie braucht Zuwendung und Zuneigung. Leider Gottes sind Sie die Ersten, die sich nach ihr erkundigen. Sehr ungewöhnlich, aber wahr. Tut mir leid. Wenn Sie warten wollen, würde es mich freuen. Sie entschuldigen mich?«

»Oriol?«, stotterte Marianne. »Sie meinen wie ...«

»Mateu Oriol, ja. Und bevor Sie fragen: Ich weiß es nicht. Keine Ahnung, ob sie miteinander verwandt sind oder nicht. Politik hat hier bei uns keinen Platz. Ich kann Ihnen allerdings noch sagen, dass Camille, als sie zu uns kam, sich als Camille Bonnet vorstellte. Erst in ihrem Ausweis stellten wir fest, dass das nicht ihr richtiger Name ist. Über all das werden wir sprechen, wenn es ihr besser geht. Jetzt muss ich aber dringend weiter. Entschuldigen Sie, und wie gesagt ... wenn Sie warten möchten ...«

Perez rauchte, während Marianne unruhig vor der Eingangstür auf und ab ging.

»Die Tochter von Mateu Oriol, Perez. Ich hab es ja gewusst, dass ich die Frau kenne. Es ist seine Frau, Chloe Oriol. Die beiden sind geschieden, so muss es sein. Und sie hat wieder ihren Mädchennamen angenommen,

Bonnet. Den kannte ich nicht, und deshalb hat es auch nicht gleich geklickt.«

Er nickte. Na schön, das Mädchen war die Tochter des FN-Vorsitzenden der Ortsgruppe Port-Vendres. Mateu Oriol war früher ein strammer Kommunist und Gewerkschafter gewesen, bevor er irgendwann und irgendwie auf die schiefe Bahn geraten war. Entlassung und anschließender Rechtsruck, ein Weg, den viele ehemalige Linke eingeschlagen hatten. Bedauerlicherweise setzte sich die Linke bis heute nicht mit den Gründen auseinander, die zu diesen Abwanderungen führten. Für Perez hatte das alles mit autoritären Mustern zu tun. Sicher hätte der Politiker des Front National kein Interesse daran, wenn ruchbar würde, dass seine Tochter in der Psychiatrie saß. Spekulationen könnten ins Kraut schießen und zu Nachforschungen seitens der Opposition und der Medien führen.

»Kein Besuch, Perez. Das arme Ding hat überhaupt keinen Besuch erhalten. Das kann doch alles nicht wahr sein. Mateu, dieses miese Arschloch. So tief kann man doch nicht sinken. Weißt du was, Perez? Am allermeisten ärgere ich mich über mich selbst. Ich habe mit diesem Typen gemeinsam Politik gemacht, als er noch bei den Linken war. Weißt du, auf wie vielen Demos wir damals Schulter an Schulter marschiert sind? Wie oft wir im *Fanal* oder einem anderen Café zusammengehockt und Pläne geschmiedet haben. Streiks organisiert, Essen gemacht für die Genossen, Kinderaufsicht und Schulaufgabenbetreuung organisiert? Was ist das nur für ein Mensch, frage ich mich.«

In diesem Augenblick hörten Sie, wie jemand Mariannes Namen rief. Sie drehten sich nach der Stimme um.

Im Drehflügel der Glastür winkte ein junger Mann mit wildem Haarwuchs und Bart. Er zeigte eine Reihe blendend weißer Zähne.

»Was machst du denn hier?«, rief der Mann in Richtung Marianne.

»Régis? Arbeitest du hier?«

»Ja, als Pfleger. Ich brauche Kohle und habe nichts am Strand gefunden, was mir gefallen hätte. Ich mach's ne Weile. Mal sehen.«

Inzwischen stand der Mann direkt vor Marianne. Perez platzierte sich neben seine Freundin.

»Darf ich vorstellen, Régis Blot«, sagte Marianne zu Perez. »Régis. Das hier ist mein Perez.«

Der als Régis Blot Vorgestellte hob die Brauen. »Perez?«

»Nur Perez, ja«, sagte Marianne. »Frag nicht, ist ein Tick.«

Er lachte laut, vielleicht zu laut. »Damit ist er hier goldrichtig.« Er hob die Hand zum Indianergruß. Die vielen geflochtenen Bändchen und bunten Ketten an seinem Handgelenk unterstrichen den Eindruck. »Hab schon viel von dir gehört. Aber jetzt mal du, Mary ...«

Mary, dachte Perez. Immerhin verschwieg sie ihn ihren Genossen gegenüber nicht. Und sie hatte *mein Perez* gesagt. Er entspannte sich.

»Was macht ihr hier?«, fragte Régis.

»Wir wollten Camille Oriol besuchen.«

»Oh, là, là!« Blots Gesichtszüge wurden ernst. »Die Kleine vom Arschloch. Was hast du mit denen zu tun?«

»Ist 'ne lange Geschichte. Wir sind etwas in Eile, mein Lieber. Ich erzähl's dir ein andermal, okay? Bist du mit den Umständen vertraut?«

»Sie liegt auf meiner Station. Medizinisch kann ich nichts dazu sagen. Aber wenn ich Zeit habe, versuche ich, ihr ein bisschen Gesellschaft zu leisten. Sie tut mir leid.«

»Sie kann ja nichts dafür, dass ihr Alter der ist, der er ist.«

»Das stimmt. Aber umgekehrt sehr wohl.«

»Du meinst, Oriol ...«

»Hör zu, Mary!«, sagte er und zog sie vom Eingang weg in Richtung einer Bank, die unter einem Bougainvilleastrauch stand. Sie setzten sich, Perez folgte mit Abstand. »Es ist mir verboten, über unsere Patienten zu reden«, fuhr er leise fort. »Versprich mir, dass du es für dich behältst.« Sie nickte. »Das Arschloch hat Camille zu der Abtreibung gezwungen. Der Vater soll ein Ausländer sein. Stell dir vor, das kommt raus: Die Tochter des Volksverhetzers erwartet ein Kind von einem Illegalen.«

»Kahil Madouni. Er hat Antrag auf französische Staatsbürgerschaft gestellt, und er war sehr reich. Kein Illegaler.«

Régis strich sich durch den Bart. »Du kennst den Vater? ... Madouni, sagst du? Hießen so nicht auch die Toten bei euch dahinten? Die beiden Marokkaner? Ist einer von denen der Geliebte von Camille gewesen?« Marianne nickte. »Scheiße ... Die Geschichte wird ja echt unheimlich. Soviel ich von Camille gehört habe, war das Arschloch natürlich auch gegen eine Hochzeit. Ist ja klar. Damit wäre seine Karriere zerstört gewesen.«

»Quatsch. Wenn er ein bisschen schlauer wäre, hätte er das sogar für sich ausnutzen können. Fremdenhass? Wieso? Mein Schwiegersohn ist Marokkaner und ein wunderbarer Mensch. Bla, bla, bla.«

»So gesehen hast du recht. Aber so schlau wie du ist der FN nicht.« Er schaute sie liebevoll an. »Er hat die Abtreibung übrigens von einem Arzt seines Vertrauens durchführen lassen. Jedenfalls erzählt man es sich so. In einem Hinterzimmer und mit der Garantie ewigen Schweigens. Keine Gespräche vorher, keine Konsultationen von sozialen oder christlichen Diensten, nichts. Wahrscheinlich auch ein Scherge des FN. Kannst du dir das vorstellen?«

»Wie kam sie hierher?«, fragte Marianne leise.

»Ihre Mutter. Camille hatte sich die Pulsadern aufgeschnitten. Gott sei Dank nicht besonders sorgfältig, sodass sie zwar viel Blut, nicht aber ihr Leben verloren hat. Die völlig besoffene Mutter lehnte nahezu teilnahmslos an der Wand direkt neben ihr, als die Polizei und der Notarzt eintrafen. Kann man sich das vorstellen? ... Ich finde, das ist versuchter Mord. Von Oriol an seiner Tochter. Aber meine Vorgesetzten hier kümmern sich einen Scheiß darum. Das ist Sache der Polizei, sagen sie, die wird schon alles Nötige in die Wege leiten. Das Mädchen ist seit acht Tagen hier. Und? Habt ihr etwa davon gehört oder gelesen? Natürlich nicht. Wird alles unter den Teppich gekehrt. Aber damit kann man Oriol doch nicht davonkommen lassen!«

Für den Augenblick einer Zigarette, die Perez angeboten hatte, hingen sie ihren Gedanken nach. »Nein, das werden wir auch nicht«, sagte Marianne dann. »Perez, hast du etwas dagegen, wenn ich hier warte, bis ich mit ihr sprechen kann? Ich würde ihr gerne meine Hilfe anbieten. Und ruf Stéphanie an. Sag ihr, ich melde mich so bald wie möglich.«

Perez verstand Marianne, und er verstand schon jetzt Stéphanie, die sich über ihre Mutter bei ihm ausheulen würde, weil sie andere immer der eigenen Tochter vorzog. Jede Münze hatte zwei Seiten. Die Welt war kompliziert.

Perez verabschiedete sich und ging zum Parkplatz.

»Ist dein Perez ... so was wie ein Detektiv?«, hörte er Régis in seinem Rücken fragen. »Er verhält sich auffällig. Für die Bullen arbeitet er doch nicht, oder?«

»Ihn beschäftigen Kriminalfälle sehr. Er scheint sich immer angesprochen zu fühlen. Ist wohl noch ein weiterer Tick von ihm«, antwortete Marianne.

Ein blauer Wagen stand drei Plätze weiter geparkt. Perez sah sich nach allen Seiten hin um. Erst dann wurde ihm klar, dass es sich nicht um einen Qashqai handelte. Er stieg schnell in seinen Kangoo und raste davon.

KAPITEL 27

Fahren jetzt los, las Perez auf seinem Handy. *Bas-Vernet, das allein stehende Wohnsilo. Treffen in 15 Min. dort? Haziem*

Er hielt kurz an und bestätigte. Bas-Vernet war nicht weit vom Flughafen entfernt, und den hatte er gerade hinter sich gelassen. Ein nervöses Grummeln breitete sich in seiner Magengegend aus.

Sie waren in den letzten Stunden damit konfrontiert worden, was geschehen konnte, wenn ein Vater sich zwischen seine Tochter und deren Glück stellte. Und nun befand er sich auf dem Weg zu Menschen, die alles verlassen hatten, was sie liebten, um in einem Land zu stranden, wo man sie nicht haben wollte.

Er konnte nicht sagen, was von alldem ihm näherging.

Wie seelisch zerstört musste eine Mutter sein, die miterlebt hatte, dass ihr Kind sich das Leben nehmen wollte, während sie selbst zu besoffen war, um zu helfen?

Welcher Schmerz steckte in der Liebe von Camille zu Kahil?

Was hatte der Vater in der Hand gehabt, um die Tochter zur Abtreibung zu zwingen? Und warum hatte Kahil nicht eingreifen können? Seine Verlobte nicht retten können?

Kannten sich *der Mann,* wie die Bonnet ihn genannt hatte, *der berühmte Vater,* wie der Imam gesagt hatte, und Kahil überhaupt persönlich?

Ihm kam sein eigenes Verhalten Marie-Hélène gegenüber in den Sinn. Er schämte sich in diesem Moment in Grund und Boden. Das zumindest würde er korrigieren können.

Kahil, Camille, Oriol, *Creus,* Aatif, die Illegalen auf dem Schnellboot namens *Creus,* der *Marokkaner,* die Schlüsselanhänger der Familie Madouni, Antonio – wie hing das alles zusammen? Was hing womit zusammen? Die Lösung war nah, aber er konnte sie nicht greifen. Einfach weitermachen, befand er, einfach weitermachen.

Das Gebäude stand am Ancien Chemin de Rivesaltes, einer Straße, die direkt neben der sechsspurigen Autobahn entlanglief. Der abbruchreife Betonklotz wirkte wie ein Mahnmal für die desaströse französische Wohnungsbaupolitik.

Perez parkte sein Fahrzeug am Straßenrand, und sogleich beschlich ihn ein ungutes Gefühl, es an diesem Ort im städtischen Nirgendwo unbeaufsichtigt stehen zu lassen. Gegenüber, auf den Überresten von etwas, das vielleicht einmal eine Mauer gewesen war, hockten drei Schwarze vor einem mannshohen Loch im Zaun. Einer im Kaftan, die beiden anderen in glänzend grünen Jogginganzügen. Ein Joint kreiste. Sie grinsten zu Perez rüber.

Haziem und der Imam erwarteten ihn vor dem vergitterten Eingangstor des Flüchtlingslagers. Was dieses in Anbetracht des löchrigen Zauns für einen Sinn ergab, wussten wohl nur die Beamten der Ausländerbehörde, oder wer auch immer hier zuständig sein mochte.

Perez umarmte seinen Freund und hauchte ihm ein »Danke« ins Ohr.

»Imam, ich freue mich sehr, Sie wiederzusehen. Vielen Dank, dass Sie uns helfen.«

»Danken Sie nicht mir, danken Sie Ihrem Freund hier. Ich bin immer noch nicht überzeugt, dass das, was wir im Begriff stehen zu tun, eine gute Idee ist. Aber Haziem hat sich sehr für Sie eingesetzt. Und vergessen wir Rashid nicht«, lachte der Imam. »Er kann eine wirkliche Nervensäge sein, wenn er etwas von einem will.«

»Apropos ...«, sagte Perez.

»Rashid hat heute Nachmittag keine Zeit«, sagte Haziem.

»Aber du ... wissen Sie, Imam, Haziem ist selbst ...«

»Der Imam weiß das alles schon. Wir hatten ja ein paar Stunden Zeit. Er weiß, dass ich nicht gläubig bin und dass ich selbst mal in so einem Loch gesteckt habe.«

»Dann gehst du also tatsächlich mit rein«, sagte Perez. Haziem nickte.

Perez fasste Haziem an der Hand. Haziem drückte zum Zeichen seines Einverständnisses fest zu.

So schritten sie hinter dem Imam mit seinem wallenden Kaftan und der schneeweißen Takke auf dem Kopf durch den schmalen, bewachten Durchgang. Dahinter lag ein staubiger Innenhof. Haufen von Müll, zerfetzte Sneaker, kotverschmierte Windeln und zerschnittene Wasserflaschen verstärkten den Eindruck, an einem vergessenen Ort zu sein. Ein einziger Baum bot etwas Schatten. Wer darunter keine Zuflucht gefunden hatte, drückte sich gegen die Hauswand, die jedoch nur wenig Schatten spendete.

Die Menschen, denen sie auf ihrem Weg ins Innere der Einrichtung begegneten, erwiesen dem Imam ihre Hochachtung. Perez wurde nicht beachtet. Das Beste, was einem Fremden an einem solchen Ort passieren konnte: Unsichtbarkeit.

Der Imam blieb immer wieder stehen und wechselte ein Paar Sätze mit den Männern. Haziem übersetzte, so gut es ging.

»Arabisch ist nicht gleich Arabisch«, sagte er zu Perez. »Dich versteht ja in Paris auch keiner.«

Paris, dachte Perez, was für ein unsinniger Vergleich. Wer wollte schon in Paris verstanden werden.

»Der Mann sagt, die Menschen aus Rivesaltes seien alle auf der sechsten Etage untergebracht.«

»Und die vom Boot heute Morgen?«

»Noch nicht eingetroffen.«

»Na dann eben in die sechste Etage«, sagte Perez ungeduldig. »Worauf warten wir noch?«

Hier, mitten auf dem roten Staub, herrschten Temperaturen von weit über vierzig Grad. Fand eine Böe ihren Weg von der See herüber, wirbelte sie bloß eine Staubfontäne auf, die sich mit dem Schweiß auf der Haut zu einem schmierigen Belag vermischte. Rieb man danach die Hände aneinander, hörte man ein schmirgelndes Geräusch.

»Der Imam bestimmt das Tempo. Bleib ruhig. Du kommst noch früh genug in den Genuss der sechs Stockwerke«, sagte Haziem.

»Willst du damit etwa sagen ...?«

»Genau das. Die Firma Otis hat ihre Wartungsarbeiten an diesem Gebäude eingestellt. Es gilt als einsturzgefährdet. Kein Fahrstuhl, nur Treppen. Ist gut für deinen Kreislauf.«

Endlich betraten sie das Haus. Die Luft im Inneren des Gebäudes war stickig. Gleichzeitig roch es modrig, und da war noch etwas, das sich schon im Aufgang zur ersten Etage als der beißende Gestank von Exkrementen entpuppte. Perez sah streng geradeaus und kletterte schnell über die Ausscheidungen hinweg.

Der Imam schritt indes stoisch treppauf. Dabei begrüßte er weitere Schäfchen seiner Herde.

»Die wären besser in Rivesaltes geblieben«, sagte Perez nach Luft hechelnd. »Schlimmer kann es da auch nicht gewesen sein.«

»Die Putzfrauen streiken«, antwortete Haziem.

Auf der sechsten Etage angekommen, brauchte Perez eine Pause. Sein Hemd klebte ihm ebenso am Körper wie seine Shorts. Er nestelte ein Taschentuch aus der Hose und versuchte sich wenigstens das Gesicht zu trocknen. Derweil hatte der Imam ein Erfrischungstuch ausgepackt und reinigte sich die Hände.

Was sie zwei Minuten später betraten, konnte man nur mit bösestem Zynismus als Wohnraum für Menschen bezeichnen.

Wie die drei Männer kurz darauf vom Sprecher derer, die hier lebten, erfuhren, übernachteten in diesem menschenunwürdigen, stickigen Raum ohne sanitäre Einrichtungen mit Doppelbetten aus Stahlrohr und beschmierten Wänden siebzehn Männer. Elf von ihnen stammten aus Ländern südlich der Sahara. Aus Nigeria, dem Kongo, Kamerun, Mali, der Elfenbeinküste und Guinea. Zwei kamen aus Syrien. Syrische Staatsbürger durften ohne Visum nach Algerien einreisen. Sie kamen per Direktflug und gelangten von Algerien über die Grenze nach Marokko, wo viele von ihnen Verwandte hatten.

Zwei weitere stammten aus Marokko, von dessen Küste unterhalb des Rifgebirges ihr Boot seinerzeit gestartet war. Der Sprecher war einer der beiden Algerier.

Nur er, ein untersetzter Mann mit mächtigem Schnurrbart und spärlich grauem Haar, sprach mit dem Imam. Einfacher wäre gewesen, sie hätten sich auf Französisch unterhalten. So hätte Perez seine Fragen direkt stellen können, doch er war nicht derjenige, der hier das Sagen hatte.

Haziem flüsterte Perez die Übersetzung der Fragen und Antworten ins Ohr. Sehr zu Perez' Überraschung schien der Imam ihre Anwesenheit nicht erklären zu müssen. Scheinbar genügte es den Männern, zu wissen, dass die beiden ungleichen Gestalten die Begleitung eines heiligen Mannes waren.

Zu Beginn kreisten die Fragen eher ums Private. Der Imam sprach mit den Männern über ihre Heimatdörfer, über die Familien, die sie dort zurückgelassen hatten, und die Anzahl ihrer Kinder. Dann kam Allah ins Spiel, den die Männer um Kraft anflehten, diese schwere Zeit zu überstehen. Die Zeit, bis sie wieder zu ihren Lieben zurückkehren konnten. Einige waren Christen. Sie schlugen das Kreuzzeichen und ersetzten wohl in Gedanken Allah durch Gott.

Perez konnte nicht anders, als großen Respekt für den Geistlichen zu empfinden. Nicht nur zeugte die Art und

Weise, wie er sich hier bewegte und mit den Männern kommunizierte, von großer Menschenliebe, auch beeindruckte Perez, wie ruhig und gefasst der Imam mit allem umging.

»Jetzt«, flüsterte Haziem. »Sie sprechen über die Überfahrt.«

»Sind sie auch mit der *Creus* gekommen? Kannst du ihn nicht bitten, das Gespräch auf Französisch weiterzuführen? Dann können doch auch die anderen mal was sagen.«

»Sei still, Perez. Halt dich an die Regeln. Der Imam fragt gerade danach.«

»Man hat uns von Ketama aus mit zwei Geländewagen runter ans Meer gefahren«, übersetzte Haziem die Geschichte des Mannes. »Oberhalb der Klippen mussten wir aussteigen und zu Fuß in eine Bucht hinunterklettern. Philipp ...«, der Algerier zeigte auf einen Mann, der den Arm in einer schmutzigen Schlinge trug, »ist dabei gestürzt und hat sich den Arm gebrochen. Er hat es sich aber nicht anmerken lassen, sonst hätten ihn die Leute nicht mitgenommen.«

»Aber ihr hattet doch für die Passage bezahlt«, unterbrach ihn der Imam.

»Jemand hat für uns bezahlt.«

»Was habe ich gesagt?«, flüsterte Perez aufgeregt. »Jemand hat ein Interesse daran, dass die Burschen hierherkommen. Ich hatte recht, verdammt noch mal. Der Imam soll ihn nach dem Namen des Schiffs und nach den Hintermännern fragen. Na los, mach schon«, konnte er noch anfügen, bevor ihn Haziems gestrenger Blick zum Schweigen brachte.

»Das ist ungewöhnlich«, sagte der Imam mit sanfter Stimme.

»Das Boot hat uns aufgenommen ...«

»Er antwortet nicht auf die Frage, Haziem. Merkst du das nicht?«

Der Imam blickte kurz über die Schulter. Er hatte Perez' Bemerkung sehr wohl gehört, schien aber nicht gewillt, weitere Einmischung zu dulden. Für Perez war es eine, wenn auch unfreiwillige, Lektion in Demut.

»Ein gutes Boot?«, fragte der Imam.

»Ja, ein gutes Boot.« Der Mann lächelte.

»Was geht dir durch den Kopf?«, fragte der Imam.

»Joseph dachte, sie hätten den Namen des Bootes falsch geschrieben.«

Bei der Erinnerung daran lachten auch einige der anderen in dem heißen, nach Schweiß stinkenden Raum. Somit wusste Perez auch, wer von ihnen Arabisch verstand und wer nicht.

Auch der Imam lächelte und drückte durch ein Kopfwackeln gleichzeitig aus, dass er nicht verstand, worin der Witz lag.

»Joseph dachte, es müsse *Deus* heißen und nicht *Creus*, wie auf dem Boot stand. Er meinte, das sei ein schlechtes Omen. Joseph ist Christ.«

Der Ellbogencheck traf Haziem in der Hüftgegend. Perez' Gesichtsfarbe glich der untergehenden Sonne. Sein Freund reagierte nicht.

»Wie weit seid ihr gefahren?«, fragte der Imam.

»Bis zu einem Felsen, der sich Cap d'Abeille nennt. Kurz hinter der spanischen Grenze.«

»Allah! Das sind sicher über tausend Kilometer. Wie lange wart ihr unterwegs?«

»Ungefähr achtundzwanzig Stunden. Wir sind kurz

vor Mitternacht aufgebrochen und einen Tag später kurz vor Sonnenaufgang gelandet. Das Boot war sehr schnell. Aber die Überfahrt war trotzdem für viele von uns schlimm. Wir wurden alle seekrank, einer nach dem anderen hat sich übergeben. Es gab keine Toiletten und nur das wenige Essen und Trinken, das wir bei uns führten. Das hatte uns vorher niemand gesagt. Aber wir wissen, dass wir trotz der Strapazen großes Glück hatten. Ein gutes Boot.«

»Eine schreckliche Erfahrung«, sagte der Imam mitfühlend. »Wie seid ihr dann in die Höhle nach Rivesaltes gekommen?«

»Nach der Landung trieben sie uns zur Eile an. Weil wir vom Strand weg sein mussten, bevor es hell wurde. Sie scheuchten uns die Klippen hoch wie Ziegen. Oben erwartete uns ein Lkw, dicht beladen mit Konservenpaletten. Zwischen Fahrerkabine und der ersten Reihe Paletten hatten sie einen Platz gelassen, der gerade so groß war, dass wir dicht gedrängt dort stehen konnten. Die Fahrt war kurz.«

»Man hat euch auf dem Lkw hinter den Waren versteckt?«

»Ja.«

»Wer hat euch in Empfang genommen?«

»Zwei Brüder unseres Bootsführers. Sie haben uns unsere Situation als Illegale erklärt und uns dann an eine Gruppe Franzosen übergeben.«

»Weiße?«, rutschte es Perez heraus, nachdem Haziem übersetzt hatte. Er war blass vor Anstrengung.

Die Frage brachte Perez einen scharfen Blick und ein dürres Lächeln des Imam ein.

»Das ist eine rassistische Frage«, flüsterte er an Perez gewandt. »Selbst wenn wir das überhören würden, kratzen Sie mit dem Sinn Ihrer Frage nur an der Oberfläche eines riesigen Problems. Glauben Sie nicht, dass Sie irgendetwas verstehen. Und nun schweigen Sie und hören weiter zu.«

Doch Perez hielt es nicht länger in der Defensive.

»Ich bitte Sie inständig«, sagte er. »Würden Sie den Herrn nach den beiden Brüdern fragen?«

Der Imam achtete nicht länger auf den Störenfried. Er blieb bei den Umständen der Flucht und den Bedingungen in der Höhle. Dann kam er völlig unerwartet zurück auf die Frage der Kosten für die Überfahrt.

»Wir brauchten nicht zu bezahlen. Wir wurden angeworben. Man sagte uns, dass man uns hier in Frankreich braucht. Für die Arbeiten, die die Franzosen nicht mehr machen wollen. Einige von uns haben sogar gehört, dass wir hier Begrüßungsgeld bekommen würden. Und man sagte, die Kosten für die Überfahrt würde man uns als Darlehen geben, das wir dann hier in Frankreich abzuarbeiten hätten. Das wäre kein Problem und ginge auch ziemlich schnell.«

»Ihr habt den Leuten geglaubt?«

»Hatten wir eine Wahl?«

»Wie sah euer Alltag aus, nachdem ihr in der Höhle angekommen seid?« Die Gesichtszüge des Mannes versteinerten. »Sie hatten euch nicht die Wahrheit gesagt, nicht wahr?«, sagte der Imam sanft.

»Jeden Morgen um sechs kam ein Lieferwagen und hat uns nach Perpignan gebracht. Einen von uns haben sie auf einer Baustelle abgeladen, einige in den Weinbergen der Umgebung. Wieder andere in einem Steinbruch in der Nähe des Flughafens. Das waren noch die besten Arbeiten. Joseph und Philipp wurden zu einer Art Labor gefahren. Sie mussten als Versuchspersonen neue Medikamente ausprobieren. Sehr gefährlich. Ich hatte Glück. Ich habe eine Obdachlosenzeitung verkauft und war Spüler in einem großen Hotel.«

»Und die Bezahlung?«

»Wir erhielten zehn Euro pro Tag. Dafür mussten wir vierzehn Stunden arbeiten. Aber das war natürlich Theorie. Die Franzosen machten uns schon am ersten Tag die Rechnung auf. Wir hatten ihnen sechstausend Euro für die Überfahrt zurückzuzahlen. Ein Sonderpreis, wie sie immer wieder betonten. Bedenkt man das sichere Boot, stimmt das wahrscheinlich sogar. Zehn Euro ist für uns viel Geld. Zu Hause verdienen wir weniger als zwei Euro pro Tag. Nun, von den zehn Euro haben sie uns zwei Euro für Essen und Unterkunft und die Fahrten zur Arbeit abgezogen. Rechnen Sie selbst, Imam, bei acht Euro müssen wir siebenhundertfünfzig Tage für die Männer arbeiten, um schuldenfrei zu sein. Wenn wir nicht krank werden, wenn wir nicht telefonieren wollen, einen Ruhetag brauchen oder einen Tee trinken möchten.«

»Kein Entrinnen«, sagte der Imam.

»Oh doch«, antwortete der Sprecher. »Wir hätten eine Menge Geld auf einmal abbezahlen können, wenn wir bereit gewesen wären«, er stockte, dann gab er sich einen Ruck, »uns verstümmeln zu lassen. Als Krüppel kann man betteln gehen. Das bringt dreißig am Tag. Dreißig von den dreihundert, die man als Bettler am Tag machen kann. Die Leute zahlen gerne für Opfer aus Kriegsgebieten ...«

»Und das haben manche unserer Brüder tatsächlich getan?«, fragte der Imam. Das schien selbst ihm noch nicht untergekommen zu sein.

Der Mann nickte. »Zwei sind bei der Operation gestorben. Angeblich hat man ihre Leichname zurück in die Heimat gebracht. Wir wissen nicht, ob es stimmt.«

Perez konnte kaum ertragen, was er da hörte. In der sogenannten Freiheit angekommen, machte man die Männer zu Leibeigenen. Sie wurden zu Rechtlosen. Unter Druck gesetzt von Drecksäcken, die ihre Dienste verkauften und an ihnen sehr viel Geld verdienten.

Perez trat zwei Schritte vor, Haziems Griff nach seinem Arm kam zu spät.

»Fragen Sie ihn nach den Franzosen, Imam. Fragen Sie, ob die Männer sie kennen und identifizieren können. Bitte.«

Dieses Mal gab der Imam Perez' Frage ohne Zurechtweisung direkt weiter.

»Die vier kamen in unregelmäßigen Abständen in die Höhle. Nie ein persönliches Wort. War einer von uns verletzt, kümmerte sie das nicht weiter. Aber es gab noch eine fünfte Person. Der war der große Chef. Er kam am zweiten Tag nach unserer Ankunft und hielt eine Rede. Wie ein Politiker. Er bläute uns ein, niemandem von unserer Überfahrt zu erzählen. Überhaupt hätten wir jeden Kontakt zu Einheimischen zu meiden, in unserem ureigensten Interesse, schließlich seien wir Illegale. Wer sich an die Regel halte, habe nichts zu befürchten. Wer dagegen verstößt, dessen Familie müsse in der Heimat den Preis dafür bezahlen.«

»Habt keine Angst«, ging der Imam dazwischen, bevor

Perez weiterfragen konnte. »Von uns wird niemand etwas erfahren.« Die Männer nickten, sie glaubten ihm.

»Können Sie den Mann beschreiben?«, fragte Perez und sah den Imam entschuldigend an. Erst als der dem Sprecher zunickte, antwortete der Mann direkt an Perez gewandt.

»Nein, Monsieur. Es ist ein sehr unscheinbarer Mann. Nicht sehr groß. Ein normaler Franzose. Für uns jedenfalls. Das einzig Auffällige an ihm war eine kleine Narbe.« Er fuhr sich mit dem Daumennagel seines kleinen Fingers über das Kinn.

»Haben die anderen Franzosen den Chef vielleicht mit Namen angesprochen, während sie dabei waren?«

Er schüttelte den Kopf.

»Darf ich Ihnen zwei Fotos zeigen?«

Der Mann sah zuerst zum Imam, bevor er zustimmte. Perez kramte die Seite des *L'Indépendant* aus der Tasche, faltete das Papier auseinander und zeigte den Männern die dort abgedruckten Passfotos von Kahil und Aatif Madouni. Mehrere der im Raum verteilt stehenden Flüchtlinge näherten sich und betrachteten die Bilder.

»Das sind die Brüder von Jamal, die uns empfangen haben. Am ersten Tag, Monsieur.«

Perez griff sich mit beiden Händen an den Kopf. Die Männer sahen sich gegenseitig an. Auch Haziem und der Imam zuckten unwissend die Achseln.

Das darf doch nicht wahr sein, dachte Perez. Kahil war also Helfer geblieben, bloß half er nicht mehr bei der Traubenlese. Und er hatte noch dazu die Chuzpe gehabt, das Boot, das dafür genutzt wurde, nach einer Geschäftsidee zu benennen, bei deren Geburt er zugegen gewesen war. Wahrscheinlich hatte er den Erfolg des *Creus* über die Jahre verfolgt. Oft genug in der Gegend schien er ja gewesen zu sein.

»Tut mir leid«, sagte Perez, ihm war schwindelig. »Ich muss ein paar Schritte tun.«

Draußen schleuderte er einen nicht stubenreinen Fluch durch den Flur. Vom PVC-Boden waren nur noch Reste übrig. Stattdessen sah man Kleberrückstände auf rissigem Estrich.

Ein paarmal lief Perez auf und ab. Erst dabei kam ihm die Erkenntnis, dass er soeben etwas noch viel Wichtigeres erfahren hatte. Es gab nicht nur zwei Madounis, sondern drei. Jamal Madouni. Gesetzt den Fall, nur die Brüder durften das Boot steuern – was bloß eine Theorie war –, und wenn stimmte, was Marianne erzählt hatte, dann musste dieser Jamal gestern Nacht als Kapitän unter den aufgebrachten Flüchtlingen gewesen sein und sich nun irgendwo hier in Perpignan befinden.

Perez kämpfte gegen den Schwindel an. Benommen ging er zurück in das Zimmer, wo der Imam immer noch mit dem untersetzten Mann sprach. Ein Teil von ihnen, so der Sprecher der Gruppe gerade, wolle einen Asylantrag stellen. Der Imam, sonst um Trost und Zuversicht bemüht, machte den Männern wenig Hoffnung. Die Zahl der Asylbewerber sei in den letzten drei Jahren um über dreißig Prozent gestiegen, erklärte er, das könne selbst ein so großes und reiches Land wie Frankreich nicht mal so eben stemmen. Die Politiker müssten den Menschen ihre Politik erklären, sonst würden die »Ausländer raus«-Parolen noch weiter zunehmen. Auch und besonders in Fragen der Asylpolitik wolle man nicht einen noch größeren Rechtsruck erleiden und damit die Kräfte stärken, die gegen Ausländer mobilmachten. Dass für deren Unterbringung immer häufiger Sozialwohnungen herangezogen wurden, die andernorts fehlten, hätte bereits zu erheblichen Unruhen geführt. Und auch, dass die Anträge auf Asyl im Schnitt zwanzig Monate dauerten, verschwieg der Imam den Flüchtlingen nicht.

So offen wie der Imam zeigte sich dann aber auch Abdel. Der Imam hatte ihn gerade zum ersten Mal beim Namen genannt oder Perez hatte es vorher überhört, weil er nur Ohren für Haziems Übersetzungen gehabt hatte.

Abdel verriet dem Imam, dass viele seiner Zimmergenossen die Absicht hätten, bei nächster Gelegenheit abzuhauen. Trotz der schlimmen Erfahrungen, die sie gemacht hätten, dächten sie nicht daran, in ihre Heimatländer zurückzukehren. Und immerhin seien sie durch den Polizeieinsatz ja auch dem Zugriff ihrer Peiniger entkommen. Wenn sie nun noch den Behörden entkommen könnten, so meinten sie, seien sie frei. Sie wollten sich in den Norden durchschlagen, über die Grenzen nach Deutschland, Belgien oder sogar Großbritannien. Dort würden sie Arbeit suchen und das Geld, das sie verdienten, nach Hause schicken können.

Diese winzige Chance wollte der Imam ihnen offenbar nicht kaputtreden, obwohl man deutlich erkennen konnte, dass er ihren Plänen keine allzu große Aussicht auf Erfolg einräumte. Auch er kannte die Bilder aus den Lagern bei Calais, vor dem Eingang zum Eurotunnel. Der Traum, den sie sich mit ihrer Flucht über das Meer zu erfüllen gehofft hatten, war sehr schwer zu einem glücklichen Ende zu bringen.

Aber untertauchen, aus dem Heim ausbrechen, das war einfach. Pro Jahr verschwanden auf diese Weise um die vierzigtausend illegal Eingewanderte vom Radar der Behörden, hatte Marianne erzählt. Schließlich war diese Bruchbude kein überwachtes Gefängnis.

KAPITEL 28

Als sein Telefon klingelte, entschuldigte sich Perez bei den Umstehenden. Schnell lief er raus. Auf dem Gang standen nun Gruppen von Kindern. Die Jungen und Mädchen sahen ihn aus großen Augen neugierig an. Es brach ihm fast das Herz.

»Marianne«, flüsterte er in sein Handy. »Wenn du die Augen der Kinder sehen könntest, die hier vor mir stehen ... Man kann sich nur schämen!«

»Ich habe mit ihr gesprochen, Perez«, sagte sie, ohne darauf einzugehen. »Der Arzt war so freundlich, mich gleich zu ihr zu bringen, als die Wirkung des Beruhigungsmittels nachgelassen hat.«

»Was hat sie gesagt?«

»Die Augen hat sie sich ausgeweint. Sie ist in einem erbarmungswürdigen Zustand. Und weißt du was, ich habe immer Marie vor mir gesehen ...«

»Bitte, Marianne. Ich mache mir selbst schon genug Vorwürfe.«

»Nein, das ist es nicht. Es ist nur, weil sie im selben Alter sind. Stell dir vor, du wärst so ein Typ wie Oriol ...«

»Ich weiß, dass ich versagt habe, Marianne, und ich werde es korrigieren. Bloß nicht in diesem Augenblick.«

»Ich wollte nicht ...«

»Lass gut sein! Was hat sie über ihren Vater gesagt?«

»Wenn du mich nicht ausreden lässt ... Ich wollte gar nicht über Marie sprechen, jedenfalls nicht so, wie du es mir unterstellst. Ich dachte bloß, sie hat doch auch laufend versucht, mit dir zu reden, und Jean-Martin ebenso.«

»Et alors?«

»Kahil hat wohl auch ständig versucht, mit Mateu ein Gespräch zu führen. Aber der hat sich Kahil bis zum heutigen Tag verweigert.«

»Er ist halt ein Arschloch, wie dein junger Freund Régis treffend bemerkte.«

»Hörst du mir eigentlich zu? ... *Bis heute,* sagte ich.«

»Du willst sagen ... Ach du heilige Scheiße!«

Perez drückte die freie Hand auf seinen Mund. Die Kinder sahen das und kicherten. Wahrscheinlich gab er ein lustiges Bild ab.

»Sie weiß nichts von seinem Tod«, fuhr Marianne fort. »Und sie versteht nicht, warum er sie nicht besucht. Sie ist so voller Schuldgefühle. Weil sie sich umbringen wollte und weil sie sich dem Druck ihres Vaters gebeugt hat.«

»Hast du den Grund dafür herausfinden können?«

»Oriol hat zu ihr gesagt ...« Mariannes Stimme brach, sie räusperte sich. »Einer stirbt, dein Balg oder dein Typ.«

»Und jetzt sind beide tot«, flüsterte Perez nach einem atemlosen Moment der Stille. »Mon dieu, Marianne, wo führt uns das hier noch hin? Hast du ... hast du es ihr gesagt?«

»Ich kann das nicht. Ich fürchte mich.«

»Kommst du zu mir?«

»Ich kann sie nicht alleine lassen. Ich habe Régis gebeten, mir einen Termin bei ihrem behandelnden Arzt zu besorgen. Ich werde ihm alles erzählen. Er soll entscheiden, ob und wann man es Camille sagen kann. Das alles überfordert mich.«

»Eine gute Entscheidung. Dann komme ich zu dir, sobald wir hier wieder raus sind.«

»Danke, aber das brauchst du nicht. Régis nimmt mich später mit. Habt ihr etwas ausrichten können?«

»Der Imam ist beeindruckend ... Ohne ihn ginge das hier gar nicht. Mit ihm scheint es fast zu leicht. Seltsam. Aber dieser Ort, Marianne ... mon dieu.«

»Hast du irgendetwas Neues erfahren?«

»Bloß noch mehr traurige Geschichten. Ja, und es gibt noch einen dritten Madouni.« Er fasste zusammen, was die Flüchtlinge berichtet hatten.

»Hast du gerade gesagt, der Chef hat eine feine Narbe am Kinn?«, unterbrach Marianne

»Ja. Komplett unauffällig. Eher so ein Durchschnittstyp. Nur diese feine Narbe. Warum? Kennst du jemanden, auf den das zutrifft?«

»Nicht nur ich«, sagte sie tonlos. »Denk einfach mal das Unmögliche, Perez.«

Und dann nannte sie ihm einen Namen.

Perez taumelte gegen die Wand. Die Kinder applaudierten, weil sie es wohl für die Aufführung eines Clowns hielten. Sie beobachteten ihn fasziniert. Die Mädchen trugen Röcke und Blusen und Schleifen im Haar. In ihren Augen erkannte Perez Hoffnung. Hoffnung auf etwas, das man ihnen in der Heimat genommen hatte: ein Leben in Würde. Sie fragten sich vermutlich, ob der kleine, kräftig gebaute Clown mit den schwarzen Locken Teil dieser Zukunft war.

Perez ging zurück in die Bruchbude. Er wusste jetzt, was zu tun war. Er stellte sich neben Haziem und flüsterte ihm etwas ins Ohr. Sein Freund verstand nicht auf Anhieb, warum Perez wollte, dass er diesen Namen in sein Handy tippte.

»Mach schon«, knurrte Perez.

Haziem sah auf sein Mobiltelefon. »Schlechter Empfang«, sagte er.

»Mach endlich!« Perez war nicht an technischen Fragen interessiert.

Haziem bewegte sich Richtung Fenster. Als er zumindest zwei Balken hatte, tippte er den Namen in die Suchmaske ein und klickte auf *Bilder*.

Kaum war der Mann deutlich zu erkennen, riss Perez dem Maghrebiner das Telefon aus der Hand und sprang damit zu den Männern, die einen Halbkreis um den Imam gebildet hatten.

»Ist das hier der Chef der vier Franzosen?«, fragte er so laut, dass sich alle Blicke unmittelbar auf ihn richteten. Selbst der Imam geriet für den Bruchteil einer Sekunde aus dem Takt. »Der Typ mit der Narbe? Imam, übersetzen Sie, bitte.«

»Aber da... da... das ist ...«, fing der Imam an zu stottern.

»Ich weiß, wer das ist. Und dass wir ihn alle kennen. Die Frage ist nur, ist er auch der Chef dieser Drecksbande?«

Der Imam stieß einige Laute aus, woraufhin auch die

letzten der Männer dicht aufrückten, um einen Blick auf das kleine Display werfen zu können.

»Lasst es rundgehen«, sagte Perez. »Wir haben jetzt keine Eile mehr. Ihr müsst euch nur sicher sein. Absolut sicher.«

Die Flüchtlinge sahen sich der Reihe nach in die Augen, sie flüsterten miteinander. Dann verkündete Abdel das Ergebnis der kurzen Beratung.

»Monsieur, wir wollen nichts dazu sagen. Bitte verstehen Sie das.«

Perez wäre in die Luft gegangen, hätte Haziem nicht genau das vorausgeahnt und ihn hinter sich her auf den Gang gezogen. Dort redete er beruhigend auf ihn ein. Kurze Zeit später öffnete sich die Tür, und einer der Männer nach dem anderen trat hinaus und verschwand durch die Glastür.

Perez schaute vorsichtig in den Raum hinein. Haziem tat es ihm gleich. Der Imam winkte sie heran.

»Was war das denn jetzt?«, fragte Perez.

»Sie haben Angst, ganz besonders vor diesem Mann. Ich habe ihnen gesagt, dass es in Ordnung sei, wenn sie nichts sagten. Wenn sie aber das Zimmer geschlossen verlassen würden, würde ich das als Bestätigung werten.«

Haziem, der Imam und Perez sahen sich an. Immer noch lag etwas Ungläubiges in ihren Blicken.

Sie alle kannten den Mann. Sein Konterfei hatte noch vor nicht allzu langer Zeit Bauzäune, Platanenstämme und Plakatwände geziert. Darunter der immer gleiche Slogan: *Frankreich den Franzosen.*

KAPITEL 29

Perez verabschiedete sich von der Gruppe, die nur Minuten später wieder geschlossen in den Raum zurückgekehrt war. Von Mann zu Mann ging er, gab jedem die Hand und versuchte dabei aufmunternd zu wirken. Mal mit Worten, mal nur mit einer Geste, einem Griff an den Oberarm.

Vom Imam, der noch ein wenig Zeit mit den Männern verbringen wollte, verabschiedete er sich besonders herzlich. Er schrieb ihm seine Telefonnummer auf.

»Wenn ich mich bei Ihnen jemals erkenntlich zeigen kann«, sagte er, während er ihm den Zettel gab, »wäre mir das eine wirkliche Freude. Bitte zögern Sie nicht, ich sage so was nicht einfach daher. Vielen, vielen Dank und alles Gute für Sie und Ihre Gemeinde.«

»Was werden Sie mit dem, was wir erfahren haben, anfangen?«, fragte der Imam.

Perez kratzte sich den Bauch. »Ich halte generell nichts vom FN, dass deren Chef Mateu Oriol aber, während er auf der einen Seite gegen die Ausländer Stimmung macht, auf der anderen Seite an ihnen verdient, das ist schon eine besonders perfide Geschichte. Ich würde liebend gerne noch etwas mehr über die Zusammenhänge in diesem Fall herausfinden. Aber eins verspreche ich Ihnen bei meiner Ehre: Oriol wird für seine Taten bezahlen.«

»Sie machen doch keine Dummheiten, Monsieur Perez?«

»Nein!« Er lächelte, während er den Kopf schüttelte. »Keine Sorge. Ich denke, um Oriol wird sich die Polizei kümmern. Au revoir.«

Er zog Haziem hinter sich her, durch die Tür, das stinkende Treppenhaus hinunter, raus in die brüllende Hitze des Augusttages.

Der Wohnblock warf mittlerweile einen knappen Schatten. Die Luft flimmerte wie über der Wüste. Haziem und Perez suchten sich einen Platz zwischen anderen Männern, die an der Wand lehnten.

Vor ihnen, von der Hitze unbeeindruckt, jagte eine Gruppe Jungs einem Ball aus Strümpfen hinterher. Reisigbündel markierten die Torstangen. Es stand 4:1 für die Auswahl, die von rechts nach links spielte.

Perez steckte sich eine Zigarette an und öffnete auch noch den letzten Knopf seines Oberhemds. Haziem ging in die Hocke, während er das Spiel der Jungs verfolgte. Ihm machte die Wärme deutlich weniger zu schaffen. Perez sah zu seinem Freund hinab und bemerkte, dass er mit dem Zeigefinger etwas in den roten Sand geschrieben hatte. *Oriol* stand da. Perez setzte seinen Absatz auf den Schriftzug und zermalmte ihn.

»Wenn's so einfach wäre«, sagte Haziem.

»So schwer ist es auch wieder nicht. Ich werde mein Versprechen halten.«

»Daran zweifle ich nicht. Kommt nur darauf an, wie

viel du dafür riskieren musst. Du bist nicht die Polizei, vergiss das nicht. Vielleicht habe ich das gesamte Ausmaß des Falls noch nicht erfasst, aber ...«

»Stimmt. Ich hatte noch keine Gelegenheit, dir zu erzählen, was Marianne und ich in Thuir erlebt haben. Besser gesagt, erfahren haben.«

»Ihr seid irgendwie auf Oriol gestoßen, so viel habe ich mir zusammenreimen können. Erzähl mal.«

Perez erklärte ihm in knappen Worten die Zusammenhänge.

Am Ende fuhr Haziem sich mit der Hand über den kahlen Schädel. »Dass es so schlimm ist, habe ich nicht geahnt. Aber, dann gilt umso mehr: Spätestens hier sollten deine Detektivarbeiten enden. Das ist jetzt ganz klar eine Sache für die Polizei.«

»Ungern!«, erwiderte Perez. Und bevor Haziem hochfahren konnte: »Aber wahrscheinlich hast du recht. Jetzt muss Boucher mit seinen Kollegen ran.« Er stieß einen Seufzer aus. »Na schön! Wir fahren zurück nach Banyuls, und ich suche noch heute Abend das Gespräch mit dem Elsässer. Notfalls fahre ich zu ihm nach Hause.«

»Du weißt, wo er wohnt?«

»Nein. Aber wenn's sein muss, finde ich das mit einem Anruf heraus. Das wäre ja noch schöner. Haziem?«

»Was?«

»Ich möchte mich bei dir bedanken. Das war ein harter Tag für dich. Und dass du für mich mitgekommen bist in dieses Empfangsheim ...«

»Aufnahmezentrum.«

»Aufnahmezentrum«, wiederholte Perez und schüttelte den Kopf. »Das vergesse ich dir nie.«

Haziem sah ihn nicht an, er trat von einem Fuß auf den anderen.

»Darf ich dich umarmen?«, fragte Perez leise.

Ein seltsames Bild, das die beiden da abgaben. Perez Arme umfassten den hageren Haziem auf Hüfthöhe, sein Kopf berührte Haziems Brustkorb. So verharrten sie ein paar Sekunden, dann schoben sie sich voneinander weg und nickten einander zu. Damit war alles gesagt.

Wie sie gekommen waren, Hand in Hand, gingen sie auf den Ausgang zu. Als sie vielleicht noch zwanzig Meter vom Gittertor entfernt waren, sahen sie, wie der Wärter aus seinem Häuschen sprang und beide Flügel des rostigen Tors sperrangelweit aufstieß.

Intuitiv traten Haziem und Perez zur Seite. Keine Minute zu spät. Ein ausrangierter Linienbus rumpelte durch das Tor und kam fast unmittelbar neben den beiden Männern zum Stehen. Der Wärter verschloss das Tor wieder und kam selbst rüber zum Bus.

»Neuankömmlinge«, murmelte er, als er auf Höhe von Perez war.

Die Türen schwangen auf, und die ersten Menschen kletterten aus dem Bus.

»Sind die von dem Boot«, erklärte der Wärter. »Haben Sie vielleicht schon in den Nachrichten gehört.«

Sofort war Perez in Alarmbereitschaft. Er zupfte Haziem an seinem blütenweißen Hemd.

»Hörst du«, zischte er. »Wenn das stimmt ...«

Er brauchte nicht weiter auszuführen, was dann wäre, weil der, über den er sprechen wollte, in diesem Augenblick den Bus verließ. Es gab nicht den leisesten Zweifel daran, dass es sich bei dem mittelgroßen Mann um den jüngsten Madouni handelte. Er war seinem Bruder Kahil wie aus dem Gesicht geschnitten.

»Sieht aus, als erwartete er ein Empfangskomitee«, sagte Haziem.

Jamal Madouni blickte sich noch auf dem Trittbrett des Busses stehend nach allen Seiten hin um, als erwartete er, auf einen alten Bekannten zu stoßen. Erst als sich Enttäuschung auf seinem Gesicht ausbreitete, trat er in den Staub des Hofs und reihte sich ein in die Schlange der Neuankömmlinge.

»Was geschieht mit ihnen?«, fragte Perez den Wärter.

»Wie meinen Sie?«

»Jetzt, meine ich. Wie läuft die Prozedur ab? Kriegen sie erst mal was zu essen, eine kalte Dusche, frische Klamotten?«

»Sie kommen zum Lageraufseher ...« Perez warf Haziem einen schnellen Blick zu. Der nickte, hatte es also auch gehört: der Typ hatte tatsächlich Lageraufseher gesagt. »Dort erklärt man ihnen die Regeln ... Dann geht's ab auf die Stube.« Der Mann lachte und zeigte einen Goldzahn. »Von wegen Drei-Sterne-Hotel. Die Kuffnucken liegen uns schon genug auf der Tasche.«

Haziem zog Perez weg, bevor dieser grob ausfallend wurde. Er schaffte es, seinen Freund außer Hörweite zu bringen. Dort hielt ihn nichts mehr.

»Die Flüchtlinge sollen dieser Arschgeige auf der Tasche liegen? Der gehört doch auch zum FN.«

»Komm wieder runter und verschwende deine Energie nicht an den Schwachkopf.«

»Es sind aber diese Schwachköpfe, die Leute wie Oriol erst ermöglichen.«

Haziem schenkte seinem Freund einen Blick, der keinen Zweifel daran ließ, dass er sich dieser Zusammenhänge durchaus bewusst war. »Gehen wir?«, fragte er.

»Unsinn, mein Großer. Mit Jamals Auftauchen haben sich die Dinge verändert.«

»Ich wüsste nicht, weshalb«, stellte Haziem kategorisch fest.

»Mais alors«, sagte Perez. »Eben noch habe ich dem Imam versprochen, eine Lösung zu finden. Nun, meine Lösung ist soeben aus dem Bus geklettert: Jamal Madouni. Wenn wir ihn zu fassen kriegen und es geschickt anstellen, dann haben wir in ihm einen Kronzeugen gegen Oriol, den wir Boucher präsentieren können.«

Perez war selbst ein wenig überrascht über das, was er da gerade formulierte. Sein Gehirn fügte offenbar gerade ein Puzzle zusammen.

»Es gibt doch offensichtlich eine Verbindung zwischen den Familien Madouni und Oriol«, machte er weiter. »Eine geschäftliche, wie wir nun wissen. Aber eben auch diese private, durch die Liebe zwischen Camille und Kahil. Eine Verbindung, die Oriol höchstpersönlich zerstört hat. Auch das wissen wir. Was wir noch nicht wissen, ist, was dieser Umstand aus den Familien gemacht hat. Und auch nicht, warum der zweite Bruder, Aatif, sterben musste. Und wo in dieser unfassbaren Story steht der Mann, der gerade aus dem Bus gestiegen ist? Die Behörden wissen offenbar nicht, dass er der Bootsführer war. Sonst säße er ja wohl im Knast und wäre nicht mit den anderen Männern hierhergebracht worden. Und natürlich bleiben uns immer noch die anderen Fragen: zu den Morden von Banyuls – und ich benutze jetzt mal absichtlich den Plural, weil mir das mein Gefühl schon die ganze Zeit über sagt, dass auch Kahil ermordet wurde. Wenn ich die Geschichte jetzt an Boucher übergebe, dann ist Oriol geliefert, ganz klar. Die Abtreibung, zu der er Camille gezwungen hat, und die Geschäfte mit den Illegalen. Keine Ahnung, wie man das nennt, aber eine Straftat ist das in jedem Fall. Dass er damit politisch ruiniert ist – auch geschenkt. Vielleicht aber sind wir noch nicht bis ans Ende der schmutzigen Geschichte vorgedrungen. Ich bin mir sicher, dass Jamal noch mehr Licht ins Dunkel bringen kann. Lass uns herausfinden, was der dritte Madouni zu sagen hat. Ich glaube, ich habe gute Argumente, ihn zum Reden zu bringen. Argumente, die unser lieber Boucher nicht hat. Und je nachdem, was Jamal bereit ist auszusagen, gehen wir danach zu Boucher. Dann kann der Elsässer den Fall zu Ende bringen und als der große Held dastehen. Daran liegt mir nichts. Was sagst du, der Plan ist doch wohl bestechend.«

Haziem stampfte einmal mit dem Fuß auf. Dann guckte er Perez lange an; er rang mit sich.

»Komm schon«, sagte Perez. »Wir suchen jetzt sein Zimmer und spielen dann guter Junge, schlechter Junge. Kommissar Chorba ermittelt.«

Haziem knurrte. »Nenn mich noch einmal beim Nachnamen, Syracuse, und ich springe dir ins Gesicht.«

»Nur weil du nach einer maghrebinischen Suppe benannt wurdest«, maulte Perez scherzhaft. »Ich hingegen ... Ich bin Franzose. Da läuft man nicht mit dem Namen einer *italienischen* Stadt herum.« Er klopfte Haziem vor die Brust. »Los jetzt. Wenn du dabei bist, kann Jamal sich nicht hinter mangelnden Sprachkenntnissen verstecken. Das ist wichtig, damit wir nicht noch mehr wertvolle Zeit vertun.«

»Bist du sicher, dass es eine gute Idee ist, allein da reinzugehen? Ohne den Imam?«

»Jetzt bist du mein Imam!« Perez grinste breit.

KAPITEL 30

Haziem und Perez agierten getrennt. Während Perez sich in der Nähe des zwielichtigen Wärters herumdrückte, um gegebenenfalls schnell durch die Schleuse verschwinden zu können, mischte sich Haziem unter die Männer, die weiterhin lieber auf dem heißen Hof den Sonnenuntergang erwarteten, als in ihren stickigen, überbelegten Zimmern auf den ausgeleierten Etagenbetten gegen die Decke zu stieren.

Haziem versuchte herauszufinden, wie die Aufnahmeprozedur von Neuankömmlingen genau vonstattenging und wo man die Männer vom Boot unterbringen würde.

Derweil malte Perez sich den Tagesablauf der Flüchtlinge aus. Bis zu zwanzig Monate konnte ein Aufnahmeverfahren dauern, hatte der Imam den Männern erklärt. Was, so fragte Perez sich, fing man an mit dieser Zeit? Soweit er sah, gab es keinerlei Angebote, die für ein wenig Abwechslung gesorgt hätten. Wie erbärmlich, dass sie nicht einmal einen richtigen Ball für die Kinder aufbringen konnten oder wollten. Ein Ball aus Strümpfen, bei aller Liebe ...

Aber wer waren eigentlich »die«? Musste er sich nicht auf der Suche nach den Schuldigen vielmehr mit einbeziehen? Mussten das nicht alle Bürger Frankreichs tun?

Des Landes, in dem man so stolz auf die Errungenschaften der Revolution war? Liberté, Egalité, Fraternité – Freiheit, Gleichheit, Brüderlichkeit?

Beschämend genug, wenn sich in Einzelfällen einer der drei Grundpfeiler der Gesellschaft als nicht tragfähig erwies. Aber gleich alle drei mit Füßen zu treten, wie lange konnte so etwas gut gehen? In einer öffentlichen Diskussion wäre dies wohl die Stelle, an der man ihm entgegenhalten würde, dass es in den übrigen Ländern der Europäischen Union auch nicht besser war.

Aber das ständige Vergleichen mit anderen, das war Perez' Denken nicht. Und er hielt es im Übrigen auch nicht für französisch. Seine Landsleute ließen sich doch auch sonst nicht gerne vergleichen. Bei den Arbeitszeiten zum Beispiel, bei der Rente, dem Mindestlohn für Bauern. Da hörte man immer: *Was interessieren uns die anderen?*

Für Perez war das hier eine ausgemachte Schande, für die jeder Einzelne eine Mitverantwortung trug. Er selbst war längst entschlossen, seine passive Haltung aufzugeben. Zur nächsten Demonstration würde er Marianne begleiten – sollte es sich zeitlich einrichten lassen, bien entendu.

Über eine Stunde musste Perez auf Haziems Rückkehr warten. Dann erst kam sein Freund über den Hof auf ihn zugelaufen und zog ihn ins Innere des Gebäudes. Durch eine Art Speisesaal hindurch zu einem zweiten Treppenaufgang, der am Fuße des Empfangsraums lag, in dem die Flüchtlinge vom Direktor der Einrichtung während der letzten sechzig Minuten eingewiesen worden waren.

Gerade als Haziem und Perez dort eintrafen, schlug die Tür auf, und die Männer traten heraus. Wie die Lemminge folgten sie einem jungen Mann, der im Voranschreiten auf diverse Vorschriften und Nutzräume hinwies. Jeder der Flüchtlinge trug eine Decke unter dem Arm.

Haziem und Perez reihten sich in die Schlange ein, niemand nahm von ihnen Notiz. Es ging zurück durch die Kantine – der junge Mann erklärte, wie und wann die Mahlzeiten eingenommen wurden –, dann die Treppen hoch, hinauf in den vierten Stock. Das Zimmer, das man den Neuankömmlingen zuwies, glich der Bruchbude, in der die Männer aus Rivesaltes untergebracht waren, bloß, dass in diesem Raum auch noch zwei Fensterscheiben fehlten.

Haziem und Perez hatten sich, nach einem kurzen Blick ins Zimmer, einige Meter den Flur hinuntergedrückt, wo sie darauf warteten, dass die Aufsichtsperson wieder verschwand und sich die Männer im Gebäude umsahen, sodass sie zu Jamal vordringen konnten.

Als nach einer echten Geduldsprüfung der erste Mann endlich aus dem Zimmer trat und sich auf dem Gang umsah, war es bereits spät geworden, und von Marianne hatte Perez seit ihrem letzten Telefonat auch nichts weiter gehört. Er hoffte, dass es ihr gut ging.

Der Mann hatte die Tür offen stehen lassen. Nach und nach wagten sich nun auch weitere Neuankömmlinge hinaus auf den Gang, blickten sich unsicher um und trabten einer nach dem anderen davon. Hinter der zersprungenen Glastür lagen die Toiletten und die Duschkabinen.

»Lass uns reingehen«, sagte Haziem. »Wenn die Dunkelheit anbricht, wäre ich gerne von hier weg.«

Sie entdeckten Jamal sofort. Er hatte sich das am nächsten zum Eingang gelegene Bett gesichert. Als der Marokkaner sie eintreten sah, schwang er die Füße von der Matratze und blickte sie erwartungsfroh an.

»Sind Sie Jamal Madouni?«, fragte Perez.

Der Junge hatte keine Scheu. Er war vielleicht Mitte zwanzig, von mittlerer Statur und hatte große schwarze Augen unter gezupften Augenbrauen. Das Haar war kurz geschnitten. Perez war nicht entgangen, dass er, wie viele hier, einen Jogginganzug trug. Jamals hatte jedoch weniger Löcher und stammte aus einer anderen, wesentlich teureren Kollektion. Den Schmutz schien man seiner Ballonseide mutwillig beigebracht zu haben.

»Oui«, sagte Jamal und stand auch schon vor ihm.

»Wir haben Informationen für Sie«, flüsterte Perez ihm ins Ohr. »Von Kahil und Aatif.« Der Junge strahlte. »Würden Sie mit uns rausgehen?«

Perez hätte ihn gar nicht bitten müssen. Es schien für Jamal selbstverständlich zu sein, dass diese beiden Gestalten gekommen waren, um ihn hier rauszuholen. Nicht einmal, dass es sich bei dem Kontaktmann um einen Franzosen handelte, schien ihn zu beunruhigen. Er wirkte vollkommen gelassen.

Noch im Treppenhaus – Perez wollte sich draußen ein ruhigeres Plätzchen suchen, jetzt, wo die Hitze etwas nachgelassen hatte – überfiel Jamal ihn mit Fragen.

»Wer seid ihr beiden? Hat Kahil schon einen Plan, wie er mich hier rausholt, oder hauen wir sofort ab?«

In der Zwischenzeit schienen sich nahezu alle Bewohner des Lagers auf dem Hof versammelt zu haben. Ein Sprachengewirr empfing sie. Auch die Frauen, immer noch deutlich in der Unterzahl, standen in einer Ecke zusammen. Die Jungs jagten weiterhin dem Stoffball hinterher.

Trotz der vielen Menschen fanden die drei Männer hinter einem Schutthaufen ein ruhiges Plätzchen. Sie hockten sich auf die Abbruchsteine, Perez bot Jamal eine Zigarette an. Der lehnte ab und öffnete stattdessen ein kleines Etui, das in seiner Tasche gesteckt hatte. Der süßliche Geruch verriet, dass es sich um Haschisch handelte.

»Ich weiß«, begann Perez, »dass du der Kapitän der *Creus* warst.«

Er merkte es noch in der Sekunde, in der er den Satz aussprach: Er hatte den falschen Einstieg gewählt. Die Sicherheit schwand aus Jamals Blick, stattdessen zeigte sich nach einem kurzen Moment der Ratlosigkeit eine sprungbereite Aggressivität. Der Marokkaner schleuderte ihm einen Schwall arabischer Wörter entgegen. Perez drehte sich hilfesuchend zu Haziem um.

»Er kennt deine Brüder sehr wohl«, sagte Haziem ganz ruhig, ganz sachlich und wieder auf Französisch, nachdem Jamal geendet hatte. So wusste der Junge, dass ihm der Sprachwechsel nichts nutzen würde.

»Und wir sind nicht die Polizei«, fuhr Haziem fort. »Und auch nicht von einer anderen Behörde. Wir haben uns hier reingeschlichen und können das Gelände gleich wieder in aller Ruhe verlassen. Solltest *du* jemals wieder hier rauskommen wollen, hörst du dir besser an, was Perez zu sagen hat.« Er deutete überflüssigerweise auf seinen Freund, als ob noch ein anderer gemeint sein könnte. »Glaub mir, er ist der Einzige, der dir vielleicht aus dieser Scheiße heraushelfen kann.«

Der Zuversicht beraubt, hockte Jamal vornübergebeugt auf dem Stein und starrte in den Staub zu seinen Füßen. Nach einer Weile hob er den Kopf.

»Wo sind Kahil und Aatif?«, fragte er tonlos. »Ich habe den Kontakt zu ihnen verloren.«

»Jamal, sieh mich an«, sagte Perez streng. »Haziem hat recht. Beantworte meine Fragen. Dir bleibt nichts anderes übrig, als mir zu vertrauen.«

»Meine Brüder werden mir helfen, ich brauche euch nicht.« Er verschränkte die Arme vor der Brust.

Perez stöhnte. »Jamal! Nimm noch einen Zug von deiner Beruhigungszigarette. Was ich dir zu sagen habe, wird ein fürchterlicher Schock für dich sein.«

Mit diesen Worten zog er den Schlüsselanhänger aus der Hosentasche und hielt ihn Jamal hin. Der Junge ließ seinen Blick ratlos zwischen dem Anhänger und Perez hin und her wandern. Seine Unterlippe bebte.

»Kahil und Aatif sind ... sie sind ...«, sagte Perez so sanft wie möglich.

»Tot«, vollendete Haziem.

»Tot«, bestätigte Perez.

Jamal sackte in sich zusammen. Ihm entfuhr ein Klagelaut, der Perez durch und durch ging. Er fragte sich, ob Jamal nicht in Wirklichkeit viel jünger war, als er ihn geschätzt hatte. Alles an ihm wirkte plötzlich so weich, so wenig abgeklärt. Und doch handelte es sich um einen Menschen, der andere in die Sklaverei verschleppte, um einen Menschenhändler. Und dafür gab es keine Entschuldigung. Wohl aber Mitleid für einen Mann, der gerade vom Tod zweier Familienmitglieder erfahren hatte.

Perez begann behutsam zu sprechen. Er erzählte Jamal, was sich zugetragen hatte. Zwischendrin gab er ihm die beiden Fotografien und den Text aus dem *L'Indépendant*.

Jamal regte sich erst wieder, als Perez zum ersten Mal den Namen des Politikers erwähnte. Sein Kopf ruckte hoch, seine verweinten Augen wurden lebendiger.

»Camille«, sagte er. »Was ist mit ihr?«

»Kahil hat sie geliebt, oder?«

»Sie gehört zu meiner Familie. Wir alle lieben sie. Auch unsere Eltern.«

Verdammt, daran, dass die Eltern der Kahil-Brüder noch leben könnten, hatte Perez bislang überhaupt nicht gedacht. Wer würde ihnen die Nachricht vom Tod ihrer Jungen überbringen? Wussten sie, womit ihre Söhne das viele Geld verdient hatten?

»Camille geht's gut«, log Perez. »Um ihre Mutter muss man sich Sorgen machen, sie wird derzeit ärztlich versorgt. Sie ist eine starke Trinkerin, wusstest du das?« Jamal schüttelte den Kopf. Die Mutter schien ihn nicht zu interessieren. »Meine Freundin kümmert sich gerade um Camille.«

Jamal sah Perez skeptisch an.

»Es stimmt«, unterstrich Haziem Perez' Aussage.

»Danke«, sagte Jamal leise. »Sie wollten heiraten. Schon bald.«

»Mateu Oriol war dagegen.«

»Ja. Leider. Kahil hat alles versucht, ihn umzustimmen. Er ist ihr Vater, mein Bruder musste seine Zustimmung haben, sonst war nichts zu machen.«

Darauf hätte er lange warten können, dachte Perez.

»Ihr Vater, euer Geschäftspartner, ist ein Rechtsradikaler«, sagte er kalt. »Ich weiß über alles Bescheid: eure Geschäfte, den miesen Menschenhandel. Wie konntet ihr so was nur tun?«

»Monsieur Oriols Verbot der Hochzeit hat das Verhältnis unserer Familien stark belastet«, sagte Jamal, ohne auf den Vorwurf einzugehen. »Dabei war Kahil sogar bereit, den Glauben zu wechseln. Meine Eltern waren zwar strikt dagegen, aber er hätte sich darüber hinweggesetzt. Er hätte alles für Camille getan.«

»Kahil hätte seine eigenen Eltern vor den Kopf gestoßen, hat sich aber nicht getraut, Camille ohne Oriols Einwilligung zu heiraten?« Perez richtete die Handflächen gen Himmel.

Jamal nickte. »Mein Bruder hat sogar versucht, die französische Staatsbürgerschaft zu bekommen.«

»Das wissen wir.«

»Und Aatif auch.«

»Wissen wir.« Perez zeigte auf den Artikel in Jamals Hand. »Steht alles da drin.«

»Doch Monsieur Oriol blieb bei seiner ablehnenden Haltung.«

»Was ist dann passiert?«

»Ich weiß es nicht. Wir hatten keinen Kontakt mehr in den letzten Tagen. Als wir zuletzt sprachen, war Kahil auf dem Weg, sich mit ihm zu treffen. Irgendwo in der Nähe unseres Landeplatzes.«

»Wann war das?«

Er dachte kurz nach und nannte dann den Todestag seiner Brüder. Haziem stieß Perez an.

»Kahil wollte Aatif zu der Verabredung mitnehmen. Als Verstärkung«, fuhr Jamal fort. »Er war viel geschickter im Verhandeln als Kahil. Aatif stand ohnehin ständig mit Oriol in Kontakt.«

»Ich dachte, Kahil hätte das angebahnt.«

»Nachdem wir uns zur Zusammenarbeit entschieden hatten, hat Aatif übernommen. Nicht nur, weil Kahil wegen Camille nicht mehr richtig denken konnte. Aatif ist der Macher – Kahil unser Gehirn. Wie das Gespräch ausgegangen ist, habe ich nicht erfahren ...«

Perez ließ dem Jungen Zeit, sich ein wenig zu beruhigen.

»Also war es Aatif, der den Deal ausgehandelt hat«, sagte er dann.

»Wir haben schon vorher Leute übers Meer gefahren.«

»Menschenhandel. Eine Schlepperbande seid ihr, keine Reederei.«

»Du hast doch keine Ahnung, Franzose. Menschenhandel ist das, was die anderen machen. Ich stehe jedes Mal mit auf dem Boot. Unser Boot ist ... unser Boot war eines der schnellsten und besten Boote, die von Afrika aus agieren. Sicher war es. Wir haben es niemals überladen, und alle Passagiere trugen Schwimmwesten. Das Boot hatte zwar keine Kabine und keine sanitären Einrichtungen, aber wir sind ja auch nicht zu einer Kreuzfahrt aufgebrochen. Wir haben den Menschen das verkauft, was sie sich sehnlichst wünschen: eine sichere Fahrt in die Freiheit. Daran ist nichts Schlechtes.«

Haziem sah Perez eindringlich an. Vermassle es jetzt nicht, schien der Blick zu sagen. Halte deine moralische Entrüstung so lange unter Kontrolle, bis wir alles aus ihm herausgequetscht haben, was wir wissen müssen.

»Und dann habt ihr irgendwann Oriol kennengelernt«, sagte Perez zähneknirschend.

»Nein, Kahil hat Camille kennengelernt. Zu Anfang hat er sich noch ganz gut mit ihrem Vater verstanden.«

»Wusstet ihr damals schon, dass er ein Funktionär beim FN ist?« Der Junge nickte. »Und das war kein Problem für euch?«

»Nein. Kahil hatte den Eindruck, es ginge ihm wirklich um den Schutz seines Landes. Er ist für Frankreich und nicht gegen uns Afrikaner. Das verstehen wir.«

Perez sprang auf, trat zweimal mit dem Fuß so heftig in die Erde, dass Staub aufwirbelte, setzte sich dann aber wieder hin, ohne einen Laut von sich gegeben zu haben.

»Von wem stammte die Idee, gemeinsame Sache zu machen?«, fragte er nach einem tiefen Atemzug.

»Von Monsieur Oriol.«

»Und ihr seid direkt darauf eingegangen?«

Jamal schüttelte den Kopf.

Die Sonne spendierte den wenigen Wolken am Horizont ein spätes Licht. Sie schienen von innen heraus zu leuchten.

»Nein«, sagte er und schüttelte erneut den Kopf. »Wir haben sogar ziemlich gestritten. Aatif war zu Anfang strikt dagegen. Er dachte, Kahil wolle die Zusammenarbeit nur, um sich mit Oriol gutzustellen.«

»Und du, was dachtest du?«

»Ich bin nur der Kapitän. Boote sind mein Ein und Alles. Außerdem haben bei uns die Älteren zu bestimmen, was gemacht wird.«

»Und womit hat Kahil Aatif schließlich überzeugt?«

Er rieb Daumen und Zeigefinger aneinander. »Oriol hat uns zwanzig Prozent mehr gezahlt als üblich.«

»Und das kam euch nicht seltsam vor? Habt ihr euch nie gefragt, wozu er die armen Schweine braucht? Was er mit ihnen macht, nachdem er so viel Geld für ihre Überfahrt bezahlt hat?«

»Ich war nur der Kapitän.«

»Na schön, Jamal. Aber eines will ich noch wissen: Wieso heißt euer Boot *Creus*?«

»Das war die Idee unseres Vaters.« Perez machte ein dummes Gesicht. »Er war als junger Mann in Spanien. In Figueres. Und er hat uns immer von den tollen Buchten erzählt, die es rund um das Cap Creus gibt. Als wir unser Geschäft begannen, hat er gesagt: Wenn ihr anders sein wollt, dann müsst ihr die Leute direkt nach Frankreich bringen, an einen Strand hinter dem Cap Creus. Deshalb haben wir das Boot so genannt.«

Perez' Lachen trug hysterische Züge. Der Junge betrachtete ihn verstört. Was für ein irrer Zufall, welch ein Irrtum, die ganze Zeit über.

»Wusstest du, dass dein Bruder früher einmal in Banyuls gearbeitet hat«, fragte er dann wieder ernst. »Genau da, wo seine Leiche gefunden wurde, wusstest du das?«

»Ja. Er war ein Jahr lang von zu Hause fort. Bis Aatif die Idee mit der Fähre hatte. Was spielt das für eine Rolle?«

Die Idee mit der Fähre, dachte Perez. Wie harmlos das klingt.

Perez sammelte sich. Sah schweigend dem Abendlicht zu, wechselte Blicke mit Haziem und ging in Gedanken den Plan durch, wie man die Geschichte zu Ende bringen konnte. Noch hatte dieser Plan zwei Unwägbarkeiten: Jean-Claude Boucher. Und ...

»Hör zu, Jamal«, sagte Perez, »ich habe eine Idee ...«

KAPITEL 31

Auf dem Col des Portes steuerte Perez den Wagen auf die Zufahrt zum Fort Béar. Er stieg aus und hockte sich auf einen von Wind und Wetter glatt polierten Felsklotz. Haziem schob sich neben ihn. Sie sahen auf die Weinberge hinunter, über die Gleise der kleinen Lokalbahn hinweg auf die Bucht und den Strand von Paulilles. Einige wenige Segelboote und zwei größere Jachten schaukelten im Licht des vollen Mondes in der Dünung. Eine sanfte Brise kräuselte die Oberfläche des Wassers. Gelbliches Licht drang aus der Strandbar und beleuchtete den grobkörnigen Sand und die anlandenden Wellen. Eine Schar Jugendlicher war unterwegs zu einem letzten erfrischenden Bad.

Hinter dem Strand von Paulilles folgten Bucht auf Bucht, Cap auf Cap bis hinüber nach Creus. Die Sommertage, an denen man so weit übers Meer sehen konnte, waren rar.

Perez und Haziem ließen die erhabene Landschaft der Côte Vermeille, die von nirgends besser zu bewundern war, als von hier oben, auf sich wirken.

»Denkst du, was ich denke?«, fragte Haziem und griff nach der Zigarettenschachtel, die Perez aus der Hosentasche gerutscht war.

»Du rauchst?«

»Nein.«

»Ça va. Dann gebe ich dir auch kein Feuer.« Er hielt ihm das Feuerzeug vor die Nase. »Ja, wir haben es gut hier in unserem vergessenen Eckchen. Franco sei Dank.«

Nach dem Krieg und während der Franco-Diktatur in Spanien hatten die Pariser das letzte Stück vor der spanischen Grenze bewusst zum Sperrgebiet erklärt. Ansiedlungen von wichtigen Industriezweigen wurden nicht subventioniert und damit de facto verhindert. Was damals ein entscheidender Nachteil für die Menschen der Region gewesen war, hatte sich längst zum Vorteil entwickelt. Die Gegend war das, was Viggo Ekengren, Mariannes geheimnisumwitterter Chef, als eine *hidden beauty* bezeichnete. Eine versteckte Schönheit. Ginge es nach Menschen wie Perez oder Haziem, würde sich daran auch niemals etwas ändern. Warum glasklares Wasser, majestätische Berge und die reinste Luft der Welt mit anderen teilen?

»Sehr gut haben wir es«, sagte Haziem. »Das war mir nie bewusster, als in diesem Augenblick. War die richtige Entscheidung, hierherzukommen.«

»Mmh«, sagte Perez und nickte heftig. Diese Landschaft war in der Lage, ihn zu retten. Ihn von dem mächtigen Druck auf der Brust zu befreien, der nach diesem elenden Tag auf ihm lastete. Nur hier fand er zurück zu sich selbst.

Sie blieben noch einen Moment schweigend nebeneinander sitzen.

»Und du bist dir absolut sicher, dass Mateu Oriol die beiden Brüder umgebracht hat?«, fragte Haziem dann.

»Wie soll es sonst gewesen sein? Sie verschwinden am selben Tag von der Bildfläche, an dem sie sich laut Jamal mit Oriol treffen wollten. Am Strand, wie du eben selbst gehört hast. Ob Oriol der Mörder ist, oder ob er den Tod der beiden bloß befohlen hat, ist doch scheißegal.«

»Scheißegal«, bestätigte Haziem. »Und dein Plan, den du Jamal da eben verkauft hast, der kann funktionieren?«

»Ich hoffe es, Hauptsache Jamal spielt mit ...«

»Er hat zugestimmt.«

»Weil er keine andere Wahl hat. Die Wut wird ihn antreiben. Was hat er da eigentlich zum Schluss noch gesagt?«

»Ich habe sowieso nichts mehr zu verlieren, Inschallah. Das hat er gesagt.«

»Inschallah – na schön, wenn er meint, dass sein Gott ihm helfen kann ... Teil zwei meiner Mission wird nun Boucher sein. Der muss über eine viel höhere Hürde springen.«

»Und du willst ihn tatsächlich noch heute Nacht aufsuchen?«

»Wie spät ist es?«

Haziem sah auf sein Handy. »Kurz nach halb elf.«

»Kein Problem, der Elsässer weckt mich ja auch gerne zu nachtschlafender Stunde. Jetzt drehen wir den Spieß mal um.«

»Und es wäre keine gute Idee, dass wir anstelle dessen jetzt ins *Conill* fahren und ich uns was Anständiges zu essen mache? Du könntest morgen gleich als Erstes zu Boucher. Reicht doch auch.«

»Das *Conill!*«, rief Perez. »Haziem! Das Restaurant war den ganzen Tag geschlossen. Was werden die Leute sagen?«

»Das Maul werden sie sich zerreißen.«

Perez sah seinen Freund entgeistert an. Haziem prustete los. Perez fiel in das Gelächter ein. Er legte ihm den Arm um die Schulter, zog ihn zu sich ran und drückte ihm einen dicken Schmatzer auf die Glatze.

»Morgen meinst du also genügt auch noch?«

Haziem nickte. »Vollkommen.«

»Und du machst mir was Anständiges zu essen?«

»Hab ich dich je enttäuscht?«

»Niemals, mein Großer. Aber zuerst sehen wir nach Marianne.« Er hatte sie gleich, nachdem sie aufgebrochen waren, angerufen. Sie war inzwischen wieder zu Hause. Régis hatte sie nach Dienstschluss zurück nach Banyuls gefahren.

»Oh Gott, ja, die Arme«, sagte Haziem. »Den ganzen Tag über in der Psychiatrie – wie schrecklich. Und zu Hause hat Stéphanie ihr sicher Vorwürfe gemacht, dass sie sich nicht genug um sie kümmert. Nicht einfach, sein Leben zu leben und dabei das Kind nicht zu vernachlässigen. Vielleicht haben die beiden auch Lust, was Anständiges zu essen.«

»Gut möglich. Apropos! Hab ich dir eigentlich erzählt, dass ich eine Nachricht von Eustache auf meinem Handy habe? Er will mich sehen. Demnächst werden wir über Jahrgangssardinen verfügen. Das wird ein Wahnsinnsgeschäft.«

Sie kletterten zurück in den Kangoo und fuhren die Serpentinen runter nach Paulilles, nahmen den ersten

Kreisverkehr, fuhren über noch eine weitere Anhöhe und erreichten kurz vor elf Banyuls.

Die Côte Vermeille hatte wieder einmal geschafft, was keinem menschlichen Wesen je gelingen würde: Sie hatte Perez geerdet.

KAPITEL 32

Sechs Uhr dreißig an einem wolkenverhangenen Augusttag. Perez war ganz ohne Wecker aufgewacht, und das, obwohl er sich mit Haziem am Vorabend nicht nur über das Kaninchenrillette und die Palourdes hergemacht hatte. Marianne hatte es vorgezogen, sich einmal ordentlich auszuschlafen, wenn sie denn nach all der Aufregung überhaupt hatte schlafen können.

Gar nicht so schlecht, diese frühe Stunde, befand Perez, als er grüßend an dem Fahrzeug der Straßenreinigung vorbeifuhr.

»Schickt Pierre nachher mal rüber zu mir«, rief er aus dem Fenster.

Pierre Sagent fuhr bereits seit zwanzig Jahren das Motocrotte. Das Scheißhaufenmotorrad hatte seinen Namen nicht von seinem Zustand, sondern von dem flexiblen Rohr, das mit einer mobilen chemischen Toilette verbunden war und mittels dessen Hundehaufen vom Trottoir gesaugt werden konnten.

»Der Köter von Madame Argenteuil hat mal wieder direkt vor meine Tür geschissen.«

Madame Argenteuil war Perez' einundneunzigjährige Nachbarin. Zwar hasste er ihre Hunde, weil sie offenbar keinen anderen Ort für ihre Notdurft kannten als seinen Hauseingang, aber darüber hätte er nie einen Disput mit ihr angefangen. Einundneunzig war schließlich kein Pappenstiel.

Der Mann von der Straßenreinigung hob die Hand und bog lächelnd in die Avenue du Général de Gaulle ab.

Die Straßen waren frei, die Bürgersteige noch nicht mit touristischem Nippes zugestellt. Am Strand die lange Reihe der Liegestühle wie mit dem Kompass ausgerichtet. Dass sich der Himmel zugezogen hatte und das Klima drückend wurde, beschäftigte Perez nicht lange. Der Wind würde sich erheben und die Wolken wegblasen. Danach würde er die Badegäste noch ein paar Tage ärgern und sich dann wieder schlafen legen. Bis Ende September waren weder der Tramontane noch der Marin, der feuchtwarme Wind vom Meer, ein großes Problem. Im Herbst, Winter und Frühjahr waren die Winde an der Côte Vermeille eine ganz andere Sache ...

Boucher hatte seiner Familie ein wahrhaft luxuriöses Domizil beschafft, auch wenn es, wie sich die Einheimischen naserümpfend erzählten, nur zur Miete war. Nicht in den eigenen vier Wänden zu wohnen, galt in Banyuls als Zeichen einer niederen Kaste.

Das Haus lag etwas abseits der Avenue Joliot-Curie auf einem aus dem Fels gesprengten Hochplateau. Um hinaufzugelangen, benutzte man eine betonierte Rampe, die so steil war, dass die meisten Fahrzeuge mit dem Heck beim Hinauffahren und mit der Schnauze beim Hinunterrollen aufsetzten.

»Hoppla«, rief Perez erschrocken, als es gefährlich krachte. »Feines Haus, aber nicht mal Geld für eine ordentliche Auffahrt.«

Oben sah er nach, ob der Auspufftopf noch unter dem Wagen hing. Erst dann wählte er Bouchers Nummer auf dem Telefon.

Er hatte gehofft, der Kommissar klänge verschlafener.

»Perez«, rief Boucher fast schon überschäumend erfreut in den Hörer. »Da haben Sie aber Glück, ich bin gerade erst reingekommen. Joggen, bevor die Sonne aufgeht, ist herrlich.«

»Ich muss Sie sprechen«, sagte Perez sachlich.

»Aber gerne doch. Sagen wir, in dreißig Minuten in meinem Büro? Ich dusche noch rasch, trinke einen Kaffee und radle dann los.«

Ein Polizist auf dem Rad, dachte Perez, so weit war es mit diesem Land schon gekommen. Aber vielleicht zeigte sich das Schicksal ja auch mal gerecht, und der Elsässer fiele beim Runterfahren der Rampe auf die Schnauze. Er blickte die Betonpiste hinab. Gut möglich, dachte er, sehr gut möglich sogar.

»Zu spät«, sagte Perez bestimmt.

»Oh, là, là. Dann ist es wohl wichtig, was?«

»Es eilt, sagte ich das noch nicht?«

»Na schön. Wissen Sie was, kommen Sie doch zu mir. Sie bekommen auch eine Tasse Kaffee. Meine Familie ist in den Ferien. Ich bin mit dem Hund allein. Lotissement Méditerranée.«

»Ich weiß.«

»Ach ja? ... Wann könnten Sie hier sein?«

Das war der Moment, auf den Perez gewartet hatte. Er legte den Finger auf den Klingelknopf und beließ ihn dort.

Perez und Boucher saßen sich im Garten gegenüber. Vor ihnen je ein großer Pott Kaffee. Die penibel gestutzte Grünfläche begrenzte eine schroffe Mauer aus dem gleichen Gestein, aus dem man den Platz für dieses schöne Anwesen gesprengt hatte. In der nordöstlichen Ecke des Gartens hatte die Familie einen kleinen Gemüsegarten angelegt. Die Sitzgruppe aus grauem Rohrgeflecht stand unter zwei Olivenbäumen, deren silbrig-graues Blätterdach Schutz vor der Sonne bot. Ein privilegierter Platz, wie Perez neidlos anerkennen musste.

»Nun«, begann Boucher. »Was ist so wichtig, dass es keine dreißig Minuten warten konnte?«

»Ich habe Ihren Fall gelöst!«

Boucher riss die Augen auf, lachte dann gequält, ballte die Hände und drückte sich mit einem Gesichtsausdruck aus dem Korbsessel, der nichts Gutes erwarten ließ. Der Hund des Hauses schoss ebenfalls hoch und knurrte bedrohlich in Perez' Richtung.

»Ja!«, sagte Perez. Er verschränkte die Arme vor der Brust. »Fast gelöst. Es fehlt nur noch die Überführung des Täters. Und da, mein lieber Boucher, kommen Sie ins Spiel.«

»Passen Sie mal auf, Perez«, zischte Boucher. »Es ist zwar bewölkt heute Morgen, aber nehmen Sie sich in Acht vor einem echten Gewitter. Ich warne Sie.«

»Sie sind so poetisch, Boucher, ein echter Dichter. Typisch Elsässer, nicht wahr?«

Er wusste genau, dass sein Gegenüber zwar in Straßburg Dienst getan hatte, tatsächlich aber aus der Bresse stammte. Bevor der Capitaine völlig in die Luft ging, fuhr Perez schnell fort. Er hatte seinen kleinen Spaß gehabt, ja, vielleicht auch eine klitzekleine Rache für die Sache mit Antonio genommen. Jetzt musste er allerdings zur Sache kommen. Schließlich brauchte er Boucher.

»Alles nur ein kleiner Scherz, Monsieur le Commissaire«, winkte er ab. »Nicht die Sache mit dem Mord, der ist tatsächlich weitgehend aufgeklärt. Aber ich fand und finde, nachdem was ich erst gestern alles herausgefunden habe, dass die weiteren Schritte nun Sache der Polizei sind. Sie werden sehen, das wird für Ihre Karriere ein Brandbeschleuniger. Die Sache ist hochexplosiv und wird Wellen im ganzen Land schlagen. Das erfahren auch Ihre Vorgesetzten in Paris.«

»Reden Sie endlich, Perez, oder ich hetze den Hund auf Sie. Er hat sein Futter noch nicht bekommen.« Es lag ein leicht wahnsinniger Ausdruck im Blick des Kommissars. Und doch sah, wer ihn ein wenig kannte, hinter dem Wahnsinn großes Interesse aufflammen. Perez hatte die richtigen Ausdrücke benutzt. *Karriere* und *Vorgesetzte in Paris* – viel mehr brauchte man nicht, um sich der Aufmerksamkeit Bouchers sicher zu sein.

»Einverstanden! Ich schildere Ihnen, was sich zugetragen hat, und wie ich den Fall Stück für Stück aufklären konnte«, sagte Perez. Ich hätte Sie natürlich längst ins Boot geholt, ehrlich, aber sicher kennen Sie solche Situationen: Ein Gespräch führt zum nächsten, ein Detail öffnet den Blick für ein riesiges Feld voller neuer Aufgaben und Möglichkeiten. Man ist so in die Sache vertieft – man könnte fast sagen verstrickt –, dass man alles andere um sich herum vergisst. Hier also mein Bericht. Und Sie dürfen ruhig mitschreiben, ich bin ganz offiziell hier. Alles öffentlich, bis auf ein winziges Detail, das sollte unser kleines Geheimnis bleiben. Aber dazu komme ich später.«

Perez gab mehr preis, als er es der Polizei gegenüber üblicherweise tat. Manches behielt er dennoch vorerst für sich. Schließlich gehörte, wie die vergangene Woche eindeutig belegte, taktieren sowohl zu seinem als auch zu Bouchers Wesen. Seine Überlegungen und Schlussfolgerungen überzeugten Boucher so sehr, dass der Kommissar gar nicht erst auf den Gedanken kam, Perez könne ihm Wichtiges vorenthalten haben. Erschien er zu Beginn noch wütend, hörte er zunehmend gespannt zu. Zu guter Letzt weihte Perez ihn in den Plan ein, den er bereits mit Jamal besprochen hatte.

»Nun, Kommissar, was denken Sie?«, schloss er und sah Boucher neugierig an.

»Und wenn Oriol den Mord nicht gesteht?«, fragte Boucher. »Was machen wir dann? Beweise haben Sie nicht.«

»Er wird ihn gestehen. Wir präparieren Madouni entsprechend. Er reizt das Arschloch so lange, bis der aus der Hose springt. Vertrauen Sie mir.«

»Wie soll das gehen?«

»Jamal wird Oriol anrufen. Er konfrontiert ihn damit, dass er seine Brüder sucht. Sagt ihm, dass ihnen etwas zugestoßen sein muss und er jetzt mit leeren Händen dasteht. Irgendwie so jedenfalls, das arbeiten wir noch gemeinsam aus. Und dass er darauf besteht, dass Oriol ihn außer Landes bringt. Dem Aufnahmelager, so wird er sagen, sei er bereits entkommen. Er hat Fotos, wird er behaupten, die Oriol in der Höhle mit den Illegalen zeigen, die würde er der Polizei übergeben, wenn dieser ihm nicht zusätzlich noch eine größere Menge Bargeld gibt – sagen wir, damit es ernst gemeint klingt, zweihundertfünfzigtausend. Zu guter Letzt schlägt Jamal Oriol einen Treffpunkt für die Übergabe vor und eine Uhrzeit nach Einbruch der Dunkelheit. Et voilà!«

»Und Sie meinen, er kommt?«

»Was bleibt ihm übrig? Er hat zwei der Brüder getötet. Entweder er schaltet den dritten auch noch aus, oder er lebt fortan in ständiger Angst, enttarnt zu werden. Natürlich kommt er.«

»Und dieser Jamal, was hat der davon? Er wandert so oder so in den Knast.«

»Kommissar, mit dieser Aussicht hätte ich den Jungen wohl kaum überreden können. Nein, er geht straffrei aus. Wir müssen ihm garantieren, dass wir ihn zurück in seine Heimat bringen.«

»Ho!«, stieß Boucher aus. »Eine Kronzeugenregelung. Und auch noch eine kostenlose Rückfahrt? Nein, Perez, das kann ich nicht entscheiden. Das wird nicht einmal im Kanton entschieden, nicht einmal in Céret.«

»Es müsste vielleicht gar nicht entschieden werden, Monsieur«, entgegnete Perez vorsichtig. »Noch wissen doch nur wir beide von der Geschichte. Wenn wir uns entscheiden, es dabei zu belassen, dann könnte der Junge in den Wirren des Zugriffs vielleicht ... nun ... sagen wir mal, verloren gehen? Sicher ...«, sagte Perez schnell, bevor Boucher den Mund öffnen konnte, »er hat Verbotenes getan. Und ich entschuldige das in keinster Weise. Aber der eigentliche Skandal ist doch wohl, dass ein Mitglied des Front National Illegale ins Land schleust und mit ihnen

Geld macht. Wir beide wissen, manchmal muss man, um das große Übel aus der Welt zu schaffen, bei dem kleineren ein Auge zudrücken.«

»Das kann ich nicht machen«, sagte Boucher. Doch sein Blick verriet etwas anderes. Er sah den Profit, der für ihn in dem riskanten Spiel lag. Noch wog er Chancen und Risiken gegeneinander ab.

»Kein Problem«, entgegnete Perez und lehnte sich in seinem Stuhl zurück. »Wir können Oriol vermutlich wegen der Abtreibung drankriegen. Dann ein bisschen Rufmord über die Presse, und seine politische Karriere dürfte beendet sein. Das wäre jedoch nur ein kleiner Luftstoß. Ein Sturm aber ...«

»Gesetzt den Fall, wir würden es so machen, wie Sie vorschlagen, wie stellen Sie sich das vor?«

Die beiden Männer besprachen sich noch lange an diesem Vormittag. Als Wind aufkam, hatten sie eine Übereinkunft getroffen. Ort und Zeitpunkt waren ebenfalls festgelegt.

Perez sah zu den Wolken hinauf. »Es wird Regen geben«, sagte er.

»So was wisst ihr Einheimischen«, entgegnete Boucher.

»Eins noch, Kommissar, wo standen *Sie* eigentlich in Ihren Ermittlungen?«

Boucher grub mit der Spitze des dicken Zehs im Zierrasen. Sah Perez lange an, bevor er antwortete.

»Nur einen Steinwurf entfernt.«

Nun sah Perez seinerseits aus, als hätte er gerade eine Erscheinung gehabt. »Sie haben mich die ganze Zeit im

Glauben gelassen, dass Sie tatsächlich von dieser Geschichte eines Familienstreits ausgehen.«

»Sie sind nicht die Polizei«, sagte Boucher. Eine Antwort war das nicht.

»Erlauben es Ihre Statuten, mir ein wenig mehr zu erzählen?«

»Nein, eigentlich nicht.«

»Und uneigentlich?«

Wieder grub sich Bouchers dicker Zeh in die Erde. Wieder wanderte sein Blick zwischen Perez und seinem Zeh hin und her.

Ein Banyulenc, entschied Perez, würde dieser Boucher niemals werden.

»Na schön.«

»Darf ich?«, fragte Perez und hob sein Paket Zigaretten in die Höhe. Boucher ging ins Haus und kam mit einem Aschenbecher in der Hand zurück.

»Selbst getöpfert?«, fragte Perez und grinste.

»Meine Frau«, antwortete Boucher. »Ich sage ihr, dass er Ihnen gefällt.«

Perez rauchte und wartete.

»Wir haben uns auf die Drogen konzentriert«, begann Boucher zögerlich. Sein Blick lag dabei auf einem undefinierten Punkt an der Felswand, die seinen Garten umschloss. Irgendetwas stimmt nicht, dachte Perez. »Kahil hatte diesen unglaublich reinen Stoff bei sich.«

»Das Heroin.«

»Genau. Deshalb hat sich auch das Drogendezernat aus Perpignan in die Ermittlungen eingeschaltet. Man könnte auch sagen, sie haben den Fall an sich gerissen«, fügte Boucher resigniert an.

Perez' Stirn legte sich in Falten. Das war also der Grund dafür, dass das Pendel gerade eben zu seinen Gunsten ausgeschlagen war. Man hatte Boucher mehr oder weniger von dem Fall abgezogen, indem man ihn an die übergeordnete Stelle übergeben hatte. Der gute Boucher hatte offenbar keine Ahnung vom wahren Stand der Ermittlungen.

»Sie haben das Heroin untersucht und herausgefunden, dass es genau der Stoff ist, der vor etwas mehr als drei Jahren zum ersten Mal auf den Straßen aufgetaucht ist«, fuhr Boucher fort. »Er ist zu rein, verstehen Sie? Zu viele Tote. Das war Legitimation genug für die Kollegen, die Regie zu übernehmen. Sie können sich vorstellen, wie wenig mir das gefällt.«

»Verdammter Zentralismus«, sagte Perez und schaute grimmig. Und dann haben sie dich mit belanglosen Häppchen abgespeist, dachte er bei sich.

»Wir gehen natürlich davon aus, dass die Tode der beiden Brüder in einem Zusammenhang stehen.«

»Die in Perpignan gehen davon aus, wollen Sie sagen.«

»Kahil muss der Mörder von Aatif sein, das ist der Stand der Kollegen.«

Perez stöhnte auf. »So ein Quatsch!«

»Sie können nichts anderes beweisen, und dann noch die Schmauchspuren an Kahils Hand. Fest steht, Aatif Madouni starb vor Kahil Madouni.«

»Wir beide wissen nun, dass die Brüder am Tag ihres Todes Oriol getroffen haben. Und zwar unten am Meer.«

Boucher ignorierte den Einwurf. »Bewegung kam jedenfalls in die ganze Sache, als die Kollegen das Boot von Ihrem Jamal aufgebracht haben.«

»Was hat Jamal mit Drogen zu tun?« Die Wendung überraschte Perez. Er rückte auf die Kante des Stuhls vor.

»Wie es aussieht, eine ganze Menge. Die Kollegen wissen von einem Informanten, einem Drogenabhängigen, dass der Stoff mit einem Boot reinkommt, das den Namen *Creus* trägt.«

»Hören Sie, die Geschichte mit dem *Creus* kann ich inzwischen aufklären«, antwortete Perez schnell. »Die Familie Madouni ...«

»Beruhigen Sie sich. Dass Ihr Wein den gleichen Namen trägt wie das Drogenboot, interessiert mich nicht mehr. Die Kollegen wissen nicht einmal davon. Dafür sind sie sich absolut sicher, mit der *Creus* von Ihrem Jamal das Drogenboot gefunden zu haben, auch wenn es bei dieser Fahrt keinen Stoff an Bord hatte. Die Kollegen wussten auch, fragen Sie mich nicht, woher, dass Jamal der Bootsführer war.«

»Die *Creus* hatte wirklich Drogen an Bord?«, fragte Perez.

»Nein«, sagte Boucher. »Dieses Mal nicht. Sagte ich doch gerade.«

»Nein, dieses Mal nicht«, wiederholte Perez tonlos. Sein Gehirn arbeitete fieberhaft. »Aber wenn ...«

»Perez! Reden oder Schweigen.«

»Ich denke bloß gerade daran, was wäre, wenn ...«

»Perez!«

»Oriol hat mit den Madouni-Brüdern gemeinsame Sache gemacht. Die Brüder haben für ihn die Illegalen ins Land geschleust. Wenn aber stimmt, was Sie da gerade erzählen, dann könnte Oriol auch mit den Drogen zu tun haben. Verdammt, Boucher, das Ding wird immer heißer!«

Boucher riss die Augen auf. »Wissen Sie was?«, sagte er aufgeregt. »An einem bestimmten Punkt der Ermittlungen soll es Hinweise gegeben haben, die ins rechtsradikale Milieu führten. Ich weiß nicht, was daraus geworden ist, aber mit Oriol ...«

»Und wieso haben sie ihn nicht eingesperrt?«

»Wen? Oriol?«

»Nein. Jamal. Wenn die Drogenfahnder sich doch sicher waren.«

»Er wird beobachtet. Die Jungs nehmen an, vielmehr sie vertrauen darauf, dass er sich irgendwann mit dem Chef des Drogenrings in Verbindung setzen wird.«

Hinter Perez' Stirn arbeitete es heftig. Er dachte an Wilhelms Drogenkoffer, den er sich, mit dem Vorsatz, ihn Boucher zu übergeben, vorsorglich am Morgen in den Wagen gelegt hatte. Seitdem das Ding unter seinem Bett gelegen hatte, hatte er deutlich schlechter geschlafen.

»Moment mal«, sagte er, als ihm eine andere Frage siedend heiß in den Kopf schoss. »Bedeutet das, dass wir gestern in dem Aufnahmezentrum beobachtet wurden? Haziem und ich, als wir mit Jamal gesprochen haben?«

Boucher sah ihn lange an.

»Der blaue Qashqai«, hauchte Perez. »Aber ... aber ...«, stotterte Perez weiter. Er wurde panisch.

Abrupt stand er auf und eilte davon. Als er zurück war, stellte er den Koffer neben seinen Stuhl. Auf Bouchers fragenden Blick reagierte er nicht.

»Dieser Chef des Drogenrings, haben Ihre Kollegen

eine Ahnung, wer das sein könnte?«, fragte Perez stattdessen.

»Ich glaube nicht. Sonst hätten sie wohl schon zugeschlagen. Aber sind wir nicht eben auf Oriol gekommen? Perez, Sie wirken überspannt.«

»Boucher«, sagte Perez bestimmt. »Wir waren im Laufe der Ermittlungen nicht immer ehrlich zueinander, stimmt's? Wir hatten jeder unsere Gründe. Jetzt erzähle ich Ihnen noch etwas, das zu der Drogengeschichte gehört. Nur ich, ich passe da nicht ins Bild.«

»Sie sprechen in Rätseln. Möchten Sie vielleicht einen Eistee?«

»Boucher, kein Wort zu niemandem. Wie auch immer Sie es drehen, ich habe damit nichts zu tun, weil ich Ihnen niemals sagen werde, woher ich die Informationen habe. Versprochen?«

Boucher zuckte die Achseln.

»Versprechen Sie es!«

Boucher nickte. Seiner Meinung nach schnappte sein Besucher gerade über.

»Ich hab's selbst erst kürzlich erfahren. Es gibt in Perpignan einen Nachtklub mit dem Namen *Mauvais Endroit*. Der Besitzer des Klubs heißt Frank Darrieux, genannt *Der Marokkaner*. Offiziell ist er der Manager, vielleicht gehört der Klub auch jemand anderem.«

»Sie meinen ...?«

»Könnte sich lohnen, es herauszufinden. In jedem Fall hat dieser Darrieux mit Drogen zu tun. Und er steht ganz weit oben in der Hierarchie.«

»Woher wollen Sie das wissen?«

Perez hob den Zeigefinger.

»Schon gut«, sagte Boucher. »Ein Reflex. Weiter.«

»Sie sagten eben, es sei besonders reines Heroin gewesen. Genau den Satz habe ich so ähnlich schon einmal gehört. Und diese Spur, der ich interessehalber gefolgt bin, führte direkt zu dem *Marokkaner*. Vielleicht ist das für Ihre Kollegen vom Rauschgiftdezernat ein alter Hut, und der Typ steht schon unter Beobachtung. Wenn aber nicht, ist das mein Beitrag, damit die Spur, der Sie gefolgt sind, nicht ins Leere führt. Zur Untermauerung habe ich das hier für Sie«, sagte Perez und gab dem Koffer einen Tritt.

»Und das ist?«

»In dem Koffer befinden sich Drogen jeglicher Art. Auch Heroin.«

»Woher haben Sie den?«, fragte Boucher entsetzt. »Perez, Sie wissen, das kann uns in sehr ernste Schwierigkeiten bringen. Ich fühle mich nicht mehr an mein Wort gebunden. Entweder Sie sagen mir sofort, woher diese Drogen stammen, oder ...«

»Passen Sie auf, ich sage Ihnen so viel: Ich habe sie von einem jungen Mann, der selbst süchtig ist. Wir haben ihn in einer Entzugsklinik unterbringen können, das heißt, meine Freundin hat das erledigt. Der Junge ist von der Straße runter, glauben Sie mir. Und auch, wenn es sich blöde anhört, er ist ein guter Junge.«

»Unsinn!«, bellte Boucher. »Um wen auch immer es sich handelt, dieser Mann ist ein Straftäter und muss belangt werden.«

»Können wir das für einen Moment hintanstellen? Bitte! Hören Sie sich doch erst einmal meine Geschichte an.« Perez sah den Kommissar flehend an. Schließlich nickte Boucher mit zusammengepressten Lippen. »Also schön. Es gibt da ein Haus in Banyuls, ein leer stehendes Haus auf dem Cap d'Osne.« Perez beschrieb ihm das alte Gebäude genau. »Erfinden Sie eine Geschichte, warum Sie dort gesucht haben. Aber bevor Ihre Kollegen von der Drogenfahndung dort auftauchen, muss dieses Haus gesäubert werden. Ich habe keine Ahnung, wie Sie das anstellen, aber Sie müssen es mir versprechen. In der Bude sind meine Fingerabdrücke und die des Jungen. Ich sage es Ihnen ehrlich. Der Vater des Jungen ist ein Freund. Ich kenne die Familie und auch den Jungen seit ewigen Zeiten. Der Bursche ist auf die schiefe Bahn geraten, und er hat sich mit den falschen Leuten eingelassen. Er ist zum Dealen gezwungen worden. Vielleicht kann ich ihn irgendwann zu einer Aussage überreden, im Augenblick jedoch ist nichts zu machen. Er hat zu viel Angst vor den Typen. Ich muss ihm helfen, das bin ich seinem Vater schuldig. Habe ich Ihr Wort, dass Sie ihn aus der Sache raushalten?« Boucher zögerte. »Habe ich Ihr Wort, Monsieur le Commissaire?«, wiederholte Perez eindringlich.

»Warum erwähnen Sie das überhaupt?«

»Weil wir jetzt zusammenarbeiten. Und weil ich diese verdammten Drogen aus meinem Haus schaffen wollte. Am Ende findet sie noch jemand bei mir ...«

»Und was hat es mit dem Haus auf sich? Davon hätten Sie mir nicht erzählen müssen.«

»Es gehört einer Madame Bonnet.«

»Muss ich die kennen?«

»Ja und nein. Sie hat es nach der Scheid chen bekommen, nach der Scheidung vo net ist ihr Mädchenname. Oriol ist, viel Besitzer der Immobilie. Ein weiterer Ste

Mosaik. Zusammen mit dem Inhalt des Koffers und der Überprüfung von Frank Darrieux sollte das Ihren Leuten entscheidend weiterhelfen. Wir wollen die Drogenbosse, und wir wollen Oriol. Alles hängt zusammen, Boucher.«

»Jetzt verstehe ich. Nachdem ich schon diesen Jamal laufen lassen soll, verlangen Sie jetzt auch noch, dass Ihr junger Drogenfreund straffrei ausgeht.« Er sah hinauf in den Himmel, Perez beobachtete ihn genau. »Können Sie mir mal sagen, wie ich ein blank gescheuertes Haus und einen von Grund auf gereinigten Koffer als Beweis für irgendwas benutzen soll?«

Perez zuckte mit den Achseln. »Ich bin nicht bei der Polizei.«

»Weiß ich jetzt alles?«, fragte Boucher nach einer Weile.

»Fast. Es gibt da noch etwas ... eine echte Kleinigkeit. Nicht Pomme, Antonios Hund, hat meinen Vater in den Weinberg geführt, sondern ein Schuss, den er gehört hat. Aber Sie haben dort weder eine Waffe gefunden, noch Patronenhülsen, richtig? Ich frage also, woher kam der Schuss, wenn niemand erschossen wurde? Blut haben Sie ja auch keins gefunden. Also müssen dort noch andere Leute gewesen sein.«

Boucher dachte nach. »Ihr Vater und Sie haben eine Menge gemeinsam«, sagte er plötzlich. Perez verstand nicht. »Warum hat Kahil Ihren Vater angerufen?«

»Weil er sich keinen anderen Rat wusste. Er war auf der Flucht und erinnerte sich an Antonio. Er brauchte Hilfe. Das ist alles.«

»Das könnte sein«, sagte Boucher nachdenklich. »Na schön, Perez. Dann lassen Sie uns Jamal aus dem Aufnahmezentrum holen und den Schlachtplan ausarbeiten.

Und keine Sorge wegen des Drogendezernats, das bekomme ich schon hin. Vielleicht brauchen wir den Koffer und das Haus auch gar nicht. Wird mir ein Fest.«

Vom Wagen aus führte Perez ein weiteres Gespräch, um seinen Teil der Verpflichtung einzuhalten.

KAPITEL 33

Während Boucher Jamal mit Zustimmung der Drogenfahnder aus Rivesaltes nach Banyuls überführte, hatte Perez Marianne überreden können, das bevorstehende Telefonat zwischen Jamal und Oriol vom Hotel aus führen zu dürfen. Hätte es, wie es die Regeln vorschrieben, auf der Gendarmerie stattgefunden, hätte er als Zivilist niemals daran teilnehmen können. Von diesem Teil der Geschichte wusste die Behörde in Perpignan nichts. Boucher hatte seine Souveränität wiedergefunden. Wie auch immer er intern vorgegangen war, ging Perez nichts an. Jedenfalls hatte er einen Polizeitechniker zu Marianne ins Hotel geschickt, um alles für einen Mitschnitt vorzubereiten.

Als Boucher und Jamal Madouni endlich eintrafen und Jamal in dem engen Büro Platz genommen hatte, drückte Perez im Nachbarraum die Starttaste für die Aufnahme und legte dann einen ziemlich spektakulären Auftritt hin: Mit einem kräftigen Fußtritt stieß er die Tür auf, baute sich vor Jamal auf und brüllte:

»Du Arschloch, was glaubst du, wer du bist? Glaubst du, du bist in der Position, mich zum Narren zu halten?« Er ließ dem völlig verdutzten Marokkaner keine Zeit, zu sich zu kommen. »Ich habe dir meine Hilfe zugesagt, und du verschweigst mir ein so wichtiges Detail?«, brüllte Perez weiter. »Der Deal ist geplatzt! Du kannst von mir aus hinter Gittern verschimmeln. Du und deine dämliche Geschichte. *Eine Fähre* ...« Er versuchte Jamals Tonfall zu imitieren. »*Menschen geben, was sie sich am sehnlichsten wünschen.* Was glaubst du, wer du bist, hä? Ein verschissener Drogendealer bist du.«

Der Auftritt war nicht mit Boucher abgesprochen gewesen. Deshalb sah der ihn ähnlich fassungslos an wie Jamal. Bloß dass seinem Gesichtsausdruck die Panik fehlte.

»Es war nicht meine Idee«, antwortete Jamal. Seine Stimme lag eine halbe Oktave über normal.

»*Es war nicht meine Idee.*« Wieder äffte Perez ihn nach. Dieses Mal traf er den Tonfall besser. »Hab ich ganz vergessen, du bist ja nur der Bootsführer, weil du schon immer gerne Bötchen gefahren bist. Schon in der Badewanne musste deine Mutter immer kleine rosa Bötchen schwimmen lassen. Boucher, schaffen Sie ihn hier raus, sofort.«

»Nein, bitte Monsieur! Oriol hat uns dazu gezwungen. Es war plötzlich seine Bedingung. Sonst hätte er die Zusammenarbeit beendet. Die Flüchtlinge allein brächten ihm nicht mehr genügend Geld ein, hat er gesagt. Dann hat Aatif mit ihm geredet, und sie haben zusammen diese Lösung gefunden. Wir haben ja nie mehr als zwanzig Personen an Bord gehabt, da war immer noch Platz für ein paar Kilo.«

»Ein paar Kilo was?«, brüllte Perez immer noch dicht vor Jamals Gesicht.

»Heroin. Und Haschisch, manchmal.«

»Wie viel genau?«

»Sie haben es mir ins Boot geladen. Ich weiß es wirklich nicht. Hundert Kilo vielleicht.«

»Und Oriol hat das alles bekommen, er war der alleinige Abnehmer?«

»Sag ich doch.«

»Habt ihr direkt an ihn geliefert oder an den *Marokkaner*?«

»An den *Marokkaner*«, sagte er leise. »Ich habe ihn nie zu Gesicht bekommen, wirklich nicht, bitte glauben Sie mir!« Seine Stimme überschlug sich zum Ende des Satzes hin.

»Na dann ist doch alles klar«, sagte Perez, jetzt wieder die Ruhe selbst. Er ließ sich auf dem Stuhl in der Ecke des Raums nieder, deutete auf Jamal und sagte an Boucher gewandt: »Voilà, Monsieur le Capitaine. Da haben wir den Beweis für unsere Vermutung. Oriol steckt auch im Drogenhandel mit drin.«

»Perez!«, rief Boucher, der sich noch nicht recht von dem Schock erholt hatte. Ein Vorwurf schwang mit.

»Spontane Eingebung«, sagte Perez. »Kein großes Ding.«

»Damit können wir nichts anfangen. Wir haben nichts davon auf Band.«

»Aber bitte, Boucher, ich bin doch kein Anfänger. Natürlich habe ich das Aufnahmegerät gestartet, bevor ich hier reingeplatzt bin. Sie müssen bloß meine Stimme rausschneiden ... wegen der Kollegen«, fügte er an. »Ich kenne da jemanden, der macht so was mit links. Ein echtes Computergenie. Wenn Sie wollen, setzt er dafür Ihre Stimme rein, der schafft das. Mein Schwiegersohn. Absolut vertrauenswürdig. Sagen Sie einfach Bescheid ...«

Perez wusste selbst erst seit Kurzem, dass Jean-Martin dieses besondere Talent besaß. Seine komplette Freizeit verbrachte die Bohnenstange offensichtlich vor dem Computer. Damit nicht genug, gab er Privatpersonen und Seniorengruppen auch noch EDV-Unterricht. So war Perez überhaupt erst auf diese dunkle Seite Jean-Martins aufmerksam geworden. Stéphanie hatte ihn wieder einmal mit seiner Unkenntnis in digitalen Fragen aufgezogen und ihm, als er erklärte, wie seine Jugend in Sachen Kommunikationsmittel ausgesehen hatte, vorgeschlagen, doch bei JeMa einen Seniorenkurs zu belegen. Perez war noch unschlüssig, was ihn an diesem Vorschlag mehr beleidigte. Der Umstand, dass seine Ziehtochter ihn als Senioren bezeichnet hatte, oder die Erkenntnis, dass in seinem Dorf etwas existierte, von dem er nicht die leiseste Ahnung gehabt hatte, und dessen Protagonist sein zukünftiger Schwiegersohn war.

Noch herrschte zwischen Jean-Martin und ihm eine leichte Verstimmung, auch wenn sie sich gestern, nachdem Perez seinen Besuch bei Boucher beendet hatte, lange unterhalten hatten. Perez hatte sich sowohl bei Jean-Martin als später auch bei Marie-Hélène entschuldigt und den beiden versprochen, sie ab sofort bedingungslos in ihrem Vorhaben zu unterstützen.

Boucher ahnte von alldem nichts. Deshalb rannte er trotz Perez' Versicherung, alles ordnungsgemäß aufgezeichnet zu haben, aus dem Zimmer. Keine sechzig Sekunden, nachdem er den Raum verlassen hatte, stand er aber schon wieder neben Perez. Seine Hand lag jetzt auf dessen Schulter.

»Haben Sie Fieber?«, fragte Perez, der die Hitze durchs Hemd spüren konnte.

»Gut gemacht«, antwortete Boucher ernst. »Respekt!«

Danach gingen sie mit Jamal alles wieder und wieder durch. Sie erörterten alle möglichen Wendungen, die das Gespräch mit Oriol nehmen könnte, und entwickelten Strategien. Jamal spurte wie ein Duracell-Hase. Forderte Perez ihn auf, zu sprechen, sprach er, hieß er ihn schweigen, tat er auch das. Perez' Auftritt hatte ihm nachhaltig klar werden lassen, dass er keinerlei Spielraum hatte.

Es kam der Zeitpunkt, an dem alles gesagt, alle Möglichkeiten erörtert waren.

»Na schön, Monsieur Madouni«, sagte Boucher daraufhin. »Dann greifen Sie mal zum Hörer.«

KAPITEL 34

Zwölf Stunden später lag Perez in einem Gebüsch oberhalb eines schmalen Tals, in dem sich die Ruine einer ehemaligen Werft für traditionelle Holzboote befand.

Jamal hatte ihn überrascht. Es war die Mischung aus Angst, in einem französischen Knast den Rest seines Lebens verbringen zu müssen, verbunden mit einem fast schon biblischen Rachegedanken gegen den Mann gewesen, der seine beiden Brüder auf dem Gewissen hatte, die ihn traumwandlerisch sicher durch das Telefonat geführt hatte.

Zu Beginn des Gesprächs hatte Oriol noch den Überraschten gespielt. Der Politiker war ein guter Schauspieler. Und gewohnt, die Fäden in der Hand zu halten. War er damals als Gewerkschaftsführer auch so gewesen?, fragte sich Perez, während er ihm zuhörte. War man mit dem, was Oriol sagte, inhaltlich einverstanden, empfand man ihn wahrscheinlich als redegewandt und seine zynischen Bemerkungen als ein Zeichen von Intelligenz. War man das nicht, verkehrte sich alles ins Gegenteil. Man spürte Kälte, grausame Härte und Menschenverachtung.

Als Jamal schließlich mit den Fotos drohte und die Abfindung forderte, hörte man nichts als ein dreckiges Lachen am anderen Ende der Leitung. Jamal ließ sich jedoch nicht beirren, er stellte seine Forderungen, nannte Ort und Zeitpunkt der Übergabe und erklärte zum Schluss noch, er sei bewaffnet und würde sämtliche Täuschungsmanöver gnadenlos bestrafen.

Erstaunlicherweise hatte Oriol darauf verzichtet, den Ort selbst zu bestimmen. Dabei hatte Perez genau das im Vorfeld für die schwierigste Hürde gehalten. War er sich seiner Sache wirklich so sicher? Oder war Perez' Plan, ihm einen Ort vorzuschlagen, den er bestens kannte, aufgegangen? Oriol hatte sich noch in der Zeit seiner Gewerkschaftsarbeit in der kleinen Werft eine Barque catalane bauen lassen, und Perez wusste davon. Das traditionelle Holzboot der Katalanen lag noch immer im Hafen von Port-Vendres.

Jamal hatte rumgedruckst, oscarreif umständlich beschrieben, wie er den alten Betrieb finden würde, welche Abfahrt er von der 914 nehmen müsse, und hatte so den Eindruck erweckt, den Ort selbst nicht genau zu kennen. Und selbst wenn Oriol das Terrain observieren würde, es war bereits alles vorbereitet gewesen, noch bevor Jamal seinen Anruf getätigt hatte.

Aber noch war Oriol nicht da. Eine Eingreifgruppe der Nationalgendarmerie namens GIGN hielt den gesamten Bereich unter Beobachtung. Sobald Oriol mit seinen Männern – allein würde er sicher nicht auftauchen – von der Straße abbog, würde sich der Ring der Polizisten enger und enger um das Werftgebäude schließen. Sie standen nicht direkt unter Bouchers Befehl, doch er und der Einsatzleiter besetzten den Kommandostand der Operation gemeinsam. Käme es zum Showdown, wäre Boucher für Jamal Madouni zuständig, so hatte er es gefordert. Er würde, so der Plan, in den nur Perez und er eingeweiht waren, den Jungen aus dem Getümmel wegbringen, während die GIGN Oriol und seine Mannen außer Gefecht setzte.

Perez' Plan sah vor, dass der Kommissar sich im Verlauf der Mission zum Trottel machte. Ein Punkt, der im Vorfeld zu heftigen Diskussionen geführt hatte, der aber letztlich – wie selbst Boucher eingestand – alternativlos geblieben war. Auf diesen Teil der Aktion freute Perez sich besonders.

Von Perez wussten die Männer der GIGN natürlich nichts. Er hatte seinen Kangoo weit weg, am Rande eines Weinbergs, geparkt. Aber das alles auch erst, nachdem er die SMS von Boucher erhalten hatte. *Jetzt,* hatte da kurz und knapp gestanden. Er befand sich hinter dem äußeren Ring der GIGN und würde weg sein, noch bevor die Einsatzkräfte ihren Rückweg antraten. Erst nachdem er das Go erhalten hatte, war er über den zugewachsenen Pfad gehoppelt, den er noch aus Kindertagen kannte. Sich gebückt vorwärtsbewegend, blieb er zwischendrin immer wieder stehen, um Luft zu schnappen. Lediglich die Helligkeit des Mondes stand ihm als Orientierung zur Verfügung. So rückte er Meter um Meter vor, bis er den zuvor exakt definierten Punkt erreicht hatte, an dem er nun lag.

Sein Herz raste, sein Puls hämmerte wahrscheinlich oberhalb von zweihundert Schlägen. Ein Hobbyermittler wie er hatte in einer militärstrategisch geführten Aktion nichts verloren. Ein Glück nur, dass er diesen Teil der Geschichte vor Marianne geheim gehalten hatte. Sie hätte ihn rundheraus für geisteskrank erklärt. Und ausnahmsweise hätte er ihr sogar zustimmen müssen. Für eine Umkehr war es nun jedoch zu spät.

Um kurz vor dreiundzwanzig Uhr betrat Jamal die Bildfläche. Zunächst hörte man ihn nur, wie er im Unterholz des gegenüberliegenden Hangs talwärts stolperte. Auch das war so geplant. Es sollte den Anschein haben, als suche er nach dem rechten Ort. Und auch dass er allein war, sollte die Show unterstreichen. Eine reine Vorsichtsmaßnahme, falls jemand das Terrain für Oriol observierte.

Kurze Zeit später trat Jamal aus dem Schatten der Pinien auf den ehemaligen Hof der Werft. Von hier führten alte Gleise direkt ins Meer. Über die waren seinerzeit die neuen Boote zu Wasser gelassen worden. Perez ließ seinen Blick über die bewegte Oberfläche des Mittelmeers gleiten. Der Wind hatte sich noch nicht gelegt.

Furchtsam blickte sich der Marokkaner nach allen Seiten um. Er spielte seine Rolle weiterhin meisterlich. Erst als er einmal durchs leere Gebäude gegangen war und im Inneren nach Oriol gerufen hatte, hockte er sich auf einen der alten Holzböcke, die verwittert von Sonne und Meer vor der Ruine Wacht hielten. Durch sein Rufen hatten die Männer im Kommandostand die im rauen Mauerwerk versteckten Mikros erneut testen können. Alles funktionierte einwandfrei. Perez konnte das bestätigen. Boucher hatte ihn mit einem In-Ear-Kopfhörer ausgestattet.

»Keiner wird merken, dass eins mehr von den kleinen Dingern im Einsatz ist«, hatte er gesagt. »Und so können Sie alles mitverfolgen und wissen auch, wann ich mit Jamal in Ihre Richtung gelaufen komme. Viel Glück, Perez. Wenn's klappt, bekommen Sie einen Orden – inoffiziell.«

»Und wenn nicht?«

»Hetze ich meinen Hund doch noch auf Sie.«

Keine zehn Minuten später flammten weiter hinten im Tal Scheinwerfer auf.

»Zielfahrzeug nähert sich«, hörte Perez. »Ein Fahrer, drei weitere Personen.«

Allzu viel Angst schien Oriol nicht zu haben. Drei Begleiter lagen am unteren Rand dessen, was Perez sich als Rückendeckung vorgestellt hatte.

»Fahrzeug hält an«, hörte er auf seinem Ohr.

»Zwei Männer steigen aus«, unmittelbar darauf.

»Hier Omega: Alphateam bleibt beim Wagen. Beta verfolgt die Männer.« Die Stimme des Operationsleiters.

»Betateam für Omega: Negativ«, kam die Antwort. »Die Männer trennen sich.«

»Omega für Beta: Folgt ihnen. Zwei Mann auf jede Zielperson.«

Offenbar bestand ein Team aus jeweils vier Polizisten. Wie viele Teams sich insgesamt im Einsatz befanden, wusste Perez nicht. Jedenfalls klang es in seinen Ohren professioneller, als er es hier in Banyuls erwartet hätte. Aber was wusste er schon.

Für die nächsten zwei Minuten schwieg der Knopf in seinem Ohr.

»Alphateam für Omega: Ankunft in sechzig Sekunden.«

Ein Landrover rollte auf den Hof der Werft. Die Scheinwerfer erloschen. Vorerst stieg niemand aus. Ob die Männer ebenfalls mit Funk untereinander verbunden waren? Sehr gut möglich, dachte Perez. Er konnte nicht erkennen, was im Innern des Wagens geschah, trotz des starken Fernglases, das er vor die Augen hielt. Wohl aber, dass Jamal zum Wagen ging, sich hinabbeugte und etwas zu dem Fahrer sagte. Danach wandte er sich um und ging, ohne noch einmal zurückzugucken, in die Ruine. So war es abgesprochen.

Im Fahrzeug war weiterhin keine Bewegung auszumachen. Erst als Perez meinte, ein Knacksen gehört zu haben – der Schall wanderte hier ungehindert den Hang hinauf –, stiegen die beiden verbliebenen Männer aus dem Wagen. Oriol und ein bulliger Typ mit einem Vollbart, der seinen Träger bei jeder amerikanischen Grenzkontrolle unter Terrorismusverdacht gestellt hätte. Er trug weiße Jeans und versteckte seine Muskeln unter einer schwarzen Bomberjacke. Auf seiner Schulter tanzte ein dünner Zopf. Der Typ, der Perez vor der Tür des *Mauvais Endroit* abgewiesen hatte.

Dank sternenklarer Nacht und Vollmond hatte Perez einen ziemlich guten Blick auf den ehemaligen Gewerkschafter und jetzigen Kriminellen Oriol. Das gute Fernglas, ein Geschenk von Alain Pereira, hellte die Szenerie zusätzlich noch etwas auf. Der FN-Politiker war unrasiert, etwas schmaler als früher, trug das Haar akkurat gescheitelt und steckte in einem gut sitzenden, dunklen Anzug. Die Hornbrille sollte ihm wohl einen seriösen Anstrich verleihen.

»Beta eins«, hörte er in diesem Augenblick. »Erste Zielperson auf Position. Fünfzig Meter östlich auf zwei Uhr.«

»Beta zwo!« Ein kurzes Knacken. »Zweite Zielperson hinter ausgetrocknetem Flussbett in Position. Westlich auf acht Uhr. Entfernung vierzig Meter.«

»Omega für Beta eins und Beta zwo: Sind die Zielpersonen bewaffnet?«

»Beta eins: positiv. Handfeuerwaffe.«

»Beta zwo: positiv. Handfeuerwaffe.«

»Omega für Beta-Team: Habt ihr freies Schussfeld?«

»Beta eins: Roger.«

»Beta zwo: Roger.«

Na dann, dachte Perez und merkte, dass ihm sein Hemd am Körper klebte und sich kaum noch Speichel in seinem Mundraum befand.

»Omega an alle: Scharfschützen auf Position. Stürmung erfolgt auf mein Kommando. Erste Welle direkt hinter den Rauchbomben. Endgültiger Zugriff erst, wenn Joker außerhalb des Hauses ist. Viel Glück.«

Oriol betrat die Ruine allein. Sein Bodyguard tat, wofür er bezahlt wurde: Er positionierte sich breitbeinig und mit vor der Brust verschränkten Armen vor der Öffnung, die früher einmal die Eingangstür gewesen und durch die Oriol gerade geschritten war.

»Jamal, mein Freund, wir haben uns lange nicht gesehen«, hörte Perez Oriols Stimme. Sie klang nicht unsympathisch.

Er versuchte, dessen Standort innerhalb der Ruine auszumachen. Das Dach des Gebäudes war nahezu abgedeckt, sodass er einen guten Einblick hatte. Das Innere der Werft bestand neben einigen wenigen Nebenräumen nur aus der großen Halle, in der die Boote gebaut worden waren.

Jamal erkannte er klar und deutlich. Keinen Meter hinter ihm lag die zweite Maueröffnung in Richtung Meer.

Durch dieses Loch, so hatten sie vereinbart, würde er verschwinden, sobald der Befehl zum Zugriff gegeben worden war. Jamal selbst war nicht verkabelt, das war den Einsatzkräften als zu gefährlich erschienen.

»Monsieur Oriol«, antwortete Jamal als schmallippige Begrüßung. Er schaffte es, dass Angst mitschwang, was aber vielleicht keine schauspielerische Leistung darstellte.

Der Politiker löste sich aus dem Schatten der Außenmauer und näherte sich Jamal.

»Nichts für ungut«, rief er dem Jungen zu. »Ich würde dich gerne checken lassen. Nur um sicher zu sein, dass ich dir trauen kann.«

»Einverstanden.«

Auf das Stichwort hin betrat der Bulle in der weißen Hose die Ruine, lief zielstrebig auf Jamal zu und untersuchte ihn auf Waffen.

»Sauber«, nuschelte er und trollte sich zurück zu seinem vorherigen Standort vor dem Gebäude. Er hatte eine für einen Mann seiner Statur viel zu hohe Stimme. Außerdem lispelte er, was Perez im *Mauvais Endroit* nicht aufgefallen war.

»Danke«, sagte Oriol. »Ich dachte mir schon, dass du nur gebluift hast, aber sicher ist sicher. Überhaupt war das, was du am Telefon gesagt hast, nicht angenehm. Wir sind schon so lange Geschäftspartner. Warum tust du so etwas?«

»Sie haben meine Brüder getötet«, sagte Jamal so laut, dass Perez es auch ohne Stöpsel im Ohr gehört hätte.

Oriol lief einmal um den jungen Marokkaner herum. Blieb dann, Jamal den Rücken zukehrend, für eine überbetonte Weile stehen. Seine Arme baumelten seitlich vom

Körper herab. Die Körpersprache schien Enttäuschung vermitteln zu wollen. Über diesen Moment, in dem Jamal den Politiker des Mordes bezichtigen würde, hatten Boucher und Perez heftig diskutiert. Ob es wirklich schlau wäre, den gerissenen Kriminellen derart direkt mit dem Vorwurf zu konfrontieren, hatten sie sich gefragt.

Jetzt aber verhielt Oriol sich anders als erwartet und auch anders, als seine Körpersprache signalisiert hatte. Er drehte sich Jamal wieder zu, senkte den Kopf, verharrte auch in dieser Position theatralisch lange, bevor er ihm endlich direkt in die Augen sah.

»Das stimmt«, sagte er fest, aber leiser als zuvor. Und dadurch wirkte die Bestätigung wie eine Drohung. Was sie unmittelbar darauf auch wurde. »Und das steht dir auch bevor, Jamal. Es hätte so nicht kommen müssen, aber deine Brüder waren außer sich, nach der Abtreibung ...«

»Abtreibung?«, fragte Jamal ehrlich erstaunt.

»Oh nein«, entfuhr es Perez. Da hatten sie alle Richtungen, die das Gespräch würde nehmen können, durchgespielt, es aber versäumt, Jamal über Camilles Gesundheitszustand und den Grund dafür in Kenntnis zu setzen. Hoffentlich ging jetzt nichts schief.

»Du weißt nichts davon? ... Mon dieu, ja. Dein Bruder Kahil konnte seine Hände nicht von meiner Tochter lassen. Was sollte ich da tun? Er wusste, dass ich ihn unmöglich als Schwiegersohn akzeptieren konnte. Persönlich war er mir nicht unsympathisch, das nicht, Jamal. Aber in meiner Position verbietet sich schon allein der Gedanke an eine solche Liaison. Er wollte das nicht einsehen. Und meine arme Camille auch nicht ... Dann greift ein Vater eben ein. Du bist Marokkaner, Jamal, du solltest wissen, wovon ich rede. Es gibt Regeln. Und dann hat er mir gedroht, alles auffliegen zu lassen. Euer Geschäft könnte auch ohne mich weiterlaufen, meinte er. ... Mir gedroht.« Er lachte und breitete die Arme aus. »Jamal, ganz ehrlich, Mateu Oriol droht man nicht.«

Wäre Perez an Jamals Stelle gewesen, er wäre diesem miesen Typen spätestens jetzt an die Gurgel gegangen. Er hätte nicht die Kraft aufgebracht, still zu bleiben. Doch Jamal wollte das Geständnis und seine Haut retten.

»Dreckschwein«, zischte er.

Perez wurde kurz geblendet. Eine kleine Körperdrehung Oriols, und Perez sah, was zusätzlich zu einer gewissen Zurückhaltung bei Jamal geführt hatte: Das Mondlicht war auf die Waffe gefallen, die Oriol auf Jamal gerichtet hielt. Diesen Mord wollte er offenbar selbst begehen.

»Was sollte ich tun? Aatif ging plötzlich auf mich los. Du weißt ja, wie aufbrausend dein Bruder sein konnte. Und alles nur, weil ich Kahil ein für alle Mal deutlich gemacht hatte, dass es nichts würde mit ihm und Camille ...«

»Kahil?«

»Kahil«, rief Oriol fröhlich. »Der hockte wie versteinert auf seinem Kanakenarsch. War ja so traurig wegen meiner Kleinen. Anders als Aatif. Der ging auf mich los. Es war Notwehr, Jamal. Reine Notwehr.«

»Kahil?«

»Na ja. Nachdem er gesehen hat, wie Aatifs Hirn sich über den Strand verteilte, stand er wohl etwas unter Schock. Und plötzlich war er weg.« Oriol lachte wie im

Fieberrausch. »Ja, klingt seltsam, aber ich schwöre, so war es. Er hatte so stocksteif dagesessen, dass wir uns einen Moment lang nicht um ihn gekümmert haben. Außerdem war der feine Muslim voll wie eine Haubitze. Trotzdem hat er wohl seine Chance gewittert und ist abgehauen. Wir sind hinter ihm her. Er war schnell, dein Bruder. Gut trainiert. Hat uns schon eine Weile gekostet. Und tatsächlich haben wir ihn auch für eine Zeit aus den Augen verloren. Er ist oben in die Weinberge. Allerdings wussten wir, dass er auch wieder runterkommen musste. Also sind wir um den Berg herumgefahren und haben ihn dort in Empfang genommen. Weiß der Henker, was er am Col de Banyuls wollte, aber das war seine Richtung. Der Rest ... nun ja, ich gebe es gerne zu, war schon eine feine Idee von mir. Wir haben ihn geschnappt und ihm ein Spritzchen gedrückt. Noch etwas H in die Brusttasche gesteckt und ihn einen Schuss abgeben lassen. Mit der Waffe, mit der ich vorher Aatif ausschalten musste. Komm schon Jamal, ein genialer Plan. Ach ja ...«, stöhnte er lustvoll auf und drehte sich dabei wie eine Ballerina selbstverliebt um die eigene Achse. »Wir hatten es gut zusammen, Jamal. Du und deine Brüder und wir, die wir hier alles gerichtet haben. Ihr habt viel Geld verdient. Vielleicht sind die Menschen so, wenn's ihnen zu gut geht, begeben sie sich aufs Glatteis. Die Natur des Menschen, Jamal. Das ist mein Geschäft, damit kenne ich mich aus. Das weißt du. Aber was machen wir nun mit dir? Sag mir das. Habe ich Möglichkeiten, die ich noch nicht bedacht habe? Ich wäre froh, wenn du mir einen Ausweg zeigen könntest ...«

»Zugriff«, hörte Perez auf seinem Ohr und erschrak. So gebannt hatte er der Unterredung gelauscht, dass er darüber das Einsatzkommando völlig vergessen hatte.

Die Rauchbomben schlugen auf dem Boden auf und zerplatzten. Sofort zog farbiger Nebel auf und verwandelte das klare Bild in eine schwammige, undurchdringliche Masse. Perez sah noch, wie eine Hand Jamal aus der Öffnung zog, bevor er das Fernglas sinken ließ. Gleichzeitig rückte eine Reihe bewaffneter Männer mit Schutzwesten in Richtung Ruine vor.

»Ergeben Sie sich, Mateu Oriol«, hörte er durchs Tal schallen. »Waffen runter, Sie sind umstellt und haben keine Chance, zu entkommen.«

Noch in die letzten Worte fiel der erste Schuss. Was danach genau geschah, würde Perez erst am nächsten Tag erfahren.

Er rannte los in Richtung des vereinbarten Treffpunkts. Zweige schlugen ihm ins Gesicht, zweimal wäre er fast gestürzt. Das Adrenalin pochte in seinen Adern, als er endlich den zugewachsenen schmalen Pfad erreichte, der alle Buchten der Côte Vermeille miteinander verband, den aber nur noch wenige Menschen kannten. Boucher hatte er zumindest den Teil des Weges von der Ruine bis zu seinem jetzigen Standort hinauf gezeigt.

Als er die Geräusche der beiden Männer unter sich hörte, drückte Perez sich in den Schatten der Korkeiche. Die Umrisse von Boucher und Jamal entwuchsen der Nacht.

Perez trat vor. Die Männer sahen sich an. Jamal hatte Tränen in den Augen. Nach einem kurzen Moment nickte Boucher und gab Perez die Hand.

Perez zögerte.

»Nun machen Sie schon, Perez. Vermasseln Sie es nicht auf den letzten Metern.«

Mit einem gut gespielten Seufzer tiefsten Bedauerns hob Perez das Kantholz, das er die ganze Zeit über mit sich geschleppt hatte, und schlug zu.

KAPITEL 35

Perez rannte den Pfad hoch, so schnell er konnte. Jamal immer hinter ihm her. Auf dem nur von Macchia bewachsenen Bergrücken musste er kurz verschnaufen.

Von hier aus ging es nur mehr bergab. Nach weniger als zehn Minuten traten sie hinter einem Felsen hervor auf den Strand.

»Fran, mein Guter. Wie schön dich zu sehen«, hechelte Perez. »Leider haben wir keine Zeit, das Wiedersehen gebührend zu feiern. Ich fürchte, es eilt. Der Typ hinter mir ist dein Passagier. Jamal Madouni.«

Francesc Puig war derjenige gewesen, den er am Morgen nach dem Gespräch mit Boucher angerufen hatte.

»Francesc«, hatte er in den Hörer gerufen, nachdem sich die sonore Stimme des Paten von Port-Vendres gemeldet hatte. Seit der Sache mit der explodierten Jacht und den Reparationsleistungen aus Perez' letztem Fall hatte die Freundschaft zwischen ihnen ein wenig gelitten.

»Perez«, bellte der alte Lebemann. »Das kann nur bedeuten, dass du einen weiteren Gefallen willst ...«

»So ist es, mein Alter. Ich habe einen super Job für dich. Na ja, Job trifft es nicht ganz. Eher schon ein Abenteuer. Ja, ein Abenteuer, das beschreibt es ganz gut. Und noch dazu auf hoher See. Das liebst du doch. Eine schöne lange Überfahrt.«

»Danach sind wir aber endlich quitt!«, stieß Francesc aus. Der Tonfall irgendwo zwischen Ergebenheit und Drohung.

»Fran ... also ehrlich ... quitt, wie sich das anhört. Unter Freunden. Na komm. Lass uns doch mal wieder zusammen im *Tramontane* essen gehen, was hältst du davon? Pass auf, ich erzähle dir jetzt genau, wie es ablaufen muss. Also, du nimmst dein schnellstes Boot ...«

»Perez, du Hund«, knurrte ihn der Alte nun an. »Was waren das für Schüsse? Du bist wohl verrückt. Wo ziehst du mich da mit rein?«

»Du bringst jetzt unseren Jamal hier nach Marokko. Da kannst du ihn von mir aus mit dem größten Arschtritt aller Zeiten von Bord kicken. Aber erst da, Fran. Von deiner Schuld ist erst dann ein Teil beglichen, wenn ich seinen Anruf von dort erhalten habe. Und jetzt los. Die Schüsse stammten zum einen von einem Politiker, der gerade dir nicht unbekannt sein dürfte, und zum anderen von einem Sondereinsatzkommando der Gendarmerie.«

Francesc Puig hätte früher darüber gelacht. Nicht weil er den Ernst nicht verstanden, sondern weil er Perez für einen Aufschneider gehalten hätte. Seitdem er selbst zu den Opfern Perez'scher Ermittlungsarbeit zählte, hatte sich das geändert.

Deshalb wurde er jetzt bleich, stotterte etwas vor sich hin, zog dann aber so heftig an Jamal, dass der strauchelte.

»Los, du Idiot, scher dich in mein Boot. Und halt bloß die Klappe, bis wir drüben sind. Wird's bald? Und wir, Perez, wir sprechen uns noch.«

Sie sprangen in das Zodiac und waren keine zwei Minuten später auf Puigs Jacht, die hundert Meter weiter draußen ankerte. Das Schlauchboot schleppten sie hinter sich her, als sie mit voller Kraft in See stachen. Es würde noch gebraucht werden. Jede Geschichte verdiente schließlich ein richtiges Ende.

FÜNF WOCHEN SPÄTER

I.

Perez schlug die Decke weg. Er hatte prächtig geschlafen. Jetzt fühlte er sich bereit für den großen Tag.

Er lief die wenigen Schritte zum Fenster, stieß die Läden auf und warf einen Blick aufs Meer. »Perfekt«, sagte er.

Nach dem Duschen stieg er in seine Shorts, suchte ein frisches, wenn auch ungebügeltes Hemd heraus und verließ sein Heim.

Draußen steckte er sich eine Zigarette an, umkurvte den noch frisch dampfenden Hundehaufen und grüßte Madame Argenteuil und deren Köter derart überschwänglich, dass die Einundneunzigjährige ihm noch eine Weile verunsichert hinterherschaute.

Um kurz nach elf betrat er das *Café le Catalan,* wo ihm Jean-Martins Vater von der Bar aus fröhlich zuwinkte.

»Serge«, rief Perez, »du siehst aber schick aus. Wusste gar nicht, dass du ein so schöner Mann bist.«

»So willst du ja wohl nicht zur Hochzeit unserer Kinder erscheinen«, antwortete der Mann im schwarzen Anzug.

»Na komm ...« Perez streckte den Bauch noch mehr vor. »Alles frisch gewaschen.«

Er war zehn Minuten zu spät – im Grunde also pünktlich. Im Norden, wo sein Termin herkam, schien man das anders zu sehen. Der Mann, dem, nachdem er zwei Wochen einen Turban aus Verbandmull um den Kopf getragen hatte, heute immer noch ein riesiges Pflaster auf der Stirn klebte, klopfte mit dem Zeigefinger auf seine Omega, als sich ihre Blicke begegneten.

»So geht das nicht!«, sagte er scharf, als Perez an seinen Tisch trat. Bouchers Gesichtsausdruck unterstrich den Ernst der Lage. Er hielt ihn für ungefähr fünf Sekunden aufrecht. Dann schlich sich ein Grinsen auf sein Gesicht, gefolgt von einem fast schon ansteckenden Lachen.

»Bonjour, Monsieur le Commissaire«, sagte Perez und ließ sich auf den Stuhl fallen. »Wie geht's dem Kopf?« Er schnappte sich ein Croissant und stippte es in den dampfend heißen Café au Lait.

»Regen Sie mich nicht gleich wieder auf. Mein Arzt hat mir das verboten.«

»Ich hatte es Ihnen gesagt, ich habe noch niemals zuvor jemanden geschlagen, und schon gar nicht mit einem Kantholz.«

Perez hatte den Kommissar mit der Kante anstatt mit der stumpfen Seite des Prügels getroffen. Allerdings war die Stärke der Verletzung gleichzeitig zur Stärke ihrer Geschichte geworden. Boucher war gleich, nachdem er einigermaßen wiederhergestellt gewesen war, zum Angriff übergegangen. Intern natürlich. Er hatte der GIGN den Vorwurf gemacht, das Terrain nicht ausreichend überprüft zu haben. Wie sonst hätte es sein können, dass sie den Helfer von Jamal übersehen hatten, und was, wenn dort Oriols Leute gestanden hätten, so fragte er die Kollegen mit reichlich Vorwurfspotenzial.

Daraufhin hatte man den Streit schnell und ebenfalls intern beigelegt und Boucher für seinen Verdienst um die Enttarnung Oriols gebührend gefeiert. Allerdings erst nach Oriols Beerdigung, denn der FN-Politiker hatte das Feuergefecht nicht überlebt. Ob er sich, wie in den offiziellen Verlautbarungen zu lesen war, im Rahmen des Zugriffs selbst erschossen oder ihn eine verirrte Kugel der GIGN niedergestreckt hatte, wie Boucher vermutete, würde wohl ebenfalls intern verhandelt werden.

Die Aktion im Département Pyrénées-Orientales war aufgrund der Verbindung zum Front National Aufmacher aller Zeitungen der Republik gewesen. Die Rolle Bouchers bei der Aufklärung des Falls wurde ebenfalls national gewürdigt, was dem strafversetzten Gendarm ein wahrer Hochgenuss war und ihn seine Verletzung mit größtem Stolz tragen ließ. Dass er auch noch dazu beigetragen hatte, den *Marokkaner* festzusetzen, trug ihm weitere Meriten ein. Perez gönnte Boucher den Triumphzug.

»Verziehen, mein lieber Perez. Alles halb so wild. Montag nehme ich meinen Job wieder auf. Dann hat das Lotterleben ein Ende. Was sagen Sie eigentlich dazu, dass sich selbst das letzte Steinchen noch passgenau in unser Mosaik eingefügt hat?«

»Sie sind ein wahrer Poet, Boucher. Ich nehme an, im Elsass ...«

»Perez!«, rief der Kommissar mahnend. »Schluss mit diesem Gequatsche. Das hatten wir vereinbart.«

»Auch gut. Sie meinen das Schlauchboot? Ja ... Mein Unterstützer ...«

»Dessen Namen Sie mir nach wie vor nicht nennen wollen?«

»Dessen Name ich Ihnen nicht verraten werde – richtig. Er muss die Strömung falsch berechnet haben. Oder aber, was er bestreitet, sie haben das Boot zu spät losgebunden. Sonst hätte es früher angespült werden müssen.«

»Oder es hat schon länger an dem Strand gelegen, bevor die Jugendlichen darauf gestoßen sind.«

»Waren brave Kinder.«

»Woraus schließen Sie das?«

»Ich hätte als Kind einen goldenen Anhänger behalten und nicht zur Polizei gebracht.«

»Das wissen wir nicht, mein Lieber. Der Vater des Jungen ist der Leiter der Polizeistation von Porto de la Selva.«

»El Port de la Selva, Boucher. El Port. Katalanisch.«

Boucher winkte ab. »Jedenfalls hat das perfekt gepasst.«

»Das Mittelmeer ist eben gefährlicher, als die Touristen glauben. Starke Winde, Monsterwellen, Haie, alles da. Und dann ist plötzlich so ein armer Marokkaner auf dem Heimweg auch mal ganz schnell mit seinem Schlauchboot umgekippt und ersoffen. Und die Strömung treibt das Bötchen irgendwann zurück an Land. Seine Leiche ... nun: Friede seiner Asche. Eine glaubwürdige Geschichte, n'est-ce pas, Monsieur le Commissaire?«

Perez stand auf und suchte den Karton, den er hinter dem Tresen deponiert hatte. Er stellte ihn vor Boucher auf den Tisch.

»Ein kleines Geschenk, Monsieur le Commissaire.«

»Aber Perez, Sie wissen doch, dass ich so was nicht annehmen kann.« Er zog eine Flasche *Creus* heraus und schnalzte mit der Zunge.

»Wenn Sie im Dienst sind.«

»Klar.«

»Sind Sie aber nicht. Und jetzt Schluss mit dem Gehabe. Ich möchte mich für den rüden Schlag mit dem Kantholz entschuldigen. Mit den sechs Flaschen und einem Foto. Damit der Fall auch tatsächlich abgeschlossen ist.«

Während Boucher überrascht das Bild betrachtete, das Kahil und Camille im Hof der Moschee zeigte und das Perez erst auf die Spur von Oriol gebracht hatte, ging Perez durch den Kopf, welchen Spaß er gehabt hatte, als er seinem Vater die sechs Flaschen für Boucher abgeschwatzt hatte. Er hatte ihm versichert, dass Boucher nichts gegen ihn unternehmen werde wegen seiner diversen Falschaussagen, und dass dafür ein Karton doch noch eine sehr mäßige Bezahlung sei.

»Korrupte Bullen«, hatte Antonio genörgelt, und sich gewunden wie ein Aal. Perez aber hatte nicht lockergelassen, bis der Alte schließlich unter wilden Flüchen in seinen Keller gedackelt war und die Preziosen rausgerückt hatte.

»Woher stammt das?«, fragte Boucher, nachdem er das Bild gebührend betrachtet hatte.

»Lassen Sie mir ein kleines Geheimnis, d'accord? Aber das Bild war die Initialzündung für meine Ermittlungen. Ich wollte einfach, dass Sie es kennen. Können wir es dabei belassen?«

»Na schön, ich sage Danke! Meine Frau wird sich über den *Creus* freuen. Und dann will ich Ihnen aber auch noch sagen, dass das für eine Privatperson eine reife Leistung war, die Sie da erbracht haben. Respekt, Perez.«

»Merci beaucoup! Wenn Sie mal wieder nicht weiterkommen, wissen Sie ja, wo Sie mich finden. Ich muss los, Kommissar.«

»Die Hochzeit.«

»Ja, ich muss meine Freundin abholen und mich umziehen.«

»Ein Anzug etwa?«, Boucher schmunzelte. »Würde ich zu gerne sehen.«

»Ich schicke Ihnen ein Foto.«

»Sagen Sie, man erzählt sich, dass Madame Fabre nicht so recht einverstanden war mit der Hochzeit?«

»Ach was. Unsinn«, antwortete Perez und dachte an die schweren Verhandlungen zurück. »Man darf nicht alles glauben, was die Leute sagen. Machen Sie es gut. Man sieht sich.«

»Das wird sich nicht vermeiden lassen«, rief Boucher Perez hinterher und grinste über beide Wangen.

II.

»Und deshalb, meine lieben Kinder, wünsche ich euch alles Glück dieser Erde. Steht auf und erhebt euer Glas auf meine kleine Marie-Hélène und ihren Gatten Jean-Martin. Sie leben hoch! Sie leben hoch! Sie leben hoch!«

Perez stand stolz am Rednerpult im Festsaal des Hotel Fabre. Mit der Rechten hob er sein Glas, mit der Linken wischte er sich eine Träne der Rührung aus dem Augenwinkel. Er ließ es zufällig aussehen und hoffte, dass niemand etwas bemerkte. Dann stieg er vom Podium und konnte gerade noch rechtzeitig sein Glas abstellen, als Marie-Hélène auch schon in seine Arme geflogen kam. Er drückte sie so fest an sich, dass die junge Frau fast erstickt wäre.

»Papa. Das war eine schöne Rede. Ich bin so glücklich.« Sie strahlte, dass es Perez ganz warm ums Herz wurde.

»Ich auch, meine Kleine. Und ich schäme mich immer noch, dass ich es dir so schwer gemacht habe.«

»Du bist halt ein sturer Bock. Aber ich liebe dich trotzdem.«

»Nun hör aber auf damit. Willst du, dass alle Leute sehen, wie ich heule?«

»Ja, das will ich.« Ihr Strahlen wollte kein Ende nehmen.

»Das ruiniert meinen Ruf. Du siehst wunderschön aus, habe ich dir das schon gesagt?«

»Dreimal schon!« Sie streichelte seine Wangen. »Du siehst aber auch super aus. Im Anzug und glatt rasiert. Ich habe dich noch nie so gesehen.«

»Dann behalt es in Erinnerung. So wirst du mich auch nie mehr sehen. Höchstens, wenn Stéphanie heiratet. Sie sieht auch toll aus.«

»Und alle sind glücklich«, sagte Marie. Perez hüstelte. »Na ja, fast alle«, räumte sie mit Blick auf ihre Mutter ein.

Hinter Marie stand Jean-Martin. Sein Anzug saß wie angegossen. Wahrscheinlich war er nicht von der Stange, denn eine Konfektionsgröße, wie sie le grand échalas benötigte, gab es nicht einfach so zu kaufen. Der Blick, den er Perez zuwarf, zeigte leichte Verunsicherung.

»Jean-Martin sieht auch blendend aus«, sagte Perez zu Marie-Hélène und zwinkerte ihr zu. »Leihst du mir deinen Ehemann für einen Moment?«

»Oh, là, là, ein Männergespräch! Lass dich auf nichts ein, JeMa. Mein Vater ist ein Meister im Manipulieren.« Sie knuffte ihn und wandte sich ihren Freundinnen zu.

Perez zog seinen Schwiegersohn beiseite und drückte ihn auf einen Stuhl.

»Jean-Martin«, begann er entschlossen. Sofort stieg dem Dürren die Röte ins Gesicht. »Also, ich weiß nicht so recht ... ich bin nicht so gut ... ach was, steh mal auf.«

Jean-Martin tat, wie ihm geheißen, wusste aber spätestens jetzt nicht mehr, was ihm bevorstand. Und was folgte, wäre das Letzte gewesen, das er erwartet hätte.

Perez umarmte ihn und drückte ihn fast so fest an sich wie Minuten zuvor seine Tochter. Aus den Augenwinkeln sah er Marianne, die die Szene beobachtete. Sie lächelte selig und nickte, als habe sie es die ganze Zeit über gewusst.

»Tschuldigung«, flüsterte Perez. Er ließ Jean-Martin wieder los und drückte ihn zurück auf den Stuhl.

Für einen kurzen Augenblick sahen sie durch die großen Scheiben hinaus auf das Treiben am Strand. Der September war die schönste Zeit zum Baden. Das Wasser war warm, und die Touristen mit schulpflichtigen Kindern befanden sich längst wieder in Paris.

»Mach sie bloß glücklich, sonst gnade dir Gott!«, sagte Perez, ohne den Langen anzusehen. Aber er drückte ihm dabei freundschaftlich den Arm. »Und danke noch mal für deine Hilfe mit der Verhördatei.«

Dann stand er rasch auf und sah sich nach dem Service um. Er brauchte ein Glas Wein, seine Mundhöhle war so trocken, wie es der Sommer gewesen war. Als er das Glas ansetzte, hörte er Marianne »Gut gemacht, mein Dickerchen« in sein Ohr flüstern.

Er umfasste ihre Taille und gab ihr einen Kuss. »Geht's dir gut?«, fragte er.

»An einem so schönen Tag, machst du Witze?«

»War ein wilder Sommer.« Sie kniff die Augen zusammen. »Ich bin wohl nicht ganz unschuldig daran.«

»Oriol ist aufgeflogen, der FN steht zumindest mal für ein paar Tage blöd da, und so ganz nebenbei hast du einen Drogenring zerstört. Obwohl wir uns über diese bescheuerte Idee noch mal unterhalten werden. Trotzdem, hast du echt gut gemacht.«

»Danke! Ohne euch könnte ich das nicht.«

»Ach ja?«

»Komm schon. Das weißt du genau.«

Nach einer Weile sagte Marianne: »Schau mal da drüben, unsere beiden Streithähne, vereint am Tisch. Sie wirken nicht sonderlich glücklich. Aber egal, für diesen Schachzug gebührt dir der Nationale Verdienstorden, mein Dickerchen.«

An Tisch eins saßen sich die feindlichen Parteien Antonio Perez und Marielle Fabre gegenüber. Und dank des erwähnten Schachzugs waren sie nun auch noch auf ewig miteinander verbunden.

Als Perez Antonio die sechs Flaschen *Creus* für Boucher aus dem Kreuz geleiert hatte, wusste der Alte noch nicht, das die viel größere Katastrophe noch folgen würde. Ein Drittel seiner *Creus*-Bestände für Madame Fabre, und das für den Rest seines Lebens, das hatte Antonio mehr als nur die Farbe aus dem Gesicht getrieben.

Aber was hätte er denn tun sollen, als seine einzige Enkeltochter zu ihm kam und ihn darum bat? Als Geschenk zu ihrer Hochzeit. Etwas anderes wünsche sie sich nicht, hatte sie unter Tränen gesagt. Und als kurze Zeit später auch noch sein Sohn auftauchte und in dasselbe Horn blies, mit dem Hinweis, dass er sonst nicht dafür garantieren könnte, dass Boucher nichts von seinen Verfehlungen erführe, wusste Antonio, was die Stunde geschlagen hatte, und natürlich auch, wer hinter der erpresserischen Inszenierung steckte. Die sechs Flaschen zuvor waren nur eine Art Testballon gewesen. Die einzige Gegenleistung, die Antonio von seinem Sohn hatte erzwingen können, war eine kirchliche Trauung.

Perez hatte nach einigem Gemurre eingewilligt, aber mit keinem Wort erwähnt, dass dieser christliche Mummenschanz ohnehin dem Wunsch der Kinder entsprach.

Es stimmte, Antonio hatte Boucher belogen. Und auch seinem Sohn gegenüber war er anfänglich nicht ehrlich gewesen. Warum er so gehandelt hatte, wusste er selbst nicht. Wahrscheinlich hatte ihn die Situation überfordert. Lange nachgedacht hatte er jedenfalls nicht, sondern intuitiv gehandelt, wie er es immer tat. Dass sich diese blöde Geschichte derart gegen ihn wenden würde, dass er am Ende nur die Wahl hatte, einen Prozess zu riskieren, seine Enkelin zu enttäuschen oder Teile seines Weines abzugeben, davon hatte er nicht ausgehen können.

Und wahrscheinlich hätte auch Madame Fabre niemals in die Hochzeit eingewilligt, hätte ihr Perez nicht in langen Verhandlungen verständlich gemacht, dass sie ihre einzige Tochter und Nachfolgerin verlieren würde, bliebe sie bei ihrem Nein. Und vielleicht hätte sie selbst dieses Argument nicht umgestimmt, hätte er ihr nicht in Aussicht gestellt, endlich den Wein zu bekommen, hinter dem sie seit Jahren her war und den ihr Feinschmecker-Restaurant unbedingt führen musste, wollte es nicht an Reputation verlieren. Dass ausgerechnet ihre Tochter sich so dafür einsetzte, erweichte letzten Endes ihr Herz.

Den Moment hatte Perez genutzt, um ihr ins Gewissen zu reden, dass sie sich bei ihrer Tochter für ihr ablehnendes Verhalten entschuldigen müsse und dass sie während der Feierlichkeiten eines ihrer freundlicheren Gesichter aufzusetzen habe. Die Haltungsnote war noch ausbaufähig, fand Perez, aber im Rathaus, während der Zeremonie, hatte sie sich erstaunlich gut geschlagen.

»Mon dieu, Marianne«, sagte Perez. Er war aus seinen Gedanken aufgeschreckt, als eine Kellnerin ihm ein neues

Glas reichte. »Das war mein Plan, stimmt. Und meine Kleine hat ihre Rolle in diesem Spiel perfekt gespielt.«

»Ja, sie scheint nach ihrem Vater zu kommen ...«

»In den guten Momenten ... Nur in den guten Momenten ... Entschuldigst du mich bitte? Ich geh mal rüber zu Docteur Brossard. Er sitzt da so allein«, sagte Perez. »Weißt du, wie es Wilhelm in diesen Tagen geht?«

»Nein. Ich bin immer noch mit Camille beschäftigt ... ach Gott, lass uns heute nur an Schönes denken. Morgen fahre ich wieder zu ihr, es geht ihr immer noch nicht gut.«

»Dem Docteur geht es auch nicht gut. Immerhin, wenn der Junge sich nach dem Entzug nichts mehr zuschulden kommen lässt, dann ist er wesentlich glimpflicher davongekommen, als es bei der Schwere seiner Schuld zu erwarten und eigentlich auch richtig gewesen wäre. Der Docteur bekommt immerhin sein Kind zurück. Mehr konnten wir nicht für ihn tun.«

»Marple und Stringer, was?« Sie streichelte ihm die Wange.

»Marianne und Perez«, grinste er. »Auf der Hochzeit meiner Kleinen ...«

»Mit JeMa.«

»Mit Jean-Martin, le grand échalas. Et oui. Wer weiß, wofür wir den Dürren in Zukunft gebrauchen können. Schadet ja nichts, einen Computerexperten in der Familie zu haben.«

III.

Am Ende einer schönen Feier stand die gesamte Hochzeitsgesellschaft im goldenen Licht der Abendsonne und winkte dem Brautpaar hinterher. Perez und Marielle hatten die beiden mit ausreichend Geld ausgestattet, sodass sie eine unbeschwerte Hochzeitsreise an die Côte d'Azur antreten konnten. Perez war nicht der Einzige, der in diesem Moment des Abschieds eine Träne verdrückte.

»Die Nächste bist du«, sagte Perez kurze Zeit später zu Stéphanie.

»Du bist so fies«, antwortete das Mädchen und boxte ihn spielerisch.

»Na kommt, ihr beiden, ich fahre euch nach Hause.«
»Und du?«, fragte Marianne.
»Weiß nicht, ich denke, ich muss ein wenig allein sein.«
»Na schön. Ich würde gerne ein paar Schritte laufen, das tut mir gut nach all dem Essen und dem vielen Wein. Steph, was hältst du auf dem Rückweg von einem Eis?«

Arm in Arm machten sich Mutter und Tochter auf den Weg. Perez' Blick fiel auf seinen Vater.

»Na Antonio, war doch ein schönes Fest.« Der Alte knurrte. Perez winkte ab. »Na komm, alter Mann, die paar Flaschen Wein wirst du verkraften. Immerhin spült das doch eine ganze Menge Geld in deine Kassen. Und mein Erbe wird auch vergrößert.« Er lachte kurz auf. »Na los, ich fahr dich nach Hause.« Perez war selbst überrascht von dem Angebot, das er seinem Vater machte. Ein Beweis, dass er in rührseliger Stimmung war.

»Pah«, stieß Antonio aus. »Mich hat noch nie einer nach Hause fahren müssen. Und das mit dem Erbe ...«

»Du hast doch nicht mal mehr den Schlüssel von deinem Wagen«, unterbrach Perez, bevor der Alte unflätig werden konnte.

Siegessicher zog Antonio den Schlüsselbund aus seiner Jackentasche und hob ihn in die Höhe. Mit einer Geschwindigkeit, die Perez sich selbst nicht zugetraut hätte, griff er danach und entwand ihn seinem Vater.

»Steig in den Kangoo, alter Mann, ich suche Louane und Haziem und dann geht's los.«

Zwanzig Minuten später setzte Perez den immer noch vor sich hin grummelnden Antonio vor dem Hof ab.

»Morgen früh komme ich dich abholen und bring dich zu deinem Wagen«, sagte Perez und zwinkerte Louane zum Abschied zu.

»Noch Lust auf eine letzte Flasche, mein Freund?«, fragte Perez und wartete Haziems Antwort nicht ab. Sie fuhren die Uferstraße entlang und passierten den Stadtstrand.

»Schön, so ohne Touristen, nicht wahr«, sagte Perez, als sie den Hafen hinter sich gelassen hatten.

Haziem nickte, dann schwiegen sie selig, bis sie vor dem Gatter hielten.

Sie stiegen aus und gingen über den Weinberg zu dem mächtigen Olivenbaum. Sie setzten sich auf das Mäuerchen, und Perez entkorkte eine ausreichend gekühlte Flasche *Creus*, die sie auf dem Weg noch schnell im *Conill* geholt hatten. Durch die Fahrt hatte der Wein etwas Temperatur genommen. Jetzt war er perfekt. Perez mochte ihn bei dreizehn Grad, nicht kälter.

Er goss zwei Gläser voll und hielt eines davon Haziem hin. Sie tranken und unterhielten sich. Dabei sahen sie hinaus auf die glitzernde Wasserfläche.

»Verräterische Ruhe, was Haziem«, sagte Perez und griff nach der Hand seines Freundes.

»Gefährliche Ernte«, antwortete Haziem und deutete auf die abgeernteten Rebstöcke.

Perez lächelte. »Ich bin so froh, dass du es zu uns rübergeschafft hast«, sagte er kurze Zeit später.

»Es war eine wunderbare Hochzeit, Perez.«

»Du hast dich trotz deiner Familienallergie wohlgefühlt?«

»Es war sehr schön. Danke, dass ich dabei sein durfte.«

»Na hör mal, das ist doch selbstverständlich. Marianne, Marie, Steph und du, ihr seid meine Familie.«

»Ich hatte Glück«, sagte Haziem ernst. Er prostete seinem Freund zu.

»Und Jean-Martin, der gehört jetzt auch zu uns«, seufzte Perez und stieß mit Haziem an.

Am Horizont sank die Sonne ins Meer.

Machen Sie Urlaub an der Côte d'Azur mit Kommissar Duval

Christine Cazon. Mörderische Côte d'Azur. Der erste Fall für Kommissar Duval. Taschenbuch. Verfügbar auch als E-Book

Christine Cazon. Intrigen an der Côte d'Azur. Der zweite Fall für Kommissar Duval. Taschenbuch. Verfügbar auch als E-Book

Christine Cazon: Stürmische Côte d'Azur. Der dritte Fall für Kommissar Duval. Taschenbuch. Verfügbar auch als E-Book

Christine Cazon. Endstation Côte d'Azur. Der vierte Fall für Kommissar Duval. Taschenbuch. Verfügbar auch als E-Book

Leseproben und mehr unter www.kiwi-verlag.de

Ein Kommissar, der nicht lügen kann – Leander Lost ermittelt in Portugal

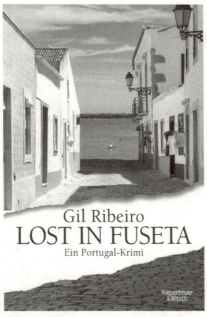

Gil Ribeiro. Lost in Fuseta. Roman. Klappenbroschur.
Verfügbar auch als E-Book

Das Septemberlicht an der Algarve ist von betörender Weichheit. Am Flughafen von Faro nehmen Sub-Inspektorin Rosado und ihr Kollege Esteves einen schlaksigen Kerl in schwarzem Anzug und mit schmaler Lederkrawatte in Empfang: Leander Lost, Kriminalkommissar aus Hamburg, für ein Jahr in Diensten der Polícia Judiciária. Eine Teambildung der besonderen Art beginnt ...

Kiepenheuer & Witsch

Leseproben und mehr unter www.kiwi-verlag.de

Mord am Lago Maggiore

Bruno Varese. Die Tote am Lago Maggiore. Ein Fall für Matteo Basso. Taschenbuch. Verfügbar auch als E-Book

Bruno Varese. Intrigen am Lago Maggiore. Ein Fall für Matteo Basso. Taschenbuch. Verfügbar auch als E-Book

Matteo Basso, ehemaliger Mailänder Polizeipsychologe, hat seinen Job an den Nagel gehängt und ist zurückgekehrt nach Cannobio. Am malerischen Ufer des Lago Maggiore will er zur Ruhe kommen – doch als seine Freundin Gisella tot aufgefunden wird und sich die Hinweise häufen, dass es kein Unfall war, ermittelt Matteo auf eigene Faust und gerät bald selbst in Gefahr.

Matteo Basso könnte endlich sein neues Leben in Cannobio genießen, da macht er eine grausame Entdeckung: Aufgespießt am weithin sichtbaren Einhorn-Denkmal der Isola Bella hängt ein lebloser Körper. Die Spuren führen an Wallfahrtsorte hoch in den Bergen, an die ligurische Küste und bis nach Mailand.

Leseproben und mehr unter www.kiwi-verlag.de